内江师范学院精品工程项目（编号2020JP01）

孙自筠文集

孙自筠———编著

文坛边鼓

中国言实出版社

图书在版编目(CIP)数据

文坛边鼓 / 孙自筠编著 . — 北京 : 中国言实出版社 ,
2022.4
（孙自筠文集）
ISBN 978-7-5171-4121-1

Ⅰ . ①文… Ⅱ . ①孙… Ⅲ . ①中国文学—当代文学—
文学评论—文集 Ⅳ . ① I206.7-53

中国版本图书馆 CIP 数据核字（2022）第 054404 号

文坛边鼓（孙自筠文集）

责任编辑：史会美
责任校对：王建玲

出版发行：中国言实出版社
    地 址：北京市朝阳区北苑路180号加利大厦5号楼105室
    邮 编：100101
    编辑部：北京市海淀区花园路6号院B座6层
    邮 编：100088
    电 话：010-64924853（总编室） 010-64924716（发行部）
    网 址：www.zgyscbs.cn 电子邮箱：zgyscbs@263.net

经 销：新华书店
印 刷：三河市华东印刷有限公司
版 次：2022年7月第1版 2022年7月第1次印刷
规 格：710毫米×1000毫米 1/16 16.25印张
字 数：250千字

定 价：58.00元
书 号：ISBN 978-7-5171-4121-1

孙自筠（左）与《孙自筠文集》项目主持人黄全彦教授在内江师范学院图书馆大楼前合影

内江师范学院精品项目

内江师范学院内师科字〔2020〕6号文件批准立项

《孙自筠文集》项目组成员名单

项目主持人：黄全彦（博士，内江师范学院文学院教授）

项目成员：刘云生（硕士，内江师范学院文学院院长、教授）

廖 红（内江师范学院教育学院教授）

张 德（内江师范学院数信学院教授）

高卫红（内江师范学院范长江新闻学院教授）

梁明玉（内江师范学院文学院副教授，博士）

孙 建（内江师范学院图书馆员）

郭 平（内江师范学院外国语学院讲师）

文场漫笔 / 001

文场漫笔

你再不是孤儿
——《亚细亚的孤儿》读后

长篇小说《亚细亚的孤儿》是台湾著名作家吴浊流的重要著作，去年广播出版社出版的《吴浊流小说选》选入了这篇作品。

吴浊流（1900—1976）是台湾老一辈乡土派文学家，他的作品多取材于台湾人民在日本统治下的悲苦生活，充满了强烈的爱国主义内容。《亚细亚的孤儿》写于 1943 至 1945 年间台湾处于日本统治最黑暗的年代里。它是吴浊流的代表作，也被认为是台湾文学的代表作。

从《亚细亚的孤儿》这书名，我们就可体味到那蕴藏在文字间的台湾人民对祖国的深厚感情。

《亚细亚的孤儿》以主人公胡太明的生活经历为主线，通过对他从孩提时代至中年以后的不幸遭遇的描写，深刻反映了台湾知识分子在日本殖民统治下的种种精神苦难，最后在现实教育下觉醒的全过程。

胡太明是位热爱祖国、富于正义感、有理想抱负的台湾知识青年，他不满日本统治者的民族压迫，具有强烈的民族自尊心。但是他不关心政治，对台湾青年的思想运动毫无兴趣，试图躲进"老庄和陶渊明天地"里去寻求慰藉。但严酷的现实却向他步步紧逼过来：虽留学日本仍不免失业，好容易在农场谋个差事又遇农场行将倒闭，甚至祖坟被挖，母亲被殴打……给他心灵上留下深刻的创伤。他这才明白"陶渊明也没有力量治愈这种创伤！"台湾的现实使他窒息，他带着一个向往能"自由呼吸的新天地"的梦，到了大陆。但是国民党统治下的大陆，浑浊的气息使他头晕目眩，大失所望，只得把理想缩小到"和志趣相投的可爱女性过和平生活"上，但又因他妻子变得放荡而成了泡影。接着，他又被怀疑是日本奸细被捕入狱。幸遇学生相救，抛妻别子，只身逃回台湾。在台湾又被日本当局认为是奸细，受到严密监视。日本帝国主义发动全面侵华战争，他被强征入伍当翻译，派往屠杀自己同胞的战场。他在广东目睹日本侵略者对祖国人民的蹂躏和对抗日志士的野蛮屠杀，沉重的精神负荷使他病倒，被送回台湾。在家乡，他对所谓"皇民化"运动的种种措施，切齿扼腕，愤怒填膺，对积极为"皇民化"效力的哥哥十分鄙视。母亲去世的忧伤，对大陆妻女的怀恋，更加深了他的苦闷。但是日本殖民当局变本加厉的压迫激发了他炽热的爱国热情，更在大多数的台湾同胞的健全民族精神感召下受到鼓舞，使他从消极的人生观中解脱出来，看清了"目前的黑暗，正是黎明前的黑暗，那表示不久就要天亮了"。加上日本朋友佐藤的进步思想影响，他的眼界开阔了，思想敏锐了，对日本侵略的本质认识更清楚了。而被强征去服劳役的弟弟的死，促成他思想转变的飞跃，他"疯"了——彻底觉醒了。在太平洋战争激烈阶段，他偷渡回到大陆，参加了反对日本侵略的斗争。

作品愤怒控诉了日本殖民当局对台湾人民的种种政治迫害和经济剥削，无情揭露了民族败类的丑恶嘴脸，满怀激情地讴歌了台湾人民的崇高民族气节，真实地展示了台湾在日占时期的历史画幅。

作品还围绕主人公胡太明，写了一些次要人物的遭际，把主题往深处开掘。如胡太明的祖父，一个恪守"中庸之道"的老一代知识分子，也免不了遭受日本警察的打骂。还有那国民学校的李导师，"一心一意从事'皇民化运动'"，不顾父母反对，连姓名都改了，幻想换得"子孙幸福"，结果"反而越来越远"。后来，他自己也为自己的愚蠢感到可笑，充分说明"在殖民地生存的本省知识阶级，任你如何忍耐善处，最少也要遭到像这篇小说中的主角一样的精神上的痛苦的"。[《〈亚细亚的孤儿〉（中文版）自序》]

《亚细亚的孤儿》在艺术上也最能代表台湾乡土文学的特点，作品对台湾人民婚丧嫁娶、节日祭祀、风俗习惯，都有细致生动的描写，犹如一幅古老而质朴的风俗画。在语言上，简练、精确，反映了台湾人民耿直、朴素的性格。在情节结构上，紧扣主题，线索分明，不枝不蔓，深得中国传统手法之妙。

　　这部小说写于近四十年前，作者如泣如诉地倾吐"孤儿"之情的心绪是可以理解的，而现在，祖国母亲从来没有像今天这样强大，她正张开热情的双臂，等待着离别已久的儿女。

　　在这里，我们要对书中的主人公胡太明和所有的台湾同胞说："你们有亲爱的祖国母亲，有十亿同胞兄弟，你们不是孤儿。"

刊于《固原师专学报》1982 年 1、2 期

也谈工业题材小说创作歉收的原因

　　关心当代文学的人们都注意到这样一个事实，即新中国成立以来工业题材的小说创作，不论数量或质量，都落于诸如革命历史题材、农村题材，甚至知识分子题材之后。1966年前十七年，虽然也出现像《铁水奔流》《五月的矿山》《百炼成钢》《二遇周泰》《沙桂英》等有影响的作品，但比起农村题材的《三里湾》《山乡巨变》《创业史》《李双双小传》，知识分子题材的《青春之歌》《小城春秋》，革命战争题材的《红旗谱》《红岩》《林海雪原》《党费》《百合花》等作品来，是逊色的。1966—1976年，小说创作的萧条状态就不必说了。1977年、1978年，工业题材的小说创作几乎仍是一片空白。随着1979年蒋子龙的《乔厂长上任记》的发表，工业题材的小说创作渐有兴起之势，接着出现了《三千万》《沉重的翅膀》《赤橙黄绿青蓝紫》等使人耳目一新的作品，乔光朴成了传颂一时的人物。但整个新时期小说创作，工业题材所占的比重仍然显得太小。六年来，农村题材的《剪辑错了的故事》《陈奂生上城》《乡场上》《许茂和他的女儿们》《被爱情遗忘的角落》，知识分子题材的《灵与肉》《天云山传奇》《人到中年》，战争题材的《东方》《西线轶事》……短篇、中篇、长篇，使人目不暇接。那些人物形象，如老寿、陈奂生、冯幺爸、四姑娘、菱花、许灵均、冯晴岚、陆文婷、吴仲义等，使人感动、惊叹，甚至令人倾倒。仅仅简单地从数量上来看，工业题材小说所占的比例也小得多。这从近几年来中短篇得奖作品上可略见一斑，最能说明问题的是获茅盾文学奖的六部长篇，竟没有一部是写工人生活的。今年四月，北京两家文艺刊物联合召开了工业题材创作座谈会，与会作家在谈到1976年后的工业题材创作时，也都认为工业题材创作"一是少，二是难写"。

新中国成立以来，我国高度重视工业体系建设，工人阶级队伍不断壮大。据报载，我国工人阶级队伍已达到一亿两千万人，如果加上农村中从事工业生产的人员，这个数字当更大。几十年来，我们天天喊"文艺为工农兵服务"，而服务的第一个对象却在我们文艺的主要创作形式小说上表现得如此薄弱，这确实是一个需要寻找答案的问题。

"工业建设对我们许多人来说还是新的、不熟悉的生活领域，因此……"这是一种意见。如果用它来说明新中国成立初的那几年，倒不失为是一种很有说服力的解释。但十年过去了，二十年过去了，三十年也过去了，当年的青工如今多数已到退休年龄，许多工业设备也早就更新换代，还把这个理由搬出来，那不是解释，只能是解嘲了。

"工业题材难写"。因为写工业题材总不可避免地涉及许多生产技术问题，有许多技术问题比较复杂，隔行如隔山，作者难写，读者难读，这是写工业题材的作家体味到的"个中甘苦"。对这种意见，作家韶华在《新文学论丛》1980 年 1 期上撰文作了分析。他认为，工业题材难写，"难就难在工业题材总不可避免地涉及许多生产技术问题……是难于离开这些问题的。"但他主张"写工业题材的作品，离开生产技术问题，离开两种方案之争……作者只能把它作为远景来描写"。工人作家蒋子龙在《文学评论》1982 年 3 期上发表文章说："不懂工业写不好工业题材，只懂工业也写不好工业题材。"他主张打破工厂界限开拓工业题材的社会内容。这些主张无疑都是非常好的。我想补充一点的是，作为读者，也有过这样一些体会，工业建设正因为不断引用新理论、新技术，能增长人们的新知识，开阔人们的知识视野，作品里写到它，往往更能吸引人。就是读者不完全理解或完全不理解的东西，也不一定都是多余的。读者的水准并不一致，懂，就看下去；不懂，就越过去。读者心里明白，他是在看小说，不是读技术课本。《哥德巴赫猜想》里的那些数学公式，能弄懂的人并不占多数，但它却受到人们的普遍喜爱。为什么呢？我想不外乎这几种情况：懂的，想进一步探讨，不懂的，想弄个清楚；不懂也不打算弄懂的，他感到新鲜。

"工业题材免不了写机器，写到机器就叫人头痛，读者也感到枯燥无味。"

对这种意见，擅长写工人生活的作家陆文夫就不同意，他在《给〈文艺报〉编辑部的一封信》中说，他偏要专门来介绍机器，看看那黑咕隆咚的东西中隐藏着多少感情和哲理。事实上，他确实取得了成功。其实，机器并不都是枯燥机械的，枪炮、坦克、舰艇、飞机不都是机器吗？喷雾器、打谷机、插秧机、拖拉机不也都是机器吗？它们经常在军事题材、农村题材的作品中出现，并不使人感到枯燥。试想，如果卓别林的有些电影里没有机器，能那样吸引人吗？

下面，对新中国成立以来工业题材小说创作歉收原因，试作几点解释：

第一，文学是人学，要写人。农村题材写农民，知识分子题材写知识分子，都可以放开手来写，因为农民是小私有者，知识分子曾被认为不是资产阶级至少是小资产阶级，他们在前进的道路上反反复复，迂回曲折，具有多变化、多色彩的性格特征。作者在塑造这些人物时，可放开手脚，恣意纵横地写，写起来顺手，读起来生动。写工人就不那么简单了，作家们在塑造工人形象时态度审慎。新中国成立初期就有对《五月的矿山》《海河边上》的批判，使作家在描写工人时小心翼翼，为避"丑化工人阶级"之嫌，有的作家转移了题材方向，"避重就轻"。在无法避免时，就按照简单化、公式化的格式去套人物性格，把活生生有血有肉有思维的人变为按照指令行动的机器。作家竭力把工人形象塑造得完美无缺，使之成为整个工人阶级的代表，在各方面都足以成为人们学习的楷模，甚至他们的爱情，不是"生产竞赛式"，就是"发明创造式"。作家只去注意通过文学宣传工人阶级是先进阶级，宣传他们的高尚品德的一面，忘记了文学也负有对工人阶级进行共产主义教育的责任，如列宁在《怎么办？》一文中指出的要有利于工人阶级"政治意识"成长的那一面，这就造成了文学作品中工人形象与实际生活的距离，抽去了他们的血肉和灵魂。像刘思佳、何顺（《赤橙黄绿青蓝紫》）那样有丰富性格的工人形象，在以前的文学作品中是无立足之地的；而性格单一、感情干瘪则被认为是工人形象的"典型"。试问，这样的文学形象会有什么存在价值呢？

第二，与创作队伍有关。小说出自作家之手，而许多作家受到冲击，被下放到农村，他们深入到农村生活的最底层，从生活的旁观者变为生活的身受者，把自己融入农民群众中间，同甘苦、共命运，一去若干年。在他们恢复了创作权利以后，那些经过自己长期艰辛酿造的生活美酒，如汩汩泉水不断涌出。新时期以来那些最负盛名的，以农民生活为素材的小说创作，相当数量都是出自那些曾被下放农村多年的作家之笔。

第三，与工业体制不无关系。工厂是大锅饭、铁饭碗，按月领工资，粮食、副食品保证供应。因此，在经济上他们较农民稳定，在政治上又较知识分子保险，比较而言，农民和知识分子受到的灾难更大更深。文学源于生活，生活矛盾越激烈，斗争越复杂，给文学创作提供的素材就越丰富，曲折生动的故事、悲凉坎坷的经历，是作家爱写、读者爱读的。新时期开始的头几年，以揭露"四人帮"横行时给人们留下累累伤痕的"伤痕文学"，以探寻造成那么多人间悲欢离合的社会历史原因的"反思文学"，多半都是以农民、干部和知识分子为主人公的。

以上对当代文学中工业题材小说创作歉收原因的一些看法，是非常浅薄的，也许是错误的，尚请有兴趣的同志和专家们匡正。

笔者在构思拙文时，1982 年全国优秀短篇小说评奖、第二届全国优秀中篇小说评奖已揭晓，从中看到好几篇工业题材的作品。可以预料，随着我国工业的起飞，一个工业题材小说创作的大丰收季节即将到来。

刊于《学习与探索》1983 年 6 期

论《故事新编》的美学追求

鲁迅先生以历史故事、神话传说为题材的小说集《故事新编》，构思奇异精美，思想博大深刻，在中国现代文学史上独树一帜，堪称别开生面的传世之作。就以 1935 年 12 月写的最后一篇《起死》算起，也经历了整整半个世纪。时代风云的欺凌，历史疾流的冲刷，非但未使其老化和褪色，反而因人们的不断发掘发现，新添了它的艺术光泽，其审美价值经久不衰。我们后世在继承这笔可贵的精神财富时，不能不对它的美学成就作一番搜寻和探求，以便更好地学习和领受。

一、历史美和时代美的融合

鲁迅在《故事新编·序言》中谈他创作历史小说的原则是"博考文献，言必有据"或"只取一点因由，随意点染"。看来这话似乎有点矛盾，其实不然。"言必有据"当然有史料依据，而"取一点因由"也绝不是任意杜撰，而是言出有"因"。《理水》《出关》基本符合史实记载:《补天》《奔月》《铸剑》《起死》，也都是在史籍的基础上进行更大艺术加工的。严格的史实，是一种历史美:神话、传说，作为自然力的形象化，作为史前时代人类童年历史的补充，"至今犹能供给我们审美的快趣"。[1]

历史美不是一种孤立的美学概念，它是社会美的一种。历史美的基本要素是真实，历史美对文学的要求是既要有历史的依据，又要尊重艺术的真实。历史事件的叙述要求细致生动，历史人物的刻画要有血有肉。鲁迅的《故事

---

[1] 罗汉:《马克思论希腊神话》。

新编》主要是在于通过历史材料，去发掘出它蕴含的社会思想意义和审美价值。为了达到这个目的，他在对材料的选用和改造上，对历史人物的描写和塑造上，都着力于实现他的美学追求。

《故事新编》中的第一篇小说《补天》，发表于1922年底，写的是女娲抟土造人的故事。关于女娲的神话，早在两千多年前的《山海经》《淮南子》等书籍中就有生动记载："往古之时，四极废，九州裂，天不兼覆，地不周载，火爁焱而不灭，水浩洋而不息。猛兽食颛民，鸷鸟攫老弱。于是，女娲炼五色石以补苍天，断鳌足以立四极。杀黑龙以济冀州，积芦灰以止淫水。"（《淮南子·览冥训》）作者以高昂的激情，歌颂了这位救民于水火的英雄。她伟美高大，威震天地，具有浓厚的浪漫主义色彩，反映了古代劳动人民藐视自然、战胜自然的伟大理想。宋《太平御览》中也有"女娲抟黄土作人"的说法，颂扬了这位人类母亲的功勋。鲁迅继承了这些积极的思想，越过了"原意是在描写性的发动和创造，以至衰亡"[①]的动因，着重描写女娲抟黄土作人的崇高创造。在塑造这个艺术形象时，拂去了她身上神的辉晕，注入了人性，使她的性格显得更为丰满充实。虽然她是一个女性，却具有叱咤风云、惊天动地的阳刚之美。

1927年1月，《故事新编》中的第二篇以神话为题材的小说《奔月》发表。嫦娥奔月的神话早已广为流传，其故事在《淮南子》等古籍中多有记载。鲁迅根据史籍加以改造，把笔力放在对寂寞冷落的英雄后羿的塑造上。妻子嫦娥飞升，弟子逢蒙背叛，昔日"上射十日而下杀猰㺄"的英雄，连向月亮射去三枚箭，都没有射下来。究其原因，也许是岁月销蚀了他的神力，也许是因为射月含有个人动机而神灵不佑。羿陷入了凄凉恶苦中。鲁迅不写射日的羿而写射日后处于狼狈孤寂中的羿，使读者看到这位叱咤风云的英雄的末路。他在历经艰险完成伟大的事业之后，并没有能够"大团圆"，最亲近的人出奔的出奔，背叛的背叛，落得如此凄楚悲凉的下场。羿的形象十分典型地体现了鲁迅关于塑造真实性格的美学思想。羿的悲剧结局打破了传统的"大团圆"的审美习惯，羿的性格由神向人的演变使人感到可以亲近。这都是从讲求真实这一美学追求为出发。但是，要看到，鲁迅笔下的羿虽然十分失意，

---

① 鲁迅：《我怎样做起小说来》。

凄苦悲凉，但他并不堕落消沉，他仍然是个战士，是个受到打击而不退却的战士。鲁迅在《这也是生活》的文章中说："战士的日常生活，是并不全部可歌可泣的。然而又无不和可歌可泣之部相关联，这才是实际上的战士。"鲁迅从反对人物性格的单一化和理想化、主张人物形象的真实性和丰富性的美学观点出发，以自己的创作实践，否定了以前小说描写人物"好人全是好，坏人全是坏"的陈旧美学规范，哪怕是像羿这样的英雄，也有他性格的另一面。鲁迅用自己的创作，不断丰富和充实着自己的美学思想体系。

1927年4月发表的《铸剑》，主要情节取自魏晋志怪小说《列异传》。那是有关干将莫邪雌雄二剑的具有历史神秘感的故事。它长期在民间流传，受到人们喜爱。因为这个故事寄托了历史上的下层人民反抗暴君的复仇理想。在长期的流传中，人们又根据自己的审美愿望进行改造和校正，形成了一种比较稳定的历史美感。鲁迅在小说中发展了人们的这一审美愿望，精心塑造了两个以自己的鲜血和生命去换取胜利的英雄，歌颂了那种与暴虐统治者誓不两立"予及汝偕亡"的仁人志士。作品中正在成长的少年英雄眉间尺，热烈单纯，英勇果断，还有那"热得发冷"坚韧成熟的战士宴之敖者，他们毫不吝惜地以自己的头去换暴君的头。荆轲是失败了的悲剧英雄，人们以"风萧萧兮易水寒"的悲壮歌曲寄寓着无尽的悼念和遗憾；眉间尺和宴之敖者是成功的充满着悲剧美的英雄，他们用"我用一头颅兮而无万夫"的歌来庆祝自己的胜利，使读者在哀悼中感到畅快，得到一种审美的满足。

鲁迅前期的这三篇历史神话题材小说，与他当时的现实题材小说一样，与时代脉搏紧紧相扣，具有明显的社会功利价值，服务于现实人生，反映了鲁迅美学思想中的积极战斗精神。《补天》以对劳动创造的歌颂为主旨，顺带讽刺了封建礼教的卫道士。《奔月》意在"慰藉那在寂寞里奔驰的猛士，使他们不惮于前驱"①。而《铸剑》则以深沉饱满的激情，讴歌执着追求的"黑色人"的坚强刚毅的斗争性格。

在这几篇小说中，我们不仅明显地看到鲁迅讲求真实的美学倾向，而且也明显地体味到作品中熔铸了他炽热的情感。有的地方，作品中的人物就是作者的化身。《奔月》中的羿说："我去年就四十五岁了。"这正是鲁迅的年

---

① 鲁迅：《呐喊·自序》。

龄。《铸剑》中的"宴之敖者"，鲁迅曾多次用为笔名。这说明，作家在创作时把自己也融进了作品，使之具有强烈的主观感情色彩。文意真挚，文气热烈，是充满血与泪的文学。

鲁迅写《铸剑》后八年，方又继续历史题材小说的创作。1934 年写《非攻》。1935 年底，接连写了《理水》《采薇》《出关》《起死》。这时，鲁迅已是一个成熟的无产阶级文化战士。随着他的马克思主义理论修养的不断提高和创作实践的越加丰富，系统的马克思主义的美学观已形成，这使他的后期五篇历史题材小说在美学追求上愈加显出特色。

首先，作品对史实的运用更加真实贴切，驾驭更加圆熟轻巧，因而作品历史美的色彩表现得更加鲜明斑斓，光彩夺目。这五篇作品所依据的史实和描写的人物更贴近生活，神话传说的成分少了，确凿的史据，鲜活的人物，增强了作品的真实感。《非攻》中墨子的精神品格与《庄子》《孟子》等古籍中的记叙基本一致。他的兼爱行义的理论和勇于实践的行动在小说中得到具体的再现。《理水》忠于《史记·夏本纪》和《论语·泰伯》的史料，较多地保留了原著的风貌。至于取自伯夷叔齐故事的《采薇》以及讽刺老庄哲学的《出关》和《起死》，其史籍的依据则更为充分，其真实感更为强烈。由于作品中所描写的都是人们熟悉的历史事件和人物，给读者一种亲切感。然而，阅读后发觉这些历史事件的过程和历史人物的面目，又与史籍的记载不同或不尽相同，造成一种新奇、新鲜感，给读者一种特殊的更高层次的审美满足。如《理水》中的故事，既来自史料，又是民间广为流传的口头文学。禹是个有口皆碑的人物，是救民于洪水的英雄，是我们民族精神的代表。鲁迅在作品中是把他当作"埋头苦干、拼命硬干"的"中国的脊梁"来歌颂赞美的。作品抹去禹身上的神化油彩，还他以人的面目，把他塑造成粗手粗脚、黑脸黄须、腿弯微曲、衣服破旧的瘦长莽汉，他的言谈举止刚毅而诙谐，是一个活鲜鲜的有血有肉的可以亲近的人物。加之，与禹对比而存在的是那些用贝壳、说洋话、穿古衣、吃面包的"水利局大员"和"文人学士"，于是，创造了一个古今中外，真假虚实，色彩缤纷的奇特的艺术天地，充分调动了读者的联想和想象，但又不致使人产生错觉。这正反映了鲁迅在创作上对美学追求的拓展和深入。

其次，鲁迅《故事新编》中后期的五篇作品，除《铸剑》外，其思想锋芒由对各色伪君子的自私自利、沽名钓誉的讽刺揭露，转向深入的剖析，将批判锋芒向纵深处发展，"刨坏种的祖坟"，直指他们的理论根基，显示了作品高层次的哲理美追求的特色。《采薇》写出了伯夷叔齐所恭行的"先王之道"与"孝""悌"之间是那样的矛盾和不合理，叫人无所适从，正如《祝福》里的祥林嫂，神权、夫权、族权都向她提出要求，叫她惶惑恐惧，走投无路。《出关》则批判了孔子的顽固和虚伪，明知逆历史而动无济于事还要硬干的入世思想，更批判了老聃的"清静无为"的消极厌世的出世哲学。《非攻》对虚假的"义"，对所谓"王道"的批判揭露，从根本上否定了历代封建统治阶级利用这些东西行骗的真相。而表现哲理美最为精彩和生动的莫过于《起死》，作品用幽默、戏谑的手法，把庄周推上舞台，让他尽情表演，自我否定，自我鞭挞，使之陷入极其狼狈的境地而无法脱身，从而剥出他"唯无是非观"相对主义哲学思想的实质，只不过是一种为剥削者效力，要被剥削者安于现状的"哲理"。小说对这种"哲理"的否定是通过具体生动的文学形象来实现的。庄周衣冠楚楚，面对赤条的汉子发表"衣服是可有可无的，也许是有衣服对，也许是没有衣服对。鸟有羽、兽有毛，然而王瓜茄子赤条条，此所谓'彼亦一是非，此亦一是非'"的哲学理论，可那汉子不买他的账，臭骂他一番还扭着他还衣裳。庄子出尽了洋相，他那天花乱坠的哲学在具体问题面前完全失灵。在文学艺术领域里，具有哲理性内容的作品被认为是最高层次的作品，而这只有熟练地运用美学手段方能达到。

二、"油滑之处"是合于美学规律的大胆创造

《故事新编》在艺术上有个很大的特点就是鲁迅自己所说的"油滑之处"。对此，多少年来研究者们有各种不同的评价，归纳起来不外有这样三种：一种是否定的，认为它混淆了古今，是"反历史主义"的。有的引用鲁迅《故事新编·序》中所说"油滑是创作的大敌，我对于自己很不满"，作为证据，大加否定。一种是肯定的，认为鲁迅自称"油滑"，不过自谦而已。对"反历史主义"的意见，有人作了仔细考证，指出《故事新编》各篇从故事到细节到人物，大都有古籍依据，至于采用现代材料，更是事出有因。再一种是处

于两者之间的意见，即基本肯定"油滑之处"的现实意义，同时又指出"油滑之处"是对作品结构的"破坏"。

看来，鲁迅《故事新编》中的"油滑之处"确实是一个很值得探讨的问题。

《故事新编》中的"油滑之处"从第一篇《补天》起，几乎篇篇都有，而且越到后来越多，"油滑"的味儿越浓。

什么叫"油滑之处"？鲁迅在《故事新编·序》中说他在写《补天》的中途，看见日报上有文章攻击汪静之的爱情诗集《蕙的风》，"这可怜的阴险使我感到滑稽，当再写小说时，就无论如何，止不住有一个古衣冠的小丈夫，在女娲的两腿之间出现了"。这就是说，在写古代故事时，适时地插入现代内容，以针砭时事，臧否世态，即所谓"油滑之处"。细分起来，《故事新编》中的"油滑之处"，采用了这样一些艺术手法：

暗示。如《补天》中所写眼睛里含着两粒比芥子还小的眼泪的"古衣冠小丈夫"，就暗指的那个对《蕙的风》进行攻击的封建卫道者胡梦华。

影射。如《理水》中说洋话的学者和"水利局大员"，影射的是那些崇洋媚外、充满半殖民地气味的学者和国民党官僚政客。

联想。《出关》中老子讲学的迂腐空洞，使人联想到当年文化界崇尚空谈的风尚。《起死》中庄周的尴尬，使人联想到当时那些滑头之人的装腔作势，言行不一。

比喻。《采薇》以周武王"恭行天罚"的"王道"、山大王小穷奇的"恭行天搜"的"王道"，比喻国民党残酷镇压人民的"王道"和日本侵略者的"王道"，等等。

此外，还有其他艺术手段的灵活运用、随意穿插，把古老的神话、传说和历史写得生动活泼，意趣盎然。用新的事实充实旧的历史、以旧的历史比照新的现实，使之相互补充，相互融合，透过历史与现实的衬比引发读者的思考，在貌似荒唐、怪诞、滑稽和矛盾中，造成历史美与现代美的交融，触发读者的审美情趣，使读者的美意向作品的美学追求靠拢，达成一种默契。加上，作者在运用上述种种手法时，充分调动自己的讽刺幽默才能，给读者带来无穷笑意——有冷嘲的笑，有轻蔑的笑，有会意的笑，等等，给人以极大的思想启迪和审美愉悦。虽然《故事新编》距今已半个世纪，但现在当我们读到它时，特别是对它的"油滑之处"依然有一种浓厚的兴趣，这不能不让人惊叹作品艺术境界的高妙。可以这样说，《故事新编》艺术生命之所以不朽，在某种程度上还正因为它有那么些"油滑之处"。

我们知道，鲁迅在创作上是非常重视创造性的。他的《彷徨》《呐喊》就以"格式的特别"著称，他的杂文和散文诗《野草》，在艺术上都有与众不同的意蕴和特色，这是鲁迅对艺术审美价值进行估量和追求的一大特点，他明确地说："依傍和模仿，决不能产生真艺术。"①他在《故事新编》的创作上，除了重视思想价值的发掘和提取外，在艺术上刻意求新，以便将文献史话中钩稽的故事写活，给历史注入新的生命，贯通古今，融合新旧，亦庄亦谐，为我所用。这就是"油滑之处"的妙处，是鲁迅在艺术上的一种创造，是他美学追求的体现，是最能引动人、感染人的地方，是作品生命力的一个支点。半个世纪以来，人们对《故事新编》津津乐道，争执不休的，多数都与这些"油滑之处"有关，可见其艺术生命力的顽强。

《故事新编》的"油滑之处"，意指在讲述古代故事时突然加入现代内容。根据这一理解，我们认为在讲述现代内容时突然加入古代的内容，也应该算是"油滑"。引申开去，在叙述中国的事情时突然加入外国的情节，在讲张三的故事时突然加入李四的细节，等等，都可以说具有"油滑"的情味。因此，作为一种艺术手法，"油滑之处"不仅在《故事新编》中大量运用，就是在鲁迅的杂文、散文里也常常使用，比如《南腔北调集》中的《由中国女人的脚，推定中国人之非中庸，又由此推定孔子有胃病》一文说孔夫子晚年得胃病，是因为"当时花旗白面尚未输入，土磨麦粉多灰沙……那病是'胃扩张'"。这不"油滑"吗？在《论"费厄泼赖"应该缓行》中，针对那些崇尚复古的卫道者，鲁迅写道："例如民国的通礼是鞠躬，但若有人以为不对的，就独使他磕头。民国的法律是没有笞刑的，倘有人以为肉刑好，则这人犯罪时就特别打屁股。碗筷饭菜，是为今人而设的，有愿为燧人氏以前之民者，就请他吃生肉；再造几千间茅屋，将在大宅子里仰慕尧舜之高士都拉出来，给住在那里面；反对物质文明的，自然更应该不使他含冤坐汽车。"这也应该算是

①　鲁迅：《记苏联版画展览会》。

"油滑"的一种吧？散文《无常》中还有这样的写法"凡'下等人'都有一种通病：常喜欢以己所欲，施之于人。虽是对于鬼，也不肯唯他孤寂……不摆教授的架子"，更是十分典型的"油滑"。而这些将古今连接、阴阳交错，以生发出新意的写法，能达到意想不到的讽刺效果，是最精彩的笔墨，是文中的精粹。

对《故事新编》的"油滑之处"，早在 30 年代就有异议，但多数的意见是倾向肯定的，茅盾对鲁迅这种"借古事的躯壳来激发现代人之所应憎与爱，乃至将古代和现代错综交融"[①]的手法是十分赞赏的。以后，许杰在《论鲁迅的历史小说》中认为《故事新编》中的"油滑之处"，正是"鲁迅特别的成功之处"。他以《理水》为例，说作者对那些庸俗的历史考据家采用"信口开河的方法，把他们戏谑化了，侏儒化了，使他们显出了本来的原形"，如果去了这种地方，作品的精神就会被"阉割"。另外，当时一些作家在自己的历史题材为内容的作品中，也用这种"油滑"的方法。如郭沫若发表于 1935 年的《孔夫子吃饭》，写孔子被困陈蔡，饿了七日，颜回煮饭时先揭开锅盖"把手在锅里掏了两指头饭送进口里，这下便很伤了孔子的尊严，因为孔子是一团人的领袖，连我领袖都还没有吃的时候，你公然就先吃！"当后来弄清楚颜回向锅里伸手是拈出飞进去了的烟渣时，他感到"我的领袖尊严，并没有受伤"。再如冯乃超写于 1929 年以褒姒的故事为内容的历史小说《傀儡美人》，其中写幽王命令把外国使臣送来的金银"送到财政部收管"，也不很"油滑"吗？ 40 年代，廖沫沙在他标明"故事新编试作"的几篇历史题材小说如《东窗之下》《信陵君之归》等作品中，也不乏"油滑之处"。再说近点，今年才上演的引起文坛喝彩的川剧《潘金莲》，让古今中外人物同时登台，不是更大规模的"油滑"吗？

由以上的事实可以看出《故事新编》中的"油滑之处"是一个成功的艺术创造。从《补天》到《起死》，"除《铸剑》外，都不免油滑"，而且越到后来，"油滑"的成分越重，"油滑"的锋芒越来越尖利，"油滑"的技巧也越来越熟练。任意点染，涉笔成趣，嬉笑怒骂，锋利无比，"而顺便中，则偶尔刺之"，使那些反动政客、帮凶文人大为头痛。影响所及，争相效法，成为不少

---

① 茅盾：《玄武门之变·序》。

写历史题材文学作品的作家们经常取用的艺术手法。

既然如此，为什么鲁迅一再表示对这种"油滑之处"的不满呢？他在公开出版的《故事新编·序》中说过，1936 年在《致王冶秋》的私人信函中也说《故事新编》"内容颇有些油滑，并不佳"。看来，只能以鲁迅的自谦来解释了。

鲁迅的治学严谨和谦逊，是人所共知的，他严于律己，"我的确时时解剖别人，然而更多的是更无情地解剖我自己"[①]。他对自己的创作，总是从严评判，他说他的《狂人日记》"很幼稚"，《孔乙己》是一篇"很拙的小说"。对自己的诗，他说是为了"胡诌几句塞责"，不过是"胡说八道而已"。他说他的《三闲集》是"没有什么意思的东西"。如果我们把鲁迅的自谦，把鲁迅在艺术探求上表示的不满足的话当作依据去否定他《故事新编》中的"油滑之处"，那显然是没有说服力的。何况，文学作品一经问世，它就是一种客观存在，评判的权利主要是别人，作者自己说"坏"与说"好"一样，也只是一家之言，不能认作定评。

三、文学总要给人以"愉快和休息"

鲁迅的作品以其思想的尖锐著称，但是，鲁迅在强调文学的思想性、战斗性的同时，也主张文学要向读者传授知识，要供人欣赏，要给人以艺术享受，要让读者在阅读作品中产生审美快感，"以娱人情"。他说："社会人之看事物和现象，最初是从功利底观点的，到后来才移到审美底观点去……然而美底愉快的根柢里，倘不伏着功用，那事物也就不见得美了。并非人为美而存在，乃是美为人而存在的。"这里说的"功用"，当然是针对文学作品的思想价值而言，但文学作品给人以愉快和休息，给人以乐趣和知识，也是一种重要的"功用"。鲁迅的《故事新编》是十分注重这种"功用"的。

我们看，《故事新编》的八篇作品讲述了多少关于古代的知识：从混沌初开，黄土抟人，到大禹治水，后羿射日；从伯夷叔齐饿死首阳，到墨子公输班斗智楚庭；从神话传说中的人物女娲、嫦娥，到历史上有名有姓的思想家孔子、墨子，以及中国古代儒、道、墨几大家哲学流派，等等。一本薄薄的

---

① 鲁迅：《写在〈坟〉的后面》。

《故事新编》，对古代知识容纳之丰，简直像一部小百科全书。而且，《故事新编》在运用这些知识时，不是干巴巴地说明，而是通过生动的形象，通过饶有兴趣的情节来加以叙述。如"嫦娥奔月"的神话，按原《淮南子》等古书上的记载，十分简单，鲁迅却把它故事化、形象化，给读者留下很深的印象。特别是作品中把孔子、老子、庄周、墨子的哲学观点，用活泼诙谐的故事，作生动形象的描写，使人读后难忘。鲁迅在作品中还巧妙地让墨子、公输盘的思想主张激烈交锋，让庄子的哲学观点化装表演，深入浅出，妙趣横生，读者在会心的笑中受到作品的思想感染。从以上的分析中可以看出，越是给人以美的欢愉的作品，往往越能体现其功利价值。鲁迅《故事新编》的创作实践表明，他的关于文学功利价值与审美效应之间关系的论述是多么正确和精辟。

《故事新编》中的作品，每一篇的主题几乎都是严肃的、沉重的，而它们的文字，除了《铸剑》外，也可以说几乎每一篇都是轻松活泼、机智幽默的。《出关》中的孔子和老子，是古代的至圣至贤，孔子问道于老子，也是一件极庄重的事，可是，鲁迅用轻快的笔触，把两个人物写活了；小说写了两个人完全相同的两次会见，曾四次用"呆木头"来形容两人的神态，两次写孔子告辞出来，"就要上车了，他（老子）才留声机似的说道：'您走了？您不喝点儿茶去吗？'……"两个人都用外表的痴呆来掩饰内心的智谋，老子的出世观点与虚伪矫饰的性格，孔子的入世思想和城府深奥的态度，都活灵活现地表现了出来。再如《起死》，情节怪诞奇异，庄子的狼狈，汉子的固执，嬉笑戏谑，令人喷饭。在轻松愉快的笑闹中，把庄子相对主义哲学的虚假，层层剥去，"赤条条"一丝不挂，使之丑态百出。而读者在开怀大笑中得到极大的审美满足。

《故事新编》中的每篇作品，不仅在艺术构思、情节故事的安排和人物的塑造上，对审美效应的设计十分周密，使作品能紧紧攫住读者，而且，就是每个细节，每句话都是经过精心思考后写下的。如《采薇》中，以烙大饼的张数来计时，周王的军队经过的时间是"约有烙三百五十二张大饼的工夫"，伯夷被推倒在地昏过去的时间是"大约过了烙好一百零三四张大饼的工夫"。而《出关》中计时则用现代的方法，写孔子与老子相见，因各怀心事，无语相对，两人沉默的时间"大约过了八分钟"。鲁迅在这里运用了看似荒谬，实则朴拙的手法，造成一种奇特的艺术境界，增加了作品的喜剧美成分，使人始而奇，继而乐，终而悟，收到意想不到的审美效果。至于《奔月》中的"乌鸦炸酱面"，《非攻》里墨子归途中"遇到募捐救国队，募去了破包袱"，等等，都大大增加了作品的艺术美感，能给人以美的享受。

我们在读《故事新编》时会发现，八篇作品，有的取材于神话，有的取材于传说，有的取材于史实。在体裁上，有的如神话故事，有的如历史演义，有的如传奇小说，而有的则像独幕喜剧。在写作手法上，有的直抒胸臆，有的随意点染，有的曲折含蓄。在创作方法上整个说来以现实主义为主，但浪漫主义甚至象征主义的方法也随内容的需要而大量选用。加上，作品在内容上破除历史与现实、天上与人间的界限，让神人、圣人与俗人同台，今人、古人与洋人共语，酿酸甜苦咸的醇酒，融喜怒哀乐于一炉。一本薄薄的《故事新编》，竟是一个五彩缤纷、变化万端的大千艺术世界，真教人目不暇接，叹为观止。这种姹紫嫣红、色彩斑斓的艺术特色，造成了作品风格的繁复多姿。《故事新编》的八篇作品，各有各的风格特点：《补天》雄浑，《奔月》悲愤，《铸剑》冷峻，《非攻》从容，《理水》博大，《出关》幽默，《采薇》诙谐，《起死》荒诞。真是绚丽多彩，美不胜收。这正体现了鲁迅创作上追求"内容奇特，格式特别"的美学主张。

《故事新编》是一本奇特的书，它无论在宏观布局上和微观刻画上，无论在思想主题的提炼上和艺术手法的运用上，都凝聚着鲁迅美学思想的结晶，是件既雄浑伟岸，又精雕细琢的艺术珍品，在中国文学史上，它如一座奇峰屹立，具有永恒的艺术生命力。

刊于《内江师专学报》1986 年创刊号

古老树干上的新枝

——读《朔方》上的几篇人兽搏斗的小说

前不久,在《朔方》上蛮有兴味地读完几篇人与兽搏斗的小说:一个老猎人凭耐力和机智,忍受着饥饿、寒冷、疲劳,终于杀死了那只祸害人畜的狡诈凶猛的老狼(1985年1期,尚闽《狩猎者》);几个猎手进山打熊,一个老猎手在与熊的搏斗中一起滚下了悬岩,同归于尽(1985年2期,郑万隆《峡谷》),更使人感到新鲜的是我们能在高原的刊物上看到描写大海的作品——一个年轻的钓鲨者在钓第四百六十一条鲨鱼时,竟被垂死挣扎的猫鲨所吞噬(1985年5期,陈锟《竹排上》)。三篇小说都是短篇,篇幅虽然不长,但却把读者引进了新的生活天地里,那峻峭的大山,茂密的森林,雄奇的大海。那狡猾的狼,凶悍的熊,残忍的鲨。更有那精神崇高、灵魂圣洁、勇敢彪悍的人。这些作品,以新鲜的题材内容,在一定程度上满足了读者的好奇心理;以别致的生活画面,给读者以愉悦和享受;以深刻的思想主题,让人们去玩味深思。

说起来,这也许是一种全国性的文学现象。粉碎"四人帮"后,我们的文学已经经过"伤痕文学""反思文学""改革文学"等诸时期,文学随着社会的前进在不断发展,可以看出,一种新的题材或主题倾向的文学作品,从出现到高潮再到"老化",周期并不很长,题材的不断更新,主题的多样化,是文学发展的正常现象。人与兽,人与大自然搏斗较量,其实是一个古老的题材,但时代的变化却赋予它以新的内容和命意。自邓刚的《迷人的海》以来,这类作品不断涌现,受到读者的喜爱和承认,也引发了更多的作者的兴趣和效仿，形成了一股不大不小的题材潮流。应该说，还有另外一个很重要的原因，那就是近年来"俗"文学对文学市场的冲击，对"雅"文学作者的引发。近年来通俗文学的迅猛发展是有其成功经验可以汲取的，不少作者已注意到这点，并在自己的创作中有所借鉴。写人兽相搏斗的作者在处理这一题材时，往往让兽类以人格化的面目出现，它们从文学作品中的陪衬地位逐渐向次主角和主角方向移动，使作品具有浓厚的趣味性。在情节安排上，起落跌宕，变幻莫测，具有传奇色彩，作品的可读性大大增强了，读者们被吸引住了。真可谓雅俗共赏，老少皆宜了。

　　人与兽搏斗，并战胜它，使人类在地球上取得了统治地位，在我国古典文学作品中，擒龙斩蛟，打虎杀熊的故事举不胜举，一般都体现了个"为民除害"的主题。现代的人兽搏斗小说，如果把主题仅仅限制在这一点上，那显然是不够的。在现在这样高度文明的时代里，野兽对人类所构成的威胁已不复存在，或者应该说是相反，人类对野兽的生存威胁已达到使许多种野兽濒于灭绝的地步，因而现在的人兽搏斗的文学作品已远远不是"为民除害"所能包容的，它需要开掘与生发。拿《狩猎者》来说，小说中写到周振海抓住狼后，并不急于打死它，他要通过"感觉狼的挣扎"，认识到自己的力量："他仍然是条汉子！一度使他感到害怕，感到空虚的生活，又重新充实起来了。"他有力量战胜恶狼，也有力量战胜迫害！在《竹排上》和《峡谷》里，作者通过故事的叙述和形象的塑造歌颂一种精神。《峡谷》中的申肯，劝阻两个小青年不要冒失地去打熊，他们不听，为了保护他们，他也跟上勒勒山。当他们听到熊的吼叫，断定它是只要产崽的母熊时，他再次劝阻，恳求他们不要伤害它，甚至与他们拼打起来，而当熊扑来时，他叫他们快跑。熊几次向他扑来，他都躲让，不忍心伤害它，只有当它把他压在身下，威胁到他的生命时，他才一刀向它刺去。最后，兽与人双双滚下悬岩。申肯是一个既懂得保护人，又懂得保护兽的猎人，他粗犷而善良，刚烈而又有柔情，作品着意刻画他那美好的"有分量"的灵魂。《竹排上》所颂扬的是一种大无畏的勇敢进取精神。强发为了挑起全家生活重担，继承父业，开始了钓鲨这个富有冒险性的踏浪生涯，他钓到一条凶猛、狡猾的猫鲨，他感到胜利的满足，毫无惧色地与之周旋。"一个猛子扎进海里把钓鲨的长绳牢牢拴在礁石上"，上岸喝酒吃肉，与情人调笑去了。当他不幸被鲨鱼咬去半个脸时，他也不灰心气馁，就是在奄奄一息时，也决不放掉猎获物，直至最后时刻，他还向鲨鱼丢去一把钢叉。《迷人的海》里的海碰子性格，在这里得到了呼应。周振海、申肯、强发，他们的血液里都具有一种传统的民族精神：忠诚、侠义、善良、进取，而在他们与凶兽搏斗的生死攸关时刻，却闪现出不同色调的时代的理想主义火花。他们以粗糙的、凶猛的、雄奇壮美的大自然为对手，演出一幕幕动人心魄的活剧。他们选择强者为自己的对手，并且终于在搏击中征服它，显示了自己的力量。黑格尔说："人格的伟大和刚强，只有借助矛盾对立的伟大和刚强才能衡量出来，环境的冲突愈多，愈艰巨，矛盾的破坏力愈大，而心灵仍能坚持自己的性格，也就愈显出主体性格的深厚和坚强。"[《美学》(1) 222 页] 但遗憾的是，申肯和强发都与他们的对手同归于尽了，这样的悲剧结局也许令人惋惜和不解。为什么要把我们的英雄置于死地呢？我们认为，这也许有警世的用意。申肯死于他的憨愚，强发死于他的大意，给人们留下血的教训。在现实生活中，不是常常发生那种本不应该发生的因愚昧无知，因麻痹大意而造成的悲剧吗？前车之鉴，发人深思。当然，如果对这几篇作品的悲剧意义的理解仅限于此，那未免肤浅。应该看到，作者在安排自己作品中的主人公命运时，根据他们的不同际遇，在不同的起点上着力表现他们那种对待生活的积极态度，那种勇敢进取、奋力开发的气质，那种与时代脉搏合拍的浪漫主义精神。

讲求故事性，是这几篇小说共有的特点，但不受其束缚，只是讲求，而不是追求故事性。它们致力于表达的是人和人生，是理想和追求，作品中所写的那些离奇曲折的情节，所表现的紧张激烈的节奏，都是为这个目的服务的。周振海的坎坷经历，与老狼相持而最后取得胜利的情节，在于升华他的性格。强发与猫鲨的反复较量，被咬去半个脸也不放弃猎获物的描写，在于赞美他那种坚韧、进取、开发的精神。申肯和两个小猎人之间一系列矛盾的情节，在于表现两代人思想感情的差异而又终于得到弥合。他们在作品中始终处于情节的主宰、主人的地位，而绝不是情节的附属品。

作品中还有一些关于兽性的描写，虽然不多，但很别致，把我们带进了一个陌生的性格世界。《狩猎者》中关于那只孤独的，曾经为了摆脱猎夹而咬掉自己的一条腿的老狼的传说,《竹排上》中那条"想在阴暗的大海上充当强者"的猫鲨,《峡谷》中那只会哭的母熊,多么新奇,又多么神秘。写兽性、兽情,其实是为了写人性、人情,老狼的狡诈在于对比周振海的机智,猫鲨的残忍为了衬托强发的顽强,而熊的"哭",却正好引动了申肯的情感爆发。

刊于《朔方》1986 年 2 期

《雷雨》与《屏风后》与《群鬼》

　　话剧，本是"舶来品"。对我国话剧影响最早最大的莫过于挪威戏剧家亨利·易卜生了。早在中学时代，曹禺就在易卜生的戏剧中担任角色，《雷雨》受易卜生戏剧，特别是他的名剧《群鬼》的影响，是人所共知的。但我们认为，《雷雨》还受到我国著名戏剧家欧阳予倩的《屏风后》的一些影响，而这一点却被人们所忽略。其实，欧阳予倩也受到易卜生的巨大影响，他译他的戏，演他的戏，"一脑门子易卜生"（欧阳予倩：《自我演戏以来》）。欧阳予倩的《屏风后》早《雷雨》四年发表，对戏剧有浓厚兴趣的曹禺，不可能没有接触。对他创作《雷雨》不可能没有影响。但是，曹禺在借鉴时有很大的发展，产生了质的变化和飞跃。本文就这三个剧本的一些关系作一些探讨。

一

　　《群鬼》是易卜生写于1881年的著名剧本，剧情大意是写一个叫海伦的小姐，嫁给酒色之徒阿尔文上尉，生下儿子欧士华。阿尔文与女仆乔安娜私通，生一女孩名吕嘉纳。海伦把乔安娜嫁了出去，把吕嘉纳留下当使女。她又怕儿子欧士华知道家丑，把他远送到巴黎学绘画。剧本采用倒叙手法，把欧士华学成归家作为开始，这时他已是二十六七岁了。回家不久，他却爱上了当使女的吕嘉纳。这使海伦大为吃惊。不料，还有更使她吃惊的事，那就是欧士华从胎里遗传了梅毒，医生诊断是不治之症。果然不久，欧士华病情复发，在母子都陷入万分痛苦中结束全剧。

　　《屏风后》是欧阳予倩写的一出独幕讽刺喜剧，剧情大意是"道德维持会"会长康扶持之子康无垢与一群"道德维持会"会员们在一起赌博玩女人。女伶人忆情诉说她十五岁时，被一个叫康正名的学生勾引有孕，生下一男孩。康正名毕业后去北京谋事，走后不久，她又生下一女孩，取名明玉。忆情去北京寻夫，方知康正名已与一将官之女结婚，不但不相认，反诬她为革命党，抢了儿子，撵出北京。从此，忆情带着女儿明玉漂泊江湖，流落风尘……正讲到这里，"道德维持会"会长康扶持突然归来，大家慌忙收拾牌桌，忆情母女急躲进屏风后。康扶持发现里面有人，要撤去屏风。忆情认出康扶持就是当年遗弃她的康正名，立即移开屏风，怒斥康正名向大家拆穿他的真面目。这时康无垢大悟，认了母亲和妹妹，但他想到对亲妹妹做的那些事，追悔莫及，说道："我除了自杀没有第二条路！"

曹禺剧本《雷雨》写于1933年。其内容是人人皆知的，不再赘述。

《群鬼》《屏风后》《雷雨》三个剧本，在内容上确实有着惊人的相似之处："父亲造的孽要在女儿身上遭报应"、兄妹的乱伦爱情、对旧道德的残酷与虚伪的揭露，等等。但是，由于作者所处的时代不同，在对社会的揭露和批判上体现了不同的历史深度。《群鬼》在于揭示那个鬼魅当道的资产阶级社会对"个性之尊严，人类之价值"的践踏，深刻而尖锐地批判了资产阶级上层社会的虚伪和对善良妇女的残害，为妇女争取做人的权利。但对海伦的一味掩饰自己丈夫丑行的做法，也不无微词显露于笔端。作品的悲剧结局，固有振聋发聩之意。然而，把悲剧的直接原因归结为梅毒的遗传，其悲剧意义却不免受到限制。《屏风后》中的康正名是一个在封建道德帷幕掩盖下的伪君子。撤去那屏风，让伪道学家的嘴脸彻底暴露在光天化日之下。作品采用漫画笔法，粗线条勾勒，用喜剧的形式表现悲剧的内容，在笑声中剥去那些所谓正人君子的伪装。《雷雨》立足于中国半殖民地半封建社会的现实，把易卜生在《群鬼》中所提出的"妇女问题"加以扩大，将《屏风后》对伪道德的揭露引向深入，将两个家庭两代人的复杂关系和矛盾纠葛放在一定的社会历史基础之上，进行深入解剖，给当时中国城市社会的主要阶级的代表人物都有登台表演的机会。它的容量之大，揭露之深，都是前所未有的，是一部封建买办资产阶级对劳动人民压迫欺凌的苦难历史的形象概括，在摄影似的暴露旧社会造成的人间丑剧与悲剧的浓重氛围中，多少透出一点阳光和生机，从而扫去了《群鬼》那使人绝望窒息的气氛。

二

在这一部分里，我们将对《群鬼》《屏风后》和《雷雨》三个剧本中的人物作一番考察分析。

海伦是《群鬼》的女主人公。为了个人幸福，她曾坚决地反对过虚伪的旧道德秩序，试图离开阿尔文出走，但后来竟变为旧道德秩序的维护者。她掩饰丈夫阿尔文的丑行秽德，为他造纪念碑。而当她从亲身的苦痛中，从一些书籍的启示中，再次对旧观念秩序有了清醒的认识时，悲剧已铸就。她由反抗而妥协，而安分，最后被吞没作了牺牲品。这固然是由于她所处的那个鬼魅世界黑暗势力过于强大，由于昔日情人曼德牧师的背叛，但也与她无力与传统思想彻底决裂、好体面与多顾忌的矛盾性格密切相关，而这些，莫不打上社会环境、出身教养的社会印记。她是一个反映了生活本质，概括了一定时代历史蕴含的艺术典型。但是，也不能不看到，在海伦身上，仅有的一些理想光泽却被时代的雾霭逐渐淹没。虽然剧终终于出了太阳，但那阳光是不属于她的。这个可以说是易卜生晚年消极悲观思想的初露。

《屏风后》的女主角忆情，在大胆追求、忍辱负重这些方面，与海伦有近似点。走投无路的生活处境，铸成了她那种坚韧的叛逆性格，尽管她的反抗是初步的、自发的，但却是大胆的、无所顾忌的。她现身说法的血泪控诉，对那些口是心非、言行不一的封建卫道者们，是一记响亮的耳光。虽然，她的反抗带有较多的个人色彩，但因为她所面对的是最反动最顽固的封建势力，这就使她的行为具有强烈的民主主义内容，与时代潮流合拍。比起《群鬼》中默默听任宰割的乔安娜，甚至比起顾虑重重的海伦，在性格上都有较大的发展。作者特意安排了一个让她性格暴发的燃点，让她移开屏风，当众拆穿康正名的"西洋镜"，扯下那掩盖在康正名之类和整个腐朽社会上的遮羞布。特别是她在时代精神的影响下，竟喊出了："可是我真想革命。"似乎她已朦胧地认识到，要从根本上改变自己和女儿的命运，只有彻底推翻旧制度才能办到。忆情是一个处于新旧交替时代、受到新思潮的感召、在人生道路上艰难跋涉、逐渐醒悟的妇女，是立足于中国现实土地上的"这一个"。这个形象之所以能给人们留下难忘的印象，就在于作者不仅赋予她以鲜明的个性，而且给她的性格注入了一定的社会内容，使之具有较大的思想意义和认识价值。大概为了顾及"独幕"和"喜剧"的特点，忆情的性格虽鲜亮，但显得直露和浅显，缺乏深度与力度。

《雷雨》在对侍萍、对繁漪的塑造上，受海伦、受乔安娜的影响最为明显，也最具有创造性。按人物地位的对应关系来看，如果繁漪相当于海伦，那侍萍就相当于乔安娜。但是《群鬼》中乔安娜并未出场，她是个已经死去了的人，只是在人物对话中谈到她，她不能算是《群鬼》的剧中人。欧阳予倩在《屏风后》中塑造忆情是否借重于她，尚难推定。但《雷雨》中的侍萍确乎有海伦的影子，并且也还有忆情的影子。侍萍以女仆乔安娜的身份"借尸还魂"，不仅走到前台，而且当了主角。她像海伦准备承认欧士华与吕嘉纳的爱情既成事实一样，同意周萍与四凤私奔，她也如忆情那样长期隐忍着痛苦，积蓄着仇恨。但是侍萍有着自己的性格发展轨迹和特定的内涵，她的痛苦与创伤，她的愤怒与反抗，她的善良与容忍，集中地表现了半殖民地半封建社会底层劳动妇女的不幸命运和几千年古老文明哺育出的传统品格。虽然，她的性格有很大的局限性，但我们不能脱离她的经历、教养，脱离她所处的特殊地位去苛求于她。她到底以前是"下人"，虽然她已认出了这家公馆的老爷确实是三十年前的"他"，而当他走过来时，毫无精神准备的她本能地"闪"在一旁，以便作进一步的观察后决定对策；而忆情却不一样，她是名门闺秀，与康正名身份平等，十几年来她都在寻找报复的机会，因而，当她发现走进来的原来就是她踏破铁鞋无觅处的康正名时，就毫无顾忌地移开了屏风。她的目标单一而明确，十几年的积恨如决堤之水，一涌而出；侍萍则是个已"死"的人，她把痛苦埋藏得更深更隐蔽，不希望再见到"他"。可是命运的作弄，冤家路窄，三十年的悲痛涌向心头，但她究竟久经风霜了，能够比较冷静地把握自己的感情，先是试探，然后一点点挑明。只有当周朴园的伪装完全撕去，凶相毕露时，她才怒不可遏地把所有的仇恨爆发出来。比起《屏风后》里的忆情，她的性格层次复杂得多，也饱满得多。

易卜生写《群鬼》，意在批判那"托平等之名，实乃愈趋于恶浊"（鲁迅：《文化偏至论》）的资产阶级鬼魅社会，对剧中女主人公海伦寄予无限同情。

海伦一生都在用善良愿望编织一张美丽的网，最后被困在自己亲手织的网里，陷入绝望的深渊。繁漪身上明显有海伦的投影，这不仅表现在她们对婚姻自由的追求向往上，表现在她们的悲剧命运上，更主要的还表现在她们性格的丰富多变上。她生活在五四运动前后，时代的风云在她心里翻腾、撞击，冷酷冥顽的周朴园对她的压制，寡廉鲜耻的周萍对她的欺骗，绝望之余，终于引发了她雷雨般性格的爆炸。她不顾一切地撕开严密的帷幕，把包括自己在内的一切丑恶通通揭露出来，毫不留情地向周朴园、向周萍、向那个毁掉她一生幸福的黑暗现实报复。鱼死网破，同归于尽，在所不惜。

周朴园是《雷雨》悲剧的元凶，是剧中所有不幸的制造者。在他身上，集封建主义的残酷性与资本主义的虚伪性之大成。康正名在敦风化俗的幌子下欺世盗名，力图挽救那垂亡的封建思想统治，周朴园则用封建纲常的咒语来巩固和维系自己的家长尊严，目的也是在于维系那个与他命运攸关的没落制度。如果与《群鬼》中的人物相比，他年轻时与阿尔文一样荒淫糜烂，老来更多具有曼德的虚伪与冷酷。他精心地保存着侍萍的照片和纪念物，保持房间里原来的家具陈设，等等，莫不说明他性格内涵比曼德更复杂和丰满。

在《群鬼》和《雷雨》中，还各自成功地塑造了一对处于奴仆地位的父女：吕嘉纳和她的养父安格斯川，四凤和她的生父鲁贵。而且，两个剧本都以两个不配称为父亲的人不择手段地向女儿勒索榨取钱财作为全剧的开端。由于易卜生的匠心安排，吕嘉纳虽身处奴仆地位，但却一心想"跟上等人在一块儿喝香槟酒"，后来连自己病危的亲哥哥也不顾，甘心去安格斯川开的"水手公寓"当"幌子"。她的出走与其说是她的"清醒"，不如说她是为了追求"生活乐趣"。这应该说是阿尔文造孽的又一个"报应"。《雷雨》中的四凤，纯洁天真，像一朵出于污泥的荷花。她的毁灭更具有撕裂人心的戏剧效果。

《群鬼》《屏风后》和《雷雨》中的青年人大都被安排了死亡的结局，欧士华的死是"报应"，康无垢的"要自杀"也是"报应"，周萍、周冲的死，又何尝不是"报应"？阿尔文的早死，是他的幸运，没有亲眼看到自己的"报应"，康正名却看到了。而周朴园则更凄惨，仅仅一个晚上，众叛亲离，彻底崩溃，最后两个儿子一齐惨死，他尝尽了自己造下的罪恶之果。欧士华、康无垢、周萍的死，在一定程度上意味着作家对那个社会的绝望。不同的是，活着的阿尔文的女儿吕嘉纳的沉沦表明了绝望之深，而周朴园活着的儿子鲁大海的背叛却预示了历史的一线希望。这显然是两个不同的时代给作者思想留下的不同投影。

三

英国戏剧理论家威廉·阿契尔称易卜生是"奇怪命运的织造者"。《群鬼》中的人物命运确实是现实生活中少有的，譬如兄妹间的乱伦爱情之类。但我们仔细研究，他们的"奇怪命运"是不可避免的，他们的年龄，他们的生活环境，他们所处的时代，都为他们的相爱提供了条件。奇而不谲，怪而有因。而《屏风后》中的兄妹相爱，是逢场作戏的爱情，是人海茫茫中的偶然相遇。奇中有巧，怪而不假。至于《雷雨》中所写的兄妹间的爱情，既有《群鬼》中的必然因素，也有《屏风后》中的偶然因素，虽奇特巧怪，却真实可信。周萍、周冲、四凤、繁漪四个人三种不同的乱伦爱情，造成了作品中复杂险怪的戏剧冲突。这种奇妙的构思，诚然有《群鬼》《屏风后》的导发，但更多的也许来自中国古典戏剧追求偶然的"巧合"和情节曲折的戏剧构思的启示。曹禺根据自己对生活的把握，从易卜生那里，从中国传统戏剧那里，找到了适合于自己的表达方式，形成了自己独特的美学风格：巧思奇想，曲折多变，盘根错节，难解难分；离奇而不怪诞，紧促却又自然。在对悲剧美的追求上，着力扩大它的思想意义的覆盖面，美好的东西被毁坏得更多更惨，从而大大深化了作品对腐朽旧制度的彻底否定的主题。

《群鬼》的戏剧冲突是在海伦和曼德牧师之间展开的，第一幕写二人多年不见重逢，曼德对海伦看书横加干涉，批评她的叛逆情绪。海伦则反唇相讥，毫不相让，用自己的亲身经历，拆穿曼德的虚伪，撕破那掩盖在"法律""秩序"上的帷幕。海伦几十年来都试图摆脱"法律"和"秩序"，但那些"从祖宗手里承受下来的东西""各式各样陈旧腐朽的思想和信仰"，"死缠着"她不放，虽然她极力挣扎着希望摆脱它而终未能够。以海伦和曼德牧师为代表的新旧思想的斗争是激烈尖锐的。虽然全剧以欧士华的死表明了海伦的惨败，但欧士华的死也宣告了阿尔文上尉这个家族的绝灭，也预示了腐朽统治的无药可医。像海伦无法挽救欧士华的生命一样，曼德牧师的说教也无法拯救那个沉沦的社会。《群鬼》把戏剧冲突的高潮安排在第二幕，第三幕写曼德牧师对安格斯川抓住把柄的敲诈勒索让步和欧士华的死，只不过是尾声，是对主题所作的形象的补充，犹如剧烈的爆炸后，建筑物并没有即刻倒塌，但因为基础已被破坏，在一个短暂的间隙后，才轰然倒下。

《雷雨》的主要冲突，是在周朴园与侍萍之间展开的，但由于剧中人物众多，关系复杂，各种矛盾冲突相互纠缠，为了突出主要矛盾，作者让各种次要矛盾较早地一一展示，到第二幕侍萍上场后，各种矛盾急剧变化，并向她集中：繁漪对周朴园的反抗因她的出现而更趋激烈；鲁大海与周朴园的斗争因她的出现而增加了传奇性内容；周萍、周冲对四凤的爱情因她的出现立刻起了质的变化……周朴园与侍萍的互相发现，本应是全剧的一个高潮，但由于侍萍的善良容忍和气节感，矛盾非但未被激化，反倒有偃息的趋势。而这时，由于副线矛盾的发展无法控制，牵动和引发了周朴园和侍萍间矛盾冲突的进一步发展。第四幕周萍认母，全剧进入高潮的顶峰，矛盾冲突白热化。四凤、周冲的惨叫，周萍的枪声，宣告了悲剧的结束。作者对次要冲突的安排，犹如埋下一个个定时炸弹，让它们与主要冲突同时爆发，更集中、更响亮、更具有震撼心魄的力量。

刊于上海《社会科学》1986 年 5 期

鲁迅的小说创作与外来文艺思潮

——为纪念鲁迅先生逝世五十周年而作

　　鲁迅先生离开我们已整整半个世纪了，他的大忌之日，应该写些什么样的文字来纪念他呢？我想《沱江文艺》是以小说而使人注目，活跃于文坛的，就谈鲁迅的小说吧。再说，近几年来，我们国家实行"开放搞活"政策，外国文艺思潮随之被介绍进来，外国小说也引起许多读者的兴趣。那就把这两方面的内容联系起来，从鲁迅对外来文艺思潮、文学作品的翻译介绍、学习借鉴到分析认识等几个方面，作一些介绍和探讨。

　　早在 1903 年，鲁迅就翻译了法国作家凡尔纳的科学幻想小说《月界旅行》《地底旅行》和雨果的作品。1907 年，鲁迅写了《摩罗①诗力说》一文，向人们详细评述介绍了以拜伦、雪莱、裴多菲等为代表的"摩罗①诗派"的积极浪漫主义。并希望这种"雄桀伟美"的风格能影响中国的"精神界之战士"，鼓励他们创造出新文学，以抵制和取代封建旧文学。1909 年，鲁迅编译出版了着重介绍俄国和东欧"弱小民族"文学作品的《域外小说集》，使读者大开眼界，给文学创作也提供了借鉴。从那些时候起，鲁迅在从事创作的同时，不间断地翻译介绍外国文学。根据不完全统计。鲁迅一生共翻译介绍了十四个国家，一百多位作家、评论家的作品和论著，印成三十多个单行本，总字数在二百五十万字以上。

　　鲁迅早年学医，他"弃医从文"的原因是希望通过文学能唤醒国民的觉醒，激发中国人民的革命精神，因此，他早期的翻译侧重放在介绍被压迫、

---

① 摩罗，印度文指魔鬼，欧洲人称撒旦，意为叛逆者。人们用以称拜伦。

被损害的弱小国家、弱小民族的文学作品上。他在《英译本〈短篇小说选集〉自序》一文中说："……我看到一些外国的小说，尤其是俄国、波兰和巴尔干诸小国的，才明白了世界上也有这许多和我们的劳动大众同一命运的人，而有些作家正在为此而呼号，而战斗。"鲁迅翻译介绍外国文学的用意，用他自己的话说，是在于"从别国里窃得火来"，以照明中国的黑夜。同时，也在于"作借镜，其实也就是催进和鼓励着创作"（《关于翻译》）。为了开阔视野，注意从世界文化中吸取有益的养分，鲁迅在翻译时注意介绍外国各种文艺思想倾向的作品和理论著作，如翻译德国资产阶级学者尼采的文艺观点，介绍奥地利学者弗洛伊德的"精神分析"学说，翻译日本厨川白村的文论著作《苦闷的象征》《出了象牙之塔》，等等。鲁迅在译介这些著作时，用批判的观点加以评价介绍，以便让读者对这些著作能有正确的认识和理解。

随着鲁迅思想的发展变化，他在译介外国文学方面，一面为了配合革命斗争的需要，翻译了如苏联作家法捷耶夫的小说《毁灭》那样战斗性很强的作品；另一方面，为了建设中国的革命文学理论，主持编印了《科学的艺术论丛书》。鲁迅自己亲自翻译了普列汉诺夫的《艺术论》和卢那察尔斯基的《艺术论》，系统地介绍了马克思主义的文艺理论，用以作为批判各种资产阶级唯心主义文艺观点的武器，用以指导进步文学家的创作。鲁迅大量翻译和介绍外国文学，不仅有益于中外文化交流，增进中国人民与外国人民之间的了解和友谊，同时，为中国人民的解放事业，为建立具有中国特色的新文学，作出了重大贡献。

1934 年，鲁迅写了一篇题为《拿来主义》的杂文，主张开放和引进，对外国的东西要"运用脑筋，放出眼光，自己来拿"，先"占有"后"挑选"。"或使用，或存放，或毁灭"。要"沉着，勇猛，有辨别，不自私"。大胆地拿过来，有选择地学习和借鉴，并加以改造和创新。鲁迅强调，"没有拿来的，人不能自成为新人，没有拿来的，文艺不能自成为新文艺"。鲁迅的这种观点，闪耀着辩证唯物主义的光辉，就是今天，也并不过时。

鲁迅先生向外国文学学习，首先是学习批判现实主义、积极浪漫主义作家的那种对资产阶级黑暗现实进行揭露批判，唤起被压迫被剥削人民觉悟，奋起"争天抗俗""力足以振人"的战斗风格。鲁迅一生写作出版了《呐喊》

《彷徨》和《故事新编》三个小说集，共有三十几个中短篇，无论是取自现实题材或者取自历史传说和神话故事，都深刻地揭露了半殖民地半封建的旧中国的黑暗腐败；反映了处于残酷经济剥削和精神奴役下的农民、知识分子和其他下层人民的苦难和挣扎，尖锐地批评了他们身上的愚昧、麻木等"国民精神的弱点"。对旧世界"吃人"本质作了形象的总体概括，体现了一种深沉而清醒、沉重而尖利的风格。鲁迅认为，要改变黑暗现实首先要揭露黑暗现实。坚持用写实的手段描绘出"上流社会的堕落和下层社会的不幸"，要向人们提出"问题"（鲁迅英译本《短篇小说选集·自序》）。因而他对现实主义作家如果戈理描写底层人民"泪痕悲色"的作品，对显克维支描写农民痛苦的作品，特别感兴趣，并注意将他们的现实主义运用于自己的创作，形成了他独具特色的清醒的现实主义创作风格。鲁迅还十分赞赏拜伦的"如狂涛如厉风""不克厥敌，战则不止"。雪莱的"求索而无止期、猛进而不退转"的与旧世界彻底决裂毫不反顾的精神，而在自己的作品中灌注较多的革命理想的色彩，显现出乐观的"亮色"，发展他们的积极浪漫主义为革命浪漫主义。

鲁迅所写的被称为中国现代文学史上第一篇白话小说的《狂人日记》，"所仰仗的全在先前看过的百来篇外国作品和一点医学上的知识"（鲁迅：《我怎么做起小说来》），是"取法"俄罗斯作家果戈理的一篇也叫《狂人日记》的小说。而《药》也明显受到俄罗斯作家安特莱夫小说《齿痛》和屠格涅夫散文诗的影响。就是取自神话传说而写的《补天》，也是受到西方现代派文艺思潮的触发而成篇的。至于《孔乙己》《白光》《伤逝》，以至《起死》等，都或隐或现，或明或暗地看到外国各种文学流派给它们留下的痕迹。

当然，就整体来看，鲁迅小说的创作方法基本上是现实主义的，但因为鲁迅大量阅读、翻译和介绍了外国文学，他在有意吸取外国批判现实主义和积极浪漫主义的养分的同时，为了创作的实际需要，也可能随手拈来其他适用的方法。于是，包括西方现代主义在内的一些创作方法，也会或直接，或间接，或曲折地影响着他的创作构思。这在鲁迅的小说中是不难找到例证的。

但是，鲁迅学习、借鉴外国文学，不是皮毛的照搬，而是把它们"拿来"后进行咀嚼消化，变为营养，融入自己的艺术血肉，脱去借来的躯壳，以崭新的面貌显现在人们面前。就拿《狂人日记》来说，鲁迅也说受到果戈理的影响，甚至连题目都相同。但如果我们将两篇小说对比来读，就会发现鲁迅先生在借鉴外国文学上所具有的使人惊异的独创性。

果戈理的《狂人日记》写于 1835 年，写一个名叫波布里希钦的小职员，他异想天开地爱上了部长小姐。但部长小姐连斜眼都不看他，他还因此受到部长、科长的训斥和其他官吏的白眼，连门房也瞧不起他。于是，他由屈辱、悲痛，到愤愤不平，到昏昏沉沉、疯疯癫癫，幻想自己当了西班牙国王。但人们并不把他当国王，把他当疯子，剃光了他的头，打他，在他头上浇冷水，并把他关进监狱。

从以上的介绍可以看出，果戈理的《狂人日记》与鲁迅的《狂人日记》，虽然在为受屈辱被压迫者呼喊，控诉社会黑暗方面是相同的，但二者却有着根本的区别。果戈理的《狂人日记》在揭露、讽刺沙皇俄国的官僚社会的同时，对狂人波布里希钦也作了轻微的戏谑，初读可笑，再读悲伤。以喜剧的形式表现了悲剧的内容，是含着眼泪的微笑；而鲁迅的《狂人日记》则充满了忧伤与愤怒，是对"吃人"制度的揭露，是对那些被压迫被损害而又不觉悟的人们的灵魂的挖掘，那些"被知县打过枷的""给绅士掌过嘴的"被压迫者，也都参与了"吃人"的筵席，充分表露了作者悲痛、愤激的感情。是以悲剧的形式，表现了忧愤的内容。再从两篇《狂人日记》所塑造的形象来看，虽然都是写"狂人"，但两个"狂人"的病因、病状却大不一样：一个是因为想入非非而发狂，是真疯子；一个是为唤醒人们而奔走呼号被当作疯子，是假狂人。一个是受歧视、受屈辱的卑微人物；一个是受迫害、受围攻的先进战士。一个日夜思慕的是部长小姐；一个时刻焦虑的是人在吃人又被吃……很显然，鲁迅的《狂人日记》在对社会现实的认识上，不仅比果戈理更为"忧愤深广"，就是比同时代的作家，也更为博大深刻。当然，鲁迅和果戈理生活的年代相差大半个世纪，由于时代的不同，鲁迅自然要比果戈理站在更高的历史阶梯上。准确地说，果戈理和鲁迅，他们都各自站在自己时代的制高点上，塑造着自己的"狂人"，揭露旧制度的弊害，以"引起疗救的注意"。

从《狂人日记》以后，鲁迅创造性吸取外国文学中有益成分于自己的创作的做法，在《呐喊》《彷徨》的其他篇章中，则更加圆熟灵活。《呐喊》中十多篇小说的形式多样化特点，与鲁迅广泛吸收外国文学的创作艺术特长不无关系，如"用幽默的手法写阴惨的事迹"的《孔乙己》、用"轻妙笔致"写的《阿Q正传》、具有"安特莱夫式的阴冷"的收尾的《药》，等等，都可以找到与外国文学的某种或艺术技巧或风格气韵或思想表达等方面的联系。

鲁迅对外国文学的学习借鉴是大胆的，也是十分严谨的。由于外国文学本身的驳杂，鲁迅在运用时采取了相当谨慎的态度。比如鲁迅在写以神话传说为题材的小说《补天》时，他"原意是在描写性的发动和创造、以至衰亡的"（鲁迅：《我怎么做起小说来》），"不过取了弗罗特说，来解释创造——人和文学的缘起"（《故事新编·序言》）。但从整个作品来看，却完全偏离了这个动因。这不是没有原因的。鲁迅在经过思虑后发现，弗洛伊德学说虽有其合理因素和一定的科学性，但也有"偏激"和"穿凿附会"的毛病，特别是他把一切创造当作性爱激情的表现的说法，鲁迅表示不能同意。他在一篇叫做《听梦说》的文章中说："弗洛依特怕是有几文钱，吃得饱饱的罢，所以没有感到吃饭之难，只注意于性欲。"鲁迅的话是对的，试想，如果把文艺创作的动力全归于"性的激情"，那司马迁又凭借什么力量写出卷帙浩繁、流传千古的《史记》呢？

虽然，鲁迅的小说深受外国文学影响，但他不是全盘欧化，也不是异国情调。他虽涉猎于外国文学的画廊，却扎根于中国现实的土壤。他的小说不仅内容取自中国的现实生活，其思想的深刻，其智慧的丰富，其人物的传神，其语言的简练，都是对中国古典笔记小说、唐宋传奇和明清小说的继承和突破。鲁迅的小说是在融合中外小说优点的基础上进行探索和创造，形成了独具特色的、崭新的中国式现代白话小说的样式。说鲁迅是中国现代小说的奠基人，是一点也不夸张的。

早在一百多年前，马克思、恩格斯就提出过"世界文学"的构想，他们认为，随着世界市场的开拓，各民族间的互相交往代替以前的闭关自守。在精神生产方面，"各民族的精神产品成了公共的财产。民族的片面性和局限性日益成为不可能，于是由许多种民族和地方的文学形成了一种世界文学"（《共产党宣言》）。近些年来，随着中外经济、文化的交流，外国文艺思潮、文学作品不断被介绍进来。如何注意吸取其精华，扬弃其糟粕，鲁迅先生的经验是值得我们后人学习和总结的。

　　鲁迅先生辞世的 30 年代，正是中国处于黑暗如盘、文网如织的时候。五十年后的今天，中国已大变样，如果他看到现在祖国的奋起，看到文坛的**活跃**和创作的繁荣，一定会感到无比的欣慰。

刊于《沱江文艺》1986 年 4 期

漫话琼瑶小说

　　琼瑶的小说自进入文坛后，就受到读者的欢迎。60 年代在台湾、香港热，70 年代在东南亚热，80 年代热到大陆来了。但见各地书肆都在出售琼瑶小说，印数少则十万，多至五十万，有时还发现几家出版社同出一本书。琼瑶的小说主要读者是大中学生和青少年，据调查，某市有百分之七十的大中学生读过琼瑶的小说。琼瑶的小说为什么会得到读者的如此厚爱？这确实是一个值得探讨的问题。

　　琼瑶小说的内容，写的是男欢女爱，三角和多角的爱情纠葛，是被称为言情小说的，其中并没有特别的传奇性情节，就其文学价值而言，也算不上是上乘之作，那为什么会"热"起来呢？

　　要对这个问题作出回答，我认为首先要研究读者。文学作品写出来是要人读的，一般说来，受读者冷落的作品不能算是好作品。琼瑶的小说很大一批读者是刚刚踏入青春期的青少年，特别有不少中学生。有人认为，这是因为这几年文艺界开放，电视电影、刊物画报上过多的男男女女情爱耳濡目染，争相以好奇的心理去探寻琼瑶笔下的爱情王国。这种说法不能说没有一些道理，但还不够全面。

　　一种精神现象的产生，总是有其物质原因的。在爱情小说充斥文坛的今天，中学生为什么对琼瑶的小说这么偏爱呢？这也是不难找到原因的。琼瑶的小说有她的独到之处，她回避那种写爱情纠纷、写爱情悲剧的通行模式，潜心于青年男女那种朦胧的爱、纯真的爱的描写。如她的第一部长篇小说《窗外》，写高中生江雁蓉因功课不好得不到父母的欢心，考大学的压力使她十分苦恼。紧张而单调的学习，迫使她寻找调节放松自己的渠道。家庭里找不到温暖，接近异性却使她的感情找到了依托。但是这是一个很不相当的爱情，她竟爱上了比她大二十几岁的老师，这当然是一个苦果。据说，这是作者根据自己的亲身经历写成的，熔铸了实实在在的情感，因而写出了那份真诚，那份热烈，那份柔情。是感人至深的。每一个高中生都有考大学的压力，每一个开始成熟的青年都有一种朦胧的爱的追求，这与当代中学生的心理契合，产生了共鸣。再有，琼瑶的爱情小说，致力于写爱的品格。因而，读它，可以不回避，不必躲躲藏藏，就是女学生，也不以读琼瑶的小说为羞。比如《彩霞满天》中写一对恋人，相爱至深，但女方迫于压力要嫁给一个她不爱的男人。为了表示她的爱，她约她的恋人幽会，要把自己的身子献给他。这本来是可以大大渲染的情节，可是作者却写这位男子汉的冷静，抚慰姑娘说："有一天你会成为我的，我要为你披上白纱，做我的新娘。"这样处理，既避免了公式化，更避免了庸俗化，符合我们民族的传统道德规范。琼瑶的小说还致力于写爱情的力量，如《燃烧吧，火鸟》，写一个叫巧眉的姑娘，她美丽非凡，弹得一手好钢琴，可惜双目失明。她悲观失望，时时处于孤寂与苦痛中，但在人们的关怀下，她得到了美满的爱情。爱情的力量使她鼓起生活的风帆，在人生的航道上破浪前进。她锻炼得不仅能自理生活，而且能应酬宾客，甚至使人看不出她是瞎子。这是一个人道主义的主题。

琼瑶小说多部写三角和多角恋爱，但她只写竞争，不写情杀；她写爱情中的妒忌和自私心理，但也写高尚的情操和君子之风。如新近才发表的《冰儿》，写一位美丽无双、性格浪漫的姑娘冰儿，与一位风流热情的电视编剧徐世楚相爱，但由于两人在性格上的差异，有时爱得水深火热，难解难分，有时又平地风波，矛盾激化，寻死觅活。冰儿在一次气得吃安眠药后求医过程中，认识了博学多才的医生李慕唐，二人一见如故，倾心相爱起来，于是三人之间发生了爱情纠葛。这中间，又突然加进来一个叫阿紫的姑娘，也若即若离地卷进这场纠纷。最后，终于让理智战胜了情感，徐世楚在冷静地估量了自己以后，压制了自己的疯狂，冰儿由浪漫的仙子回到了人间，停止了她那"演戏一样的爱情"，与沉着睿智的医生李慕唐建立了真诚和谐的爱情关系。

　　从以上的初步介绍来看，琼瑶的小说虽然写的是"现代爱情"，但与西方那种写情欲、写情杀、写死亡、写变态心理的爱情是不同的，就是与20年代的鸳鸯蝴蝶派，与30年代张资平的三角恋爱小说，也是有所区别的。由于作者采取了比较严肃的态度，与东方传统的爱情观念无大的抵触，因而，她的作品能为较多的人所接受。

　　我们认为，造成"琼瑶热"还有一些不可忽视的原因。比如，琼瑶作品数量多，题材虽狭窄，但故事不重复。一本接一本，形成一个系列。其内容虽无纵的连续性，但因为它写到了多样多种的爱情纠葛；从横的方面看，形成一条完整的链，人们兴趣盎然地看下去，不愿意中断那条"爱"的"链"，也就更加"热"了起来。

　　在青年中出现"琼瑶热"是不足为虑的，不仅不足为虑，我以为还是一个可以欣慰的现象。为什么这样说呢？回忆这几年来，随着开放搞活，文化市场十分活跃，武侠小说、黑幕小说、惊险小说，风行一时，曾吸引了相当多的青少年和成年读者。在长期的文化饥渴之后，人们对这些东西发生兴趣，这是可以理解的，但这些东西多数是低档次的读物，人们已开始对它厌倦。琼瑶小说的出现，一下子吸引了这么多的读者，这不仅仅是欣赏趣味的转移，而且是一个审美心理的提升。琼瑶小说中所描写的爱情，是经过净化处理的、纯情感的描写。写出了爱情的艰苦坎坷和崇高纯真，而且语言流畅华美，其中往往夹着许多古诗古词，典雅婉约，再加上对一些自然风光、环境气氛的如诗如画的描写，使人陶醉入迷，具有强烈的艺术美感。这些，都有助于人们品格的陶冶和知识的增进。因此，我们认为"琼瑶热"是一种可喜的审美意向的变化。

　　有人说，琼瑶的小说，除了爱情之外，再也没有什么。这话不假，她的作品确实存在着把爱情当作人生唯一目标的倾向，作品中的主人公好像生活在与世隔绝的世外桃源，他们专心致志地谈情说爱，不是在舞厅里轻歌曼舞，就是在沙滩上追逐散步，画面虽美，却有些虚幻，与现实好像隔着一层纱幕。但是，我们也要看到，由于琼瑶的小说比较注重从现实中提取素材，她笔下的人和事都有一定的生活依据，因而，她的作品也具有一定的社会价值。比如《窗外》，通过一对恋人的悲剧，使我们看到社会对人性的压制；在《月满西楼》中，写到报上刊登一则征求秘书的广告，应征的人竟有一千六百人之多。由此，也可以窥见台湾社会的某些方面。

从以上的介绍中，我们认为琼瑶的小说无论在艺术上和思想上都是有成就的。但是，也不能不看到，琼瑶的小说也有明显的不足：她笔下的人物往往热情有余而理智不足，有的爱情被写得真真假假，虚虚实实，冷冷热热，疯疯癫癫，作为文学作品欣赏，是可以的，但如果把它作为一种恋爱的典范加以模仿，那无异于看看《西游记》就要腾云驾雾一样，是要闹笑话的。

刊于《大学文科园地》1987年2期

小议《美食家》与《绿化树》的"吃"描写

陆文夫的《美食家》和张贤亮的《绿化树》，都是围绕着吃饭问题大做文章，通过"吃"，写出了我们国家的痛苦经历，绘出了我们民族的美好灵魂，勾画了处于社会不同阶层的人物面影。

吃，本是一个普通的题材，而《美食家》的作者却在这普通的题材上充分发挥，用以反映时代，解剖历史。作品通过朱自冶几十年吃的变化，反映了我国几十年的历史变迁。朱自冶的肚子就是政治生活的"晴雨表"，它几次凸起和瘪下，形象地说明了我们国家政治经济形势的起落。作者从这一特殊人物身上，选择了一个特殊的"吃"的题目，对我国几十年来的变化作了十分精确的艺术评析。

《绿化树》写吃也是写历史，但作者的观察点不同，它截取了历史的一个横切面，把放大镜对准在五八年后的困难年代，通过大西北一个荒村里的几个被政治风暴和不幸命运捉弄的人的活动的描写，真实地解剖着历史。

《美食家》中写的爱情，也是为"吃"服务的，是为了塑造"美食家"朱自冶这个主角而精心设置的。当高小廷倡议的反吃喝运动在苏州推广，朱自冶的肚子又瘪下去时，与会烧菜的孔碧霞相识，"一吃销魂""两人由同吃而同居"。三年困难时期，朱自冶吃的事业中断，他与孔碧霞的爱情也濒临破裂，"在吃上凑合起来的人，终于因吃而分为两边"。"吃"给朱自冶的生活引进了新的内容，增添了新的矛盾，为他以后"吃"的事业兴旺发达打下了基础，大大扩展了朱自冶性格的延伸余地。作者用幽默轻松的笔调写他们的爱情，爱是为了吃，有吃才有爱。戏而不谑，巧而不怪。使这一对各自有着

"吃"的丰富经历的人物相依为"吃"，各得其所，都找到了满意的生活归宿。这种安排诙谐有趣，颇有回味的余地，不能不使人叹服。

与朱自冶和孔碧霞之间的爱以吃为前提，吃是爱的全部内容相比，《绿化树》里描写的马缨花与章永磷的爱情，虽然也与吃相关，但其格调，其情趣，其内容是大不一样的。马缨花看起来豪放不羁，甚至有些罗曼蒂克，但她很有心计，具有顽强的生活能力。她的身世虽然作者还没有来得及详细介绍，我们仍可以从她的言谈中略知一二。她也许是因为偶然不慎失身于人，一个孤孤单单的妇女带上个牙牙学语的孩子，住在偏僻的荒村，碰上那困难年代，两个生命要活下去，怎么办？只有充分利用她的美貌和机智，在各种人物中间周旋。她有自己的生活尺度，在绝不牺牲自己的前提下收受那些献殷勤者的馈赠。但这不过是权宜之计，她在等待，在寻觅。也许对海喜喜有过好感，但瞧不起他放着书不念到处乱跑，是个"没有起色的货"。章永磷闯进她的生活绝非偶然，她开着"美国饭店"，耳听八方，对章永磷的底细早有所知。在经过几次接触后，她对他由同情而生爱情。她喜爱章永磷像她爷爷那样爱读书，她为他准备好了吃喝。吃饱了，好让他坐下来静静地读书，她却在一边哄孩子睡觉，这时，小屋充满了绵绵之情，使她感到温暖和满足。耕、读，是中国传统思想的一大特点，马缨花从小受这种思想和环境的影响，把这作为一种最美好的生活追求。于是，她终于选择了章永磷。按一般的观点来看，爱与吃联系在一起，未免有些俗，但在那困难的年代，又有什么东西能比得上白面馍馍、细米干饭更能表达心意呢？她精心为章永磷准备吃喝，让他早些健康起来，可以好好地念书，"只要你念书，哪怕我苦得头上长草也心甘"。这是一种多么可贵的为爱而献身的品质啊！马缨花是一个在开放性格掩饰下的具有中国传统德行的女性。她的性格豪放爽朗、谨慎温柔，是在中国土地上土生土长出来的"这一个"。

可以毫不夸张地说，马缨花与章永磷的爱情描写，是近来最有特色的爱情描写。作者充分利用"吃"这个纽带，让机灵善良多少带点野性的马缨花和历经坎坷、对生活有相当思辨能力的落魄知识分子章永磷在感情上扭结在一起，通过一些动人的细节和心理描写，充分解剖了他们的感情活动，让他们的爱情悲剧在充满了喜剧的气氛中进行，使人为之激动和倾倒。那种把他们的爱情说成是"虚伪的结合"的意见,是难以令人信服的。

在困难年代,"吃"是人们神经敏感的中心,是社会生活的聚光点,通过它,最能照射出人们的灵魂。《美食家》和《绿化树》的作者,让自己的人物在饥饿面前接受检验,尽情表演,让他们在围绕着"吃"的活动中塑造自己,组成了一幅幅人情世态、风俗民情、社会生活的生动画面。

为了吃,人们调动了自己的一切心思和手段,章永磷运用自己的知识,海喜喜靠自己的勤劳,马缨花卖弄自己的机灵,"营业部主任"则去抠家里的肚皮……《绿化树》用了相当篇幅写饥饿,但绝不像有的同志所批评的那样"过分渲染饥饿""丧失分寸""令人难以信服"。说心里话,只要不带偏见,凡是经历过那些年代的人,在读了《绿化树》后都不会得出上述结论的。作者站在历史的高处,紧握手中的笔,再现了真实。其目的不是陈列现象,而是为了贬抑世态,塑造人物。试看,作品里"营业部主任"请老会计吃饼子的场面的描写,细腻、真实、惟妙惟肖。在半块干硬的黑面饼子面前,"营业部主任"的自私、刁滑和庸俗,老会计的胆小、迂腐和正直,章永磷由闪念的惶惑到强烈的自尊,都活灵活现地刻画出来了。

《绿化树》和《美食家》都具有尖锐的批判锋芒。前者以沉重深邃的笔触解剖过去,后者则用轻盈戏谑的语言针砭现实。"可惜我不能把苏州和它近郊的美食写得太详细,深怕会因此而为苏州招来更多的会议,小说的副作用往往难以料及。"顺带的闲笔,其意无穷。此类插科打诨似的闲笔,在《美食家》中俯拾皆是。有意思的是,作者特意安排了一个与朱自冶在"吃"的面前态度截然相反的高小廷,作品通过他,对历史作了巧妙的提炼和浓缩,让这位当年英气勃勃的名菜馆经理在几经曲折之后,虽变得成熟老练,但又不免世故圆滑,说话做事"这里打一个坝,那里要留一个口",到头来"总归是我对"。作品对千变万化永远走运的生活小丑包坤年的刻画也是十分成功的,在他身上,我们看到了时代的投影。他只是一个因历史原因造成的畸形儿,而如今,居然能靠精于钻营成了个"人物"。在新的历史进程中,他还将做些什么样的表演呢?作者对他虽一无贬词,但读者是不会不思考的。

刊于《呼兰师专学报》1987 年 2 期

●登高望远与深入肌理

——周克芹近年创作得失谈

　　以《许茂和他的女儿们》和《勿忘草》《山月不知心里事》等小说为世瞩目的周克芹，近年来显得有些沉默，虽然他也写了一些作品，其中有几篇还因其新鲜和深入而引起注意和争鸣，但并未引起更大的反响。是什么原因妨碍他应该取得却未能取得更为丰硕的成就呢？虽然他搬进了城，但并未丢弃乡下的生活据点；虽然在个人生活中出现过风风雨雨，但很快就雨过天晴："他当了'官'，耗去他不少精力。"此说不无道理。但，比起他当"官"的同行，他的创作究竟要少些，"兴许'江郎才尽'吧"，有人冲口而出。其实不对，近年来周克芹已发表的那些作品，好似从地底深处取出的"岩芯"，矿富着哩。人们有些迷惑，讨论往往以这样的玩笑结束："跟许多大作家一样，只有在油灯下，在草棚里，才能写出大作品。"与其把这话当成善意的幽默，不如说它是殷切的期待。

　　与其他许多中年作家一样，周克芹是在"为政治服务"的观点引导下走向文学领域的。撇开他以前的作品不说，就是他新时期的获奖作品，也都具有明确的政治功利价值：揭露"文化大革命"给人们造成的伤痕、检讨农村政策失误的《许茂和他的女儿们》，以其准确地投合了政治形势的发展和社会情绪的需要，赢得了普遍的赞赏；《勿忘草》发表在知青大量回城的当口，《山月不知心里事》写于农村实行家庭联产承包责任制之初。问题的提出和解决方式，都与政治的要求、人民的意愿紧密契合。由于这些作品的创作都是建立在对生活的细心观察和深入体验上，而且又能从时代的高度作出政治的和道德的透视，与当时流行的"伤痕文学""反思文学"比较，显得格外鲜活和昂扬，较早地传递了一种刚刚摆脱苦难、重建新生活的具有全民性的积极情绪。

此后，周克芹沿着他已取得的成功道路继续前进，写出如《邱家桥首户》《钱行》《五月春正浓》《果园的主人》《桔香，桔香》《晚霞》等作品。从这些作品中，我们可以看到作者如何努力追踪、搜寻时代信息，反映改革大潮对生活的冲击与渗透，不断丰富和完善着自己已形成的新鲜深沉的风格。

《邱家桥首户》发表于1982年，是一篇较早提出富裕起来的农民的新的苦闷与烦恼的"问题小说"。农民黄吉山勤劳致富，银行有了五千块钱的存款，于是家庭的平静被打破了，"女儿闹着要出嫁""儿子闹着要分家"。鸡飞狗跳墙，眼看这个家要"散架"了。黄吉山一气之下，拿出钱来办大队林场，"砍了树子免得老鸹叫"。于是，他的烦恼得到排遣。"感到轻松一点了。"这个问题提得很有意义，及早地向人们预报了农村经济好转对农民家庭结构变化和伦理价值观念产生的冲击，与侧重从精神方面提出问题的《山月不知心里事》不同，它侧重从物质方面提出问题，算是《山月不知心里事》的姊妹篇。《钱行》写的是发生在公社机关内部的事，给准备调走的年青书记钱行的老书记，结果反倒给自己钱了行，十分巧妙地提出了新老干部交替、人事制度改革的问题。从发表的时间看，正是中央提出干部年轻化的当口。《桔香，桔香》和《晚霞》都以锐利的目光注视着急骤变化的农村现实，热情地为新生事物争取生存权利：一个着重揭露抨击改革进程中的外界阻力，对体制上的弊病，对权益再分配的矛盾等，作了极其精到的描述。一个着重剖露旧观念对新事物的危害，把陈腐思想与现代意识的冲突加以形象化处理，并把它提高到社会进步的高度加以认识。同时，这篇小说还隐约地提出改革者如何改革自身的陈旧观点的问题，这就更加显示了作品的思考深度。

发表于1986年的《绿肥红瘦》和1987年的《上行车，下行车》，一反作者近距离反映生活、解释生活、指导生活的创作构思，尽力开发人物内心情感，削弱客观描述，避开当前社会政治的中心问题，写的是时代大背景下的感情纠葛。在描写生活上由表及里，在透视人生时由浅入深。虽然，在与政治的关系上似乎由近变远了，但对生活观照的基点却由低而高了。《绿肥红瘦》并没有急功近利地写改革与保守的矛盾，也没有评说道德感情的是非，只是较为完整地写出了一个较为宽泛的时代大背景下发生在母女二人身上的爱情悲剧。其中虽也涉及政治、经济和道德诸多问题，但作品没有把它们放在一个中心位置上，让生活去围绕它们的指针旋转，而是让生活按自己的运行轨道发展，使之与生活真实更贴近，情节进程更自然，感情纠葛更纷繁。较之以前的作品，显示了作者艺术风格开始转换的新动向。《上行车，下行车》可以认为是一篇情绪小说，虽然它只是一个五千字左右的短篇，但它预告了作者美学追求的嬗变。女大学生方达芬在事业上的"得"和爱情上的"失"，随着青春年华的渐逝，在她人生的天平上越发倾斜了。一个短时间的"上行车"还是"下行车"的犹豫中，展现了姑娘十年情感变化的历程。是懊丧，是追悔？是庆幸，是自得？好像样样都有点。

如果周克芹以前的作品主要是在于服务政治，指导生活的话，那这两篇作品则更多的是为了展示心灵，抒发情绪；以前的作品重理性思考，道德教化，而今却偏重情感体味和心绪描述。正好像《上行车，下行车》中的方达芬，长期被制约的感情终于冲破了理智的闸门。我认为，这是近年来阵阵涌起的文学新潮对这位坚守严格的写实主义原则的作家的冲击所迸发出来的回声。比起如《饯行》《妯娌》那样以陡变的故事结局激发兴趣的作品，比起如《勿忘草》《风为媒》那种以情节的生动取胜的作品，作者的审美意识开始大变化，他似乎正在酝酿构建一个新的艺术支点。其实，这种在美学追求上作大跨度超越的作家，在新时期并不罕见。谁又能想到《最宝贵的》和《春之声》竟出自王蒙一人之手？而《人到中年》和《减少十岁》又实实在在都是谌容所写。其实如刘心武、刘绍棠等与周克芹年龄相近的作家，近年来创作风格都在不断变化。比较起来，周克芹的变化迟缓得多，也谨慎得多。这似乎与他长期居住在生活节奏缓慢的农村，开始文学创作接受的是单一的文艺思想指导，已得心应手于习惯的方法，形成了较为稳定的创作思维定式有关。但是，面对日新月异的改革现实，面对纷至沓来的文学新潮，周克芹这位以目光敏锐、笔致新鲜著称的作家，在用笔为改革大潮"推波助澜"时，不能不考虑自己创作的艺术更新。于是，周克芹的作品以更加新颖的面目出现了。可否这样认为：《绿肥红瘦》《上行车，下车行》等小说，意味着作者已脱离

"农民"写小说阶段，开始了"作家"写小说的阶段过渡，其标志就是由惯常的"故事型"向"抒情型"的转变。这就是说，作家的主体意识、作品中主人公的主体意识更强烈了，作品的思想情感的蕴含更深厚了，在艺术手段的运用上更为多样和纯熟了，可以看出，作者向更高的美学层次攀登，向"大家"，向"史诗"奋斗。这，当然是使人兴奋的。

但是，在对周克芹近年创作的回顾中，也明显看出他创作道路的曲折往复，觉察出他创作意识在跃动中的停滞徘徊，在前进中的左顾右盼，步履不够稳健。

《邱家桥首户》发表之初，就有人指出它是按一定观念框架设计的作品。小说把黄吉山家的矛盾归结为他的发财致富，只因为有了钱，他的儿女们的思想感情和心理才变得自私和庸俗了。这不是我们在过去的那些作品中看到的"富则修"的老生常谈吗？其矛盾的解决，是把钱交给集体，于是黄吉山这才轻松了。（作者这也才轻松了。）其实，细想起来，黄吉山家即使再穷下去，难道女儿就不出嫁，儿子就不分家吗？女大当嫁，自不必说。儿子成家后，几兄弟也是要分开过的，这是现时农村家庭结构变化的一般规律。再说，从农村实际情况看，倒是因为贫穷闹着要分家的怕更多。作品中表现出的作者的忧虑是可以理解的，但却很难使人赞同。随着改革潮流掀起，市场的发育和商品经济的生长，必然冲击原有的生活秩序和价值观念。黄吉山的家庭纷争怕只有从这样的大背景下加以考察分析，并站在一定的时代高度加以评说，才能把准历史的走向，让作品更能体现出时代风貌。

周克芹大概已觉察到了这点，他在两年后写的另一篇以家庭矛盾为内容的小说《晚霞》，对改革意识与道德观念的冲突引起的家庭纷争，作了更符合时代要求的处理。老庄出于"良心"的考虑，反对儿子办机制蜂窝煤厂，儿子庄海波为了"发财"坚持要办，对父亲的"分家"要挟置之不顾。父子间"良心"与"致富"的争执，反映了改革时代大量出现的生产发展与道德观念的矛盾。有意义的是，作品还把这个矛盾的范围扩大，让县委书记也参与其中，他"高瞻远瞩"地考虑到机制煤厂办起来后，手工煤厂的三十多个劳力就要失业。矛盾由家庭引向社会，陈旧的道德观念与僵化的政治观念合流，成为改革的阻力。老庄的守旧和县委书记的短视，说明从上到下进行思想解放的必要。更有意义的是，作品写到庄海波反对单身的父亲的爱情。这不仅使矛盾复杂化，增加了作品内容的厚度，反映了在历史的变革进程中社会生活、思想意识的复杂性，而且提出了改革者也应对自己的思想观念作严格自审的命题——改革者在改革潮流中要不断冲刷自己的心理积垢，在划时代的历史大变革中，新旧思想相互冲撞，相互渗透，改革者与落伍者之间并没有绝对的界限。这篇作品使我们发现作者的创作思想的深化，"一石三鸟"的构思显示了作品的思想力度。但是，作品在艺术上并未显出新意。从总体上看，《晚霞》《邱家桥首户》甚至包括《勿忘草》等作品，无论在主题表达方式上，人物塑造，情节安排，结构布局等诸方面，都未能突破原有的框架，与他以前的小说相比，艺术上进展不大。

《晚霞》后又两年，周克芹写了中篇《绿肥红瘦》，它使人们感觉到作家创作意识的躁动。题材似乎还是老样的：冯学海在改革的大潮中闯了出来，成了县上有名的人物，但他却顽固地坚持封建意识，反对守寡母亲的爱情，对妹妹爱上一个小石匠也坚决反对。在他看来，母亲的再婚有碍于自己的面子，妹妹尽管是个瞎子，但一个穷石匠也是配不上的。传统的世俗陋见，封建的尊卑门第观念，居然对这位80年代的知识青年有这么大的精神影响。他带着沉重的历史文化积淀走进时代改革的大潮，在他身上出现的那种极不协调的色彩似乎很不可思议，但那又是实实在在的现实。我们的道路布满了泥泞，滚滚前进的时代车轮扬起了滚滚泥沙。冯学海虽然在改革的洪流中弄潮，但并未注意清洗自身的历史尘垢。提出这一点，无疑是十分精辟的。而这篇小说的重点是写冯学海的母亲和妹妹冯小青的爱情遭遇。作者满怀着同情，精心描写的是那种纯真的、自然的，虽合乎情却悖于理的爱情：冯小青未婚而孕，他母亲的外遇，从道德和法律的角度看，是难以让人认可的。与周克芹一贯主张的要表现"传统美德和共产主义道德的结合"的创作原则是不符的，与他以前作品中那些在爱情上忠贞专一，热烈而又理智的女性形象相比面貌大变。周克芹这种审美态度的变化可以认为是现实主义深化的表现，让生活以更加自然真实的面目出现，不用任何现存的观念对它约束剪裁。这种深入肌理的观察与描述，确实增加了作品的艺术分量，呈现了生活的复杂与多姿，对读者具有更大的吸引力。但是，由于爱情与道德、法律的矛盾没有得到调和，当读者从初读的激动中冷静下来时，很快会感到冯小青以及她母亲的爱情有无法弥补的缺陷。于是，对她们的同情也就即刻化为乌有。症结何在呢？我认为，作者对生活的观察，从微观上看，距离更近了，而从宏观上看，却更远了。

如果把《邱家桥首户》和《绿肥红瘦》加以比较，两者的内容虽各有不同，但作者的观察点都调得太近，前者缺乏对时代精神的总体把握，不必要的忧虑削弱了作品的历史价值；后者忽略了时代精神对个人感情的必要约束，造成爱情与道德、习俗甚至法律的对抗。两篇作品在体现作家创作意识上也迥然相异：前者理性大于情感，在政治与家庭的纠结中，让政治为解决家庭的矛盾提供钥匙；后者却情感重于理性，让政治在情感的逼视下退却。这是近年来文坛出现的带有普遍性的倾向，不属周克芹所独有。不少作家的作品在描写爱情与封建传统观念的矛盾时，往往把传统美德、社会道德和政策、法律（如婚姻法、计划生育政策等）也作为矛盾的一方。这种"出格"（姑用此语）的文学现象，也许是对文学服务政治的一种反拨，也许是"文学化"反映生活的一种强化。这种作家不能驾驭自己作品中的人物、随他们按自己的意志和感情需要独立活动的情况，有理论家认为这正是作家有才能的表现，是作品更为成熟的一个标志。此说在理论上是可以接受的，但这对那些往往爱从文学作品中寻找指导生活原则的读者来说，怕是会产生误解的。这种文学"间离"（又姑用此语）道德、政策和法律的现象，是新时期文学中一个值得探讨和思考的问题。

去年发表的《上行车，下行车》尽管是个短篇，我认为却给人们传递了作者美学风格嬗变的信息，是他从惯常表现社会人生这个"第一宇宙"向搜入人的个体内心"第二宇宙"试探性前进的新起点。淡化情节的散文化笔法，淡化人物的情绪化描写，淡化主题的朦胧迷离，等等，一切都那么平平淡淡，影影绰绰，没有波涛，没有曲折，就是女主人公方达芬在面临人生道路上的一次决定性选择，也未能激起她心灵的巨大震荡。她的感情像一湾湛蓝湛蓝的水，虽然平静，却深不见底。这个短篇可以看作是作者从《绿肥红瘦》就开始的、追求自然真实、追求平凡恬淡的审美理想的承接和发展。可以看到作者的审美领域在扩大，由美的实体性向含蓄、空灵、冲淡的美化效应领域拓进，这是作者审美意识的一个有意义的变化。由于这个变化刚才开始，还没有更多的作品足资评论，这里不便妄说。

回顾周克芹近几年的创作进退曲折，使我们看到文学之路的艰辛，特别是处于瞬息万变的历史大变革时期，时代对文学的要求更高更苛刻，那种照相似的反映生活、说教式的解释生活的作品，已远不能满足欣赏水平不断提高的文化消费者的需要。周克芹最近在谈到文学与改革的关系时说：

文学与改革同步发展，但这一要求是指文学对于现实的总体把握而言。由于我们对文学参与生活的方式的理解受比较顽固的传统思想的束缚，往往只追求具象世界的琐碎设置、故事情节、结构支架与已发生发展的生活同步。这种"非文学"的同步，这种对现实生活的过多依赖性，恰好正是文学难以很好地反映改革的原因，是作品缺乏历史感，思想苍白，形象无力的原因。（见《当代文坛》1988年1期）

多么深刻精到的肺腑之言啊！

刊于《青年美学》1988年5期

川剧《张大千》随谈

当我拿着邱笑秋先生川剧《张大千》第七稿剧本时，一种对作者的崇敬之情油然而生，手中那本散发着油墨香的书稿沉甸甸的，使我似乎感受到了它的艺术分量。我一口气读完了它，不禁为它那真切动人的丰富内容和深沉凝重的美学风格所打动。同时，我的脑海中又产生了一个奇怪的问题：一个虽年已半百，却活泼幽默，爱笑爱闹，天真未凿的作者，竟然写出了这样一个厚重的悲剧剧本，他要经受多少痛苦的艺术煎熬啊！不过，由此也释开了我另一个疑窦：一位有名的画家，不"驾轻就熟"地去作画，为何偏要"不务正业"来写剧本。大千先生那桩桩件件勾人魂魄的事迹在他灵魂里发酵，搅得他不得安宁，他是"情不由己"啊！

一、焦点调在"情"字上

张大千是举世闻名的画家，无论他的生活道路和艺术道路，都是十分曲折复杂的，如何把他的精神品格通过两三个钟头的戏剧表现出来，是一件很不容易的事，读了剧本，我们感到作者在这里充分显示了一位画家善于选取最佳艺术视角的才能，从大千先生的感情解剖入手，以"情"字来统领全剧，运用许多充分表达大千先生内心丰富感情的生活场景、生活片段和心理活动，写他深挚的骨肉之情、恳挚的朋友之情、绵绵的夫妻之情，以及对山水的眷恋之情、对艺术的无限钟情，而最主要的、超乎一切情之上、融入一切情之中的，是他那沦肌浃髓的爱国思乡之情。这是张大千精神品格的最主要内容，也可以说是这个剧的灵魂。

张大千多年漂泊海外，加之长期以来"左"的思潮的干扰，对这位"当代第一画家"的介绍很少又很片面，他的形象在多数人的眼里是模糊的，是歪斜的。粉碎"四人帮"以后，遮掩他的浓雾逐渐被吹散，抖落在他身上的灰尘逐渐被清除，他的真实面貌才逐渐被人认识。《张大千》的作者博览群书，广为搜寻，将翔实准确的材料，引入自己的作品，以升华人物的品格，增加了人物性格的厚度。原来，那珍藏在故宫博物院的稀世名画《韩熙载夜宴图》是张大千于新中国成立初期送回国收藏的，早在新中国成立前夕毛泽东同志通过何香凝向张大千求画，他欣然命笔，精心画了幅《荷花》（此画收入《毛泽东同志故居藏画集》，曾刊于 1984 年 5 月 23 日《人民日报》）；他长期滞留国外，却定下了不准任何人在家中说"洋话"的家规……不少人对张大千由美国去台湾感到迷惑，但当我们把历史翻到"文革"初期的灾难年月，他那时正准备回国，莫测的风暴突然袭来，不仅自己准备回大陆完成艺术事业的愿望无法实现，就是人身安全或许也得不到保障。恰在这时美国移民局催他加入美国籍，就在这种进退维谷的情况下，劝说他去台湾的人才得以乘虚而入。对张大千来说，他已别无选择，台湾总归是祖国的一部分，也算是"沾点故国的土气"，无论如何比在美国好。这正是他对祖国故土一往情深的表现。这既符合历史真实，又合乎生活情理，解开了他未能回到大陆之谜，使人理解，令人信服。

这个剧本是一出描写一位流落异国他乡的、具有崇高爱国主义品格的大画家对祖国无限眷恋，欲归未归，饮恨终天的抒情悲剧。张大千的"遗恨"已远远超出了个人悲苦的狭小天地，具有明显的时代印记，有震撼人心的艺术力量。张大千是一个足以唤起人们对历史深刻思考的人物。这个剧本不仅为我们树立起了一个正直爱国的伟大艺术家形象，还注意充分开掘他丰富的内心世界。他胸襟坦荡坚定，却又千愁百结，感情热烈执着，而有时又彷徨犹豫。剧本写出了人物性格的复杂内涵，把人物塑造推向了更高的美学层次。

二、艺贵"精"

这个剧本描写了张大千后半生近三十年的生活经历，时间跨度大，生活变故多，作者从广集博采的生活素材中精心选取了最能代表张大千生活命运品格情操的几组镜头，创造了能使戏剧主人公充分展现性格的典型环境："桃园惊变""欲归未归"两场都是张大千客居异国的最后时刻，也是他生活旅途上的关键时刻；"佳节思亲"是中秋之夜，是最使游子销魂的时候；"梦回敦煌"选择他得知早年为之倾注心血、晚年准备还要为之献身的敦煌，躲过十年内乱，仍然保护完好的消息时的悲喜交集，心旷神驰；"绵绵遗恨"则抓住张大千病情危急的最后时候，他自知来日不长，回家乡无望，连大陆来探亲的子女也被台湾当局拒之门外，多年梦萦魂牵的思乡之情被无情砍断，希望变绝望，使他悲痛欲绝，这样以扩大戏剧冲突作为剧本的结束，为观众留下了更为广阔的想象空间。由于作者对张大千生活镜头的精心截取，使戏剧冲突与主人公内心感情变化形成节节上升、层层递进的趋势，从而比较完整集中地完成张大千这一悲剧形象的灵魂世界的艺术构筑，充分显示了剧本艺术构造的精致。

精巧细节的恰当运用，对一部文学作品的成功至关重要。剧本《张大千》在对生活细节的选取上，粗看随手拈来，平淡无奇，细想却准确精到，意味隽永。如张大千两次"开赌掷骰子"，一次是他接回从大陆去巴西探亲的女儿心慧；一次是他在病危迷幻时，他盼望从大陆来看望他的子女已经到来，他高兴得不能自已，把年三十晚上才"赌"一次的"家规"也打破了。这个细节很有情味，又很有意义，它十分形象地勾画出了张大千见到故乡亲人的喜悦，好像小孩过年一般爱热闹，又说明他身居异国几十年，时刻怀念故土，甚至连"掷骰子"的习俗也未能改，可见乡情之浓。再者，他赢了打人手掌，输了给人画幅画，画家就是玩，也没忘记画。一个不起眼的细节，犹如一束通过多棱镜的光线，把人物性格的各种斑斓色彩都照射了出来。其他如"烧菜"等细小而精巧的生活小事件的描写，从不同角度、不同层次丰富了张大千性格的内容。

文学是语言的艺术，作为戏剧作品中的唱词，堪称艺术中的艺术。川剧是以其唱词的精美著称于戏坛的，《张大千》中有许多唱词段落舒畅流利，精湛优美，对人物思想性格的塑造和气氛的渲染起了重要作用，如"序曲"和剧终时的"幕后合唱"：

故山夜夜入南柯，万缕乡愁未忍说。

丹青泪洒巴山雨，笑恋长江万顷波。

归帆重雾锁，骨肉几分割。

欲归不能归，奈何！奈何！

两次出现，反复咏叹，点明了主题，强化了气氛，由于语言精美，感情浓烈，缠绵悱恻，柔肠寸断，使人获得极大的审美满足。再如"佳节思亲"场中"祭月"那段唱词，承接了古诗词赏月思乡的传统表现手法，但又不受其约束。在意境上有较大的开拓，把赏月引起的种种回忆、思绪和遐想，作大跨度全景扫描，上下纵横，任意铺陈，酣畅淋漓："幼时怕看月，盛年爱画月，老来盼圆月，伤心望缺月。""敦煌塞外月，西湖三潭月，扬子江上月，山城雾中月……"思路开阔而精密，文笔朴素却优美。低吟浅唱，反复玩味，其味无穷。

三、刻意求新

我曾见到笑秋先生的一幅画：一只熊猫两眼蒙眬憨态可掬地睡在溪边，画的标题为《醉水》。我感到奇怪，难道熊猫会被水醉倒？笑秋先生解释说，熊猫喝水，不知饱足，往往胀得东倒西歪，躺在地上爬不起来，如醉了一般。笑秋避开熊猫嬉戏、爬树、吃竹叶的老套，别出心裁地画出它的"醉态"。传神之至，煞是可爱。艺术是相通的，绘画与戏剧虽各有特点，但在刻意求新上是共同的，墨守成规，沿袭故辙，艺术的生命力必将枯竭。特别是进入80年代以来，在影视艺术的逼使下，在新的文艺思潮的冲击下，戏剧艺术面临严重的挑战，如果不在题材内容、表现手法、表演手段等诸多方面作大的变革更新，戏剧危机是不可能得到解除的。《张大千》的剧作者正视这一现实，注意在创新上下功夫，并取得效果，显示了川剧这一古老的传统艺术形式的生机与活力。

利用川剧这一传统戏曲形式来表现现代生活，在广大川剧艺术工作者的努力下，已经取得了相当的成就，剧本《张大千》的贡献在于它的艺术视野更开阔，表现手法更新颖。此剧一、二场，背景都是国外，异域风光情趣，西方现代音乐，加上舞台上表现的洋人，偶尔还可听到几句洋话，不仅表现了中国的现代生活，还表现了外国的现代生活，使人觉得出手不凡。虽然，这只是表面的，却给剧本增添了新的色彩，创造了新的氛围，有耳目一新之感。作者当然不满足于这浅层次的创新尝试，他更主要的是在表现手法上，在剧情的哲理意蕴的探寻上，在人物多元化性格的塑造上，苦心经营，创造新意。如第四场张大千梦中与敦煌菩萨共舞，第五场张大千回到内江故乡的幻觉，很有点现代派意识流的味道。张大千长期侨居国外，不为西方现代生活方式所动，环境布置、家庭陈设、饮食起居，都是中国式的。他长袍银须，手摇折扇，典型的中国名士风度。但据悉他在艺术上却是很开放的，对西方绘画中的有益东西大胆借取引进。这种矛盾在他性格中和谐共生，很值得思索。对张大千的生活习俗，没有必要说长道短，但通过这表面现象，可以更深一层地理解他的灵魂，顽强地熔铸在他性格中的，是中华民族优秀品质：明辨是非的道德观念，至死不忘故国家乡的民族观念，以及为艺术事业奋斗不息的可贵品格。这是我们民族精神的闪光点，是应该大加弘扬的。面对近年来"寻根文学"中一些作品夸大我们民族心理丑恶面的现象，《张大千》这个剧本着力于正面歌颂我们民族文化心理的光明面，是使人振奋的。这不能不说是一"新"。

四、门外谈"戏"

最近，有幸看到内江市川剧团彩排《张大千》，作为观众，也想说几句。不过，对川剧表演艺术我是门外汉，姑妄言之，仅供一哂。

《张大千》是一出不以曲折多变情节取胜，而以凄清幽婉抒情见长的生活化色彩比较浓厚的剧目，这就必然增加了表演的难度。但由于剧团的许多演员都具有多年的舞台经验，有相当的艺术修养，经过反复排练，演出取得了预期的效果。张大千是个内心感情丰富的抒情形象，剧本没有安排很激烈尖锐的戏剧矛盾和更多的舞台活动去表现他的性格，主要依靠演员细心揣摩深入他的内心世界，用表演技巧和唱词去表现他的思想情绪，准确地传递他心灵的颤动和感情的流变。剧中有几处张大千笑的表演，显示了演员技巧的纯熟。如因满意自己画成的一幅《荷花》，与外侄孙浦儿一起天真得意地哈哈大笑，因读《张大千与敦煌艺术》而引起的与妻子徐雯波先悲后喜、亦悲亦喜的"笑而转哭，哭而转笑"。自然真切，细腻生动，十分感人。其他如扮徐雯波的王紫绢，扮王积德的付永会，等等，都能比较准确地把握人物的性格气质，收到很好的演出效果。《张大千》的演出，从总体上看，无论是表演技巧、音乐舞蹈，还是舞台布景，都取得了很大的成功。可以看出内江市川剧团是一个具有相当水平的艺术团体。据悉，著名川剧艺术家周企何、席明真等老前辈对这个剧的创作和演出给予了极大的关怀，席老还亲临内江指导排练。看来，川剧老前辈们为《张大千》这出戏浇灌的艺术心血，已经开出了鲜艳绚丽的花朵。

刊于《戏评》1988 年 4 月

笑声引起的回忆与思考

——谈现代文学中的现代派戏剧

一阵荒诞剧的旋风，席卷着近年来沉闷的舞台，戏剧家把人引进一个荒唐、滑稽、奇异的艺术天地。现代派手法被戏剧家们广泛运用，并大规模地搬上舞台，这在我国戏剧史上还未曾有过。对这种戏剧现象，戏剧家们慨叹："我们终未能逃脱'趋同心理'的制约。"戏剧评论家认为，用"西风东渐，英雄所见略同"来概括恐怕最为准确。

其实，西方现代派戏剧对我国舞台影响远非自今日始，但一直以来受到多数戏剧家的冷落。近年来，它如一颗新星陡放光彩，令人炫目心迷。因此，对它在我国现代文学史上的兴衰作一番搜寻探讨和介绍评析，我想不是没有意义的。

——

中国原本没有话剧，1907年李叔同等一些在日本的留学生发起组织的"春柳社"，是我国第一个话剧团体，他们受日本和西方艺术影响，演出了《茶花女》《黑奴吁天录》等外国戏剧。随着"五四"新文学运动的兴起，国外戏剧及理论被大量译进，写实主义、浪漫主义、唯美主义、象征主义被"拿来"，为我所用，创作了一大批中国话剧，如洪深的《贫民惨剧》《赵阎王》，胡适的《终身大事》，张彭春的《新村正》，田汉的《梵峨璘与蔷薇》《灵光》《获虎之夜》《古潭的声音》《颤栗》，郭沫若的《黎明》（诗剧）、《月光》、《三个叛逆的女性》，鲁迅的《过客》（诗剧），陈大悲的《幽兰女士》

《爱国贼》，汪仲贤的《好儿子》，陶晶孙的《黑衣人》，向培良的《冬天》《生的留恋与死的诱惑》，高长虹的《一个神秘的悲剧》，欧阳予倩的《泼妇》，熊佛西的《醉了》，丁西林的《一只马蜂》，杨晦的《笑的泪》，等等。从以上所列举的初期剧作来看，既有像《终身大事》《幽兰女士》《爱国贼》等现实主义话剧，又有《三个叛逆的女性》《获虎之夜》《一只马蜂》等浪漫主义作品，也有像《赵阎王》《月光》《灵光》《古潭的声音》《黑衣人》《过客》《冬天》《一个神秘的悲剧》《笑的泪》等运用现代主义各派手法写的剧作。这说明，初期话剧对西方各流派采取了兼收并蓄、任意选择的态度，现代派戏剧与现实主义、浪漫主义戏剧同时萌发。30 年代，是我国话剧的成熟期，由于时代的需要，能及时反映现实斗争、直接介入生活，并为广大观众所接受的现实主义创作方法，为多数戏剧家所采用。如田汉的《梅雨》《回春之曲》，夏衍的《上海屋檐下》，李健吾的《这不过是春天》，曹禺的《雷雨》《日出》等，都是现实主义的杰作。但剧作家们仍旧力图探寻用现代派手法来表现生活、反映时代，使之能为现实斗争服务。鲁迅的那篇名为小说实为戏剧的《起死》，构思奇特，不能不使人联想到表现主义剧作家斯特林堡的让死尸、亡魂与活人同时登场的戏剧《鬼魂奏鸣曲》。陈楚淮的《骷髅的迷恋者》是一部典型的象征主义话剧。曹禺的《原野》，明显借鉴了奥尼尔表现主义戏剧《琼斯皇》。比起 20 年代，这一时期现代主义戏剧作品数量减少，那种主要依靠象征、隐喻等迂回曲折甚至隐晦艰涩的方式表现现实斗争的现代派戏剧，在阶级矛盾、民族矛盾的壮潮面前，显得力不从心和软弱迟缓。于是，现代派戏剧在中国还没有兴起就走向衰微。比较典型的例子是田汉，以他 1930 年发表的《我们的自己批判》清算自己小资产阶级伤感主义为界，前期以浪漫主义为主，"在艺术形象之间向自己憧憬的事靠近""透过新的折光审视一切。探索人的心理，描写人的情感、日常生活和习俗，这构成了他早期作品的主脑"。[①] 浪漫主义和现代主义本来就有血缘关系，而田汉早期剧作中较多地渗透了相当驳杂的现代主义成分，可以说有的剧作现代主义占了主导地位，后期，田汉转向革命现实主义，力图站在无产阶级立场上，对中国社会阶级对

---

① 　［苏联］Л.A. 尼科尔斯卡娅：《谈田汉研究问题》，《中国现代文学丛刊》1986 年 2 期，228 页。

立的现实和在民族危亡关头各阶级阶层的表现作真实的反映。故而，田汉30年代以后的剧作，很难再找到现代主义的痕迹。

此后，戏剧家们投入时代的激流，为民族命运和人民前途呼号呐喊，现代派手法已被遗忘。充满着革命现实主义的剧本如夏衍的《上海屋檐下》《心防》《法西斯细菌》，曹禺的《蜕变》，宋之的《雾重庆》，陈白尘的《岁寒图》，激荡着革命浪漫主义情调的郭沫若的《屈原》《虎符》《南冠草》《孔雀胆》，欧阳予倩的《桃花扇》，陈白尘的《大渡河》等，风靡剧坛。就是写梦境鬼怪的陈白尘的《升官图》、吴祖光的《捉鬼传》，也都避免用现代派手法。

由以上的回顾可以看出，处于社会大动荡，民族生存危机和阶级斗争激烈的半殖民地半封建的中国，不是现代派戏剧生育的适宜土壤。零星散落的种子，难以长成大片庄稼。现代派戏剧在中国现代文学史上，比起现代派诗歌、小说来，它没有稳定的作家队伍，没有出现引起巨大反响的剧本，更谈不上汇成潮流，形成流派了。但是，现代派戏剧在"五四"以后到30年代的戏剧史上确实存在过，鲁迅、郭沫若、曹禺、田汉等名家尝试着把它用于自己的戏剧创作，这也是事实。

二

现代派戏剧是一个总的称谓，包容了除现实主义、浪漫主义以外如象征主义、表现主义、未来主义、唯美主义、超现实主义、新浪漫主义、结构主义、主体主义等流派，兴起于19世纪七八十年代至第一次世界大战前后。以后，虽此伏彼起，各有消长，但至今绵延不断。现代主义看起来派别林立、五花八门，但总的来说都主张反对传统，认为传统戏剧的表现方式已无力表现现代人的生活和心理。他们认为世界是虚幻的，是假的，只有人的内心才是实在的，是真的，人的行动世界只是内心世界的入口。开发人的意识，分析人的心理，挤出人的灵魂的艺术，才是真正的艺术。现代派戏剧主要通过象征、暗示、隐喻、意识流等手法的运用，通过梦境幻象的显示，化意象为形象，寓形象以哲理，引起人们的联想、想象和思索，以取得戏剧效果。

西方现代主义各流派反传统的共有特点，正投合了"五四"反传统的精神，投合了中国话剧运动倡导者和剧作者们的彻底否定中国传统戏剧的主张。从"五四"前后至 40 年代，一大批现代主义的剧作被译介了进来，如象征派梅特林克的《青鸟》《丁泰琪之死》，安特莱夫的《黑面假人》《狗的跳舞》，霍普特曼的《火焰》《沉钟》，未来派马利涅蒂的《月色》《他们来了》，汉生克洛弗的《人类》，地桑的《换个丈夫吧》；表现派斯特林堡的《幽兰公主》《鬼魂奏鸣曲》《母亲的爱》，奥尼尔的《毛猿》《琼斯皇》《奇异的插曲》，田纳西·威廉斯的《玻璃动物园》；唯美派王尔德的《扇误》《意中人》《莎乐美》；新浪漫派夏芝的《沙漏》，格莱格瑞夫人的《市虎》《明月当空》，约翰·沁孤的《补锅匠的婚礼》《圣泉》；超现实主义科克托的《奥尔菲》，等等。

现代派戏剧的译介，大大刺激了剧作家运用现代派手法于自己作品的兴趣。在我国现代文学中，凡从事话剧创作的作家，特别是从"五四"起就步入剧坛的作家，大都受到现代派文艺思潮的影响。鲁迅是现实主义大师，不仅他的小说如《狂人日记》《白光》运用了现代派意识流手法，就连他的神话题材小说《补天》，也"取了弗罗特说"①。他的散文诗集《野草》中的多数篇什，是比较典型的象征主义作品。鲁迅的诗剧《过客》和名为小说实为戏剧的《起死》，都有现代派的痕迹。《过客》中的过客，是象征性形象，是哲理性的概括。至于《起死》，则采取"油滑"，即荒诞的形式。剧中的人物，是些以轻巧戏谑的手法创造的使人产生丰富感受和思考的象征性形象，与瑞典表现主义剧作家斯特林堡写于 1907 年的《鬼魂奏鸣曲》有相同的意趣。郭沫若写于 1920 年的诗剧《女神三部曲》，就运用了表现主义手法，"表现派的那种支离破碎的表现，在我支离破碎的头脑里，确实得到了它的最适宜的培养基"②。写于 1922 年的独幕剧《月光》，通过一位语言学博士的幻觉和意识活动，写出他的人生理想和幻灭。戏剧主人公的大量独白，既阐发一种人生哲理，更具有丰富的象征性内涵。郭沫若的早期历史剧集《三个叛逆的女性》中的《王昭君》《聂嫈》，基调是浪漫主义的，但前者有王尔德唯美主义戏剧《莎乐美》的痕迹，后剧中的盲叟"那种心理之得以具象化，却是受了爱尔兰作家约翰·沁孤的影响"③。我国话剧奠基人之一的田汉的第一部剧《梵峨璘与

① 鲁迅：《故事新编·序言》。
② 《郭沫若：学生时代》，68 页、212 页。
③ 《郭沫若：学生时代》，68 页、212 页。

蔷薇》，就渗有新浪漫主义的成分。他的第二个剧本《灵光》，为表现女主人公顾梅俪的潜意识，用大量篇幅写她的幻觉和梦境，是一部现代主义色彩很浓的剧作。留学生顾梅俪与张德芬相爱，后因人挑拨，产生误会。顾梅俪在读《浮士德》后，梦见恶魔墨飞斯特带领她看了人间许多悲惨的事，当看到张德芬把另一女子抱起来时，她气极惊醒。这显然是受到弗洛伊德精神分析学说的影响，而弗洛伊德精神分析学说是西方现代派文学的重要理论基础。田汉在剧本《灵光》中把女主人公的梦境搬上舞台，让顾梅俪最担心的事发生在梦中，把她潜藏于最里层的意识通过梦境作形象的表演。此外，田汉早期剧作中写"原始生命力"的《生之意志》，歌颂死亡、充满神秘色彩的《古潭的声音》，通过子杀母的故事，渲染恐怖和变态心理的《颤栗》等，都是现代派色彩相当浓厚的剧作。就是写于 20 年代后期的现实主义杰作《名优之死》，据田汉自己说，也是在法国象征派诗人波德莱尔的散文诗《英勇的死》的启迪下而写成的。[①]30 年代以后，随着他思想的变化和艺术技巧的更为熟练，现代派手法"通过自己人格的熔炉"[②]，已化为他自己的艺术血肉，再也难以发现他的踪迹了。

中国现代文学史上另一位戏剧大师，曾赴美留学专攻戏剧的洪深，1922年模仿美国戏剧家奥尼尔的表现主义戏剧《琼斯皇》创作了九幕剧《赵阎王》。奥尼尔学习并发展了斯特林堡的表现艺术，他认为现代戏剧所关心的人与人的关系是没有意义的，他所关心的是"人与上帝的关系"，即人的精神世界。他创作于 1920 年的《琼斯皇》，写琼斯皇仓皇出逃，陷入恐怖时，眼前多次出现幻影。这个剧为表现剧中人琼斯的心理活动，不用对白、旁白、道白等手法，而是通过动作、音响、幻象以及舞台形象，把人物心理外化，使观众看得见、摸得着，从而去感受剧中人的内心世界。洪深的《赵阎王》，写赵阎王林中迷路，产生恐怖幻觉。这个剧无论构思、命意、人物，以及表现主义手法，都酷似《琼斯皇》。洪深说《赵阎王》在"第二幕以后……借用了奥尼尔的《琼斯皇》"[③]。由于照搬原著，又脱离了中国民众的欣赏习惯，这个

① 《田汉戏曲集·第四卷自序》。
② 田汉：《文学概论》。
③ 洪深：《中国新文学大系戏剧集·导论》。

尝试未能取得预想的成功，但却是表现主义戏剧在舞台上一次引人注目的尝试，在中国戏剧史上留下有意义的一笔。以后，洪深逐渐转向现实主义，30年代乃写了反映江南农村阶级斗争的剧本《农村三部曲》，后来写了以抗战为内容的《咸鱼主义》《鸡鸣早看天》等，其中除独幕剧《狗眼》具有象征主义特点外，其他已完全没有现代派气味了。20年代还有一些运用现代派手法写的剧本，如陶晶孙的《黑衣人》，杨晦的《笑的泪》，向培良的《生的留恋与死的诱惑》，高长虹的《一个神秘的悲剧》，等等，但从总体来看，没有留下有影响的剧本。

进入30年代以后，民族民主革命的浪潮迭起，许多剧作家在摸索中逐渐完成自己的选择，他们从现代主义出发，在现实主义那里找到了艺术归宿。与这一发展趋势相悖的是剧坛陡现的新星曹禺，他在1934年发表的《雷雨》，1935年发表的《日出》，标志着我国话剧创作已进入成熟时期，主要受易卜生和契诃夫影响，被认为是现实主义的杰作。虽然，也可以从中发现些许象征主义的"杂色"，但已经"混纺"入以现实主义为主体的"织物"中，很难找到它独立的色彩。曹禺一反田汉、洪深等戏剧大师由现代主义起步到现实主义终结的路子，1937年发表的以农村为内容的《原野》，在现代主义那里找到了切点。这个以奥尼尔的表现主义剧本《琼斯皇》为借鉴写出的剧本的出现，把中国现代主义话剧的成就推向顶峰。曹禺写作《原野》的1936年，已是奥尼尔获诺贝尔文学奖，在中国掀起"奥尼尔热"的时候，这大概是一个客观因素；而曹禺在洪深的《赵阎王》的借鉴失败后，偏要去攀登这条崎岖的路，这一面说明他有艺术胆识，另一方面说明他在创作《雷雨》《日出》后，积累了艺术经验。他果然取得了成功，不仅远远超过《赵阎王》，甚至有人认为比《琼斯皇》还"更能活用舞台技巧，想象力更丰富，因此更扣人心弦"[①]。《原野》学习《琼斯皇》表现手法取得成功，恐怕首先在于吸取了《赵阎王》"描红"的教训，对剧本严密构思，把现实主义与表现主义融通结合，使之相互补充，珠联璧合。如一、二幕，主要运用现实主义手法，有吸引人的故事情节，有鲜明突出的人物性格，以及为人物活动提供的典型环境，在把仇虎的外部活动作了充分描写后，才转入第三幕写他的内心活动，使之建立在真

---

① 刘绍铭：《〈原野〉所倡导的原始精神》。

实可信的基础之上。其次，塑造了仇虎这样一个性格变异但却符合生活逻辑的真正的悲剧典型。《琼斯皇》中的琼斯虽然原来是个受压迫的黑人，但他已背叛了自己的民族，成了凶残的压迫者。《赵阎王》的赵大由一个淳朴农民变为作恶多端的兵痞。他们已经或正在从被压迫者阶级中分化出去，他们的悲剧本身就具有一定的局限性。而仇虎是个贫苦农民，八年的牢狱之苦把他磨炼得更为刚强坚定，一心要报仇雪恨，虽然仇家焦老五已死，但他笃信父仇子报、父债子还的封建伦理，杀死了焦阎王的儿子焦大星和计杀了焦阎王的孙子小黑子。但焦大星是个软弱善良的人，又是他童年的好友，小黑子死于他奶奶焦氏的杖下也是他的计谋。于是他感到悔恨和良心的谴责。这样，他的性格变异不仅具有客观依据，而且具有主观目的性。仇虎对自己复仇的盲目性和疯狂性的悔恨，意味着他在反抗道路上的探索，在觉醒过程中的痛苦。曹禺说仇虎这个形象是"表现受尽封建压迫的农民的一生和逐渐的觉醒"[①]，因而这个形象具有深刻的时代意义。再次，《原野》以表现主义手法深入揭示了旧中国农村的严酷阶级压迫的现实，暴露了反动统治的黑暗和蛮横。在长期封建统治下，封建迷信思想浸染了人们的灵魂，而又以农民为甚，他们往往把自己在"阳世"遭受的不幸和冤屈，寄托于"阴间"铁面无私的审判。《原野》运用表现主义手法，在舞台上通过仇虎的幻觉，再现了阎罗殿极不公正的审判：受害者仇虎一家反而被严厉制裁，打入地狱；而行凶作恶的焦阎王却逍遥法外，趾高气扬。后来，舞台上的阎罗王、判官小鬼、牛头马面，一瞬间都变成了焦阎王。这些幻象的出现具有深刻的现实含义：原来，焦阎王不仅与阳间的反动统治者沆瀣一气，与阴间的统治者也是一丘之貉。他们互相勾结，压迫统治着人的肉体和灵魂。劳苦大众在阳世找不到公平，在阴间同样找不到。《原野》借鉴现代派所取得的成功，在现代文学史上是前所未有的，它为文艺界向西方现代派学习提供了有益的经验。《原野》是我国现代文学史上最后一部，也是最为成功的一部运用现代派手法创作的剧本，它的出现标志着现代派戏剧在中国成就的最高峰，也可以说是为现代派戏剧在中国现代文学史上所做的一个体面结束。

综上所述，现代文学史中现代派戏剧在创作上有以下几个特点：

---

① 《曹禺论戏剧》，456页。

　　第一，多数是悲剧，而其中尤以悲剧主义的悲剧为多。现代文学史上现代派戏剧的基本主题倾向是悲剧性的，它与西方现代派戏剧主要表现资本主义社会精神空虚和没落情绪相似，但不相同，在取材上，在戏剧气氛安排上都具有悲剧情调，如《过客》《笑的泪》的悲凉，《古潭的声音》《骷髅的迷恋者》的悲怆，《赵阎王》《颤栗》的悲惨，《聂嫈》《原野》的悲壮，等等。其中除《过客》《聂嫈》《原野》等少数剧目外，其余多被蒙上伤感的雾霭，使人感到现实的空虚，未来的渺茫，具有悲观主义悲剧的特征。但是也要看到，由于这些悲剧出自中国戏剧家的手笔，是中国半殖民地半封建社会生活中悲剧现象的艺术反映，较多地表现了"五四"落潮后的沉闷和忧患。就是现代派色彩特浓的向培良的《生的留恋与死的诱惑》《冬天》等剧本，前者写一个勇士的死，后者写一个青年的挫折，也象征了"五四"由高潮到落潮时期的不同面貌，因而也多少透露出些许时代气息。

　　第二，多数胜"戏剧"，不是"反戏剧"。西方现代主义戏剧以"反传统"为自己的旗号，它对古典戏剧讲求戏剧冲突、人物性格和结构布局的传统采取彻底否定的态度，主张用新颖独特的艺术手法去写人的灵魂世界。不要戏剧矛盾，不要有性格的人物，打破"三一律"，采用"心理结构"为主的结构形式，因而被称为"反戏剧"。如意大利未来主义戏剧家马利涅蒂写的剧本《只有一条狗》，全剧仅写一条狗慢慢走过黑夜冷清的街道。《枪声》的登场人物是"一粒子弹"。《他们来了》的主人公是满台不断变换位置的桌椅。法国超现实主义剧作家科克托的《奥尔菲》写人与马的思想交流，诗人奥尔菲想从马蹄的敲击声中获得灵感，等等。中国戏剧家由于受到传统戏剧影响，在学习外国戏剧时也不只是把目光盯在现代派一家上，因而在多数采用现代派手法创作的戏剧中，大都保留着现实主义或浪漫主义的底色，就是现代主义色彩很浓的一些剧目，如陶晶孙的《黑衣人》、田汉的《颤栗》，一个写兄弟俩的死，一个写儿子杀母亲，都具有情节剧的特点。《黑衣人》中的兄弟俩是执着的理想主义者，《颤栗》中的儿子因为是母亲外遇所生，受不住羞辱与耻笑才杀母亲，是个报复主义者，也都是有性格的人物。再如写梦境幻觉的田汉的《灵光》、洪深的《赵阎王》，也是有情节、有人物，讲结构艺术的剧作。纵观现代文学史中的现代派戏剧，在创作方法上并不是单一的现代派，多和现实主义、浪漫主义等方法掺杂使用，可以说，在中国现代戏剧史上，还找不到一部如《只有一条狗》《枪声》那样纯粹的现代派剧作。

第三，多数都与现实生活发生联系。中国的话剧是随"五四"思想解放运动的发动而由外国传入的，是顺应时代的需要生长起来的。作为戏剧的一个流派的现代派戏剧，无论在表现手法上如何标新立异，也不可能离开它立足的土壤。剧作家的创作素材和灵感只有在他所生活的中国现实中去吸取，而这就决定了它与生活的必然联系，这种联系当然有疏密远近的差异，但绝无有与无的不同。"五四"初期的现代派戏剧，多具有反对封建压制，宣扬个性解放的内容，如郭沫若的《三个叛逆的女性》，借历史题材，有意为受诬蔑、被歪曲的封建统治下的妇女做"翻案文章"①，卓文君、王昭君为争取个人自由幸福，坚决冲破封建藩篱，而聂嫈"为大众请命"②不惜牺牲生命。这些都体现了"五四"觉醒一代新女性的精神面貌，反映了当时的现实斗争。"五四"落潮后许多知识分子陷入彷徨苦闷中，现代派艺术是长于表现颓丧悲观情绪的艺术，陶晶孙的《黑衣人》、向培良的《生的留恋与死的诱惑》、高长虹的《一个神秘的悲剧》等，或隐或现地写出了知识阶层的幻灭颓唐，甚至在咀嚼个人小悲苦中，也曲折地反映了当时社会思想的某些方面。至于以后，随着阶级斗争、民族矛盾的加剧，戏剧家们在主要运用现实主义和浪漫主义手法时，也运用现代派手法创作了如《起死》《原野》等一些更贴近现实斗争的作品。

三

从现代派戏剧在中国现代文学史上的消长进退的总趋势看，由"五四"前后萌发到30年代后期衰落，前后二十年。戏剧史上最有名的几位大家，开初都涉猎现代主义，后来多归入现实主义大潮。现代戏剧史上也曾出现过不少现代派剧作，但多数尚在模仿阶段，可以说没有一位剧作家是靠现代派剧作成名。洪深是一个特殊的例外，他的成名作《赵阎王》是一个失败的模仿。整个现代派艺术在中国都未得到充分的发展。而尤以戏剧为甚，它不像诗歌

---

① 郭沫若：《〈卓文君〉后记》。
② 郭沫若：《文艺论集·序》。

出现为人们所共知的现代派诗人徐志摩、戴望舒……也不像小说30年代还有个新感觉派……它在中国命运不济，除了我们前面所谈到的由于社会动乱、民族危亡、阶级斗争激烈的环境，对艺术更要求写实，要求贴近生活，要求靠拢大众，要求直接地真实地反映时代，排斥那种抽象的，迂回曲折的表现生活的现代派艺术的社会政治方面的原因外，还有以下一些原因。

戏剧是一门特别需要欣赏者密切配合的艺术，一出戏要吸引观众，不考虑观众的审美心理和欣赏水平是不行的。现代派艺术是一种抽象的艺术，不注重戏剧冲突的设置，多表现虚幻的内心世界，结构上也不紧凑，这对习惯于有人物、有故事、有波澜起伏的戏剧冲突的中国观众来说，很自然产生一种抵制心理和排斥情绪。如田汉的《灵光》，1920年在日本演出时，很受欢迎，[①]而在国内演出时却很不理想。再如鲁迅的《过客》，新中国成立前后都有人把它搬上舞台，但观众始终未能突破知识分子的狭小圈子。

戏剧是表演艺术，是供演出的，要求有精炼明确的戏剧语言和鲜明形象的戏剧动作，戏剧对观众具有直观的特点，戏剧内容要在使人理解的基础上留有充分想象的余地。读诗歌、小说，一遍未读懂马上读两遍，主动权在欣赏者手中；戏剧则不然，观众对戏剧动作、台词不理解不可能叫演员重演重讲。而现代派戏剧注重象征、暗示和隐喻，动作的目的性不明确，台词偏重于抽象的说理，有的又晦涩难懂，这就更增加了观众的观看障碍。如陈楚淮独幕剧《骷髅的迷恋者》，剧中有诗人、歌女、死神等角色。孤傲的诗人一生迷恋骷髅，即将死亡时才忙于寻找人间乐趣。他希望死神再给他点时间，死神不允，他与死神展开了关于死的讨论。诗人请来了歌女，送给她戒指和骷髅，然后，在歌女的琴声中死去。这是一个象征主义的戏剧，但象征主义一下子说不清，如果搬上舞台，大多数观众一定会感到茫然。特别是剧本出版的30年代，群众难于接受这种抽象玄妙、注重哲理空谈的"阳春白雪"艺术，而且它与逐渐兴起的文化大众化潮流相悖，其生命力必然受到限制。

现代派戏剧未能在我国得到充分发展的又一因素，是剧作者在学习运用西方现代主义表现手法时，往往把它们那种世纪末的情调一起引了进来，从而使剧作蒙上一层伤感颓废的色彩，形成了或哀婉凄清，或灰暗抑郁，或朦

---

① 《田汉文集》1卷，430页。

胧迷离的风格特色，与狂飙突进的时代很不协调。如杨晦的《笑的泪》，写两个相声演员在笑闹声中的悲苦，虽然也透露出一些现实生活的真相，但气氛过于悲凉和暗淡。又如陶晶孙的《黑衣人》写哥哥误杀了弟弟而后自杀。把死作为理想的最高境界来歌颂，使人感到阴冷和悲戚。田汉的《古潭的声音》，也是死亡的主题。诗人救出流落风尘的女子美瑛，用艺术陶冶她的感情，但她的灵魂住不惯"艺术的宫殿"，经不住一口深不见底的古潭的诱惑，想听一听我吻你的时候，你会发出一种什么声音，于是纵身跳入潭中，诗人恨古潭夺去其爱，不顾母亲的劝阻与哀告，也"自投入古潭"。据田汉说，他偶读日本古诗人"芭蕉翁"的名句"古潭蛙跃入，止水起清音"，触发了灵感而写此剧。[1] 美瑛的死是对人生的彻悟，对尘世的厌倦，诗人的死是对情人的爱恋，并宣告他"艺术至上主义殿堂的崩溃"。[2] 这种描写毫无前途的人生，歌颂毫无意义的死亡的作品，显然是受西方现代派艺术消极思想的感染，不仅得不到观众的支持和评论界的赞赏，就是作者自己也不满意，他说《古潭的声音》在演出中"不受一般的欢迎"。他还收到一封批评的信："好一个追求灵魂的诗人！但我们这些衣不蔽体，食不充饥的人们何须乎这避开现实去寻求灵魂的东西。"李初梨在指出这个剧的失败后说："一般人很少有那种体验所以就难以共鸣。"[3]

另外，题材过于狭窄，多数都是写的知识分子的思想生活，剧中主人公往往都是诗人、艺术家、大学生，剧本内容又比较虚玄，与大众的直接关系少，这也影响了现代派戏剧的发展。

以上对中国现代派戏剧的回顾与分析，我们认为不仅有利于从中学习有益的经验教训，使我们在运用西方现代派艺术手法时应该区别精芜，取其所长、弃其所短；而且，也有利于对新时期掀起的"现代派热"作出解释和评价。现代派艺术是抽象的艺术，它需要具备一定欣赏能力的读者与观众。近些年来，随着人们物质生活的改善，欣赏水平有较大的提高，注重开发人内心，启迪人思考的现代派戏剧，理所当然地会引起观众的兴趣，但是，如果

---

① 《田汉文集》2卷，419—421页。
② 同上。
③ 同上。

对西方现代派艺术不分精粗，乱搬滥用，甚至连同其消极思想全盘引进，那是不可取的。现代文学中现代派戏剧升降沉浮的经验教训，对我们来说是一面很好的镜子。

刊于《社会科学研究》1989 年 1 期

剪不断理还乱
——读《县长女儿》

　　县长女儿不想考大学，跟老子闹翻了，离家出走，改了姓名自谋职业，去寻找自己的"星座"。

　　一切都那么如意。当工人，钱比别人多，活比别人轻；顺利通过几次考试关口，"凭本事"当上了干部，当她知道这一切都是由她父亲导演的时，她悲哀了，哭了。她慨叹别人都能走自己的路，我为什么不能？这是短篇小说《县长女儿》（《朔方》1988年第5期，作者海容）的内容梗概。

　　故事不平常，主题也很有新意。这些年，无论在现实生活中还是在文学作品中，看到的是许多利用父母权力谋职、谋权、谋私、谋利的故事，《县长女儿》却与众不同，写了一位县长"千金"不依仗父亲权势，要凭自己的能耐去闯荡社会。自立自强的女主人公吴单（即周单）形象的出现，为读者展示了生活的另一层面，她羞于在父亲的翅膀下讨生活，出去当临工，推小车，"要用自己的手建造自己"。这是一种新的精神跃动，一种独立意识的觉醒，使人十分欣慰和振奋。

　　但是，当我们随着吴单的奋斗足迹追寻下去，振奋和欣慰却会变味、消失，代之而起的是一团迷惘、感叹和思索。吴单独立求职，事事顺利，当她明白她的"胜利"只不过是她父亲的"胜利"时，她感到自己价值的跌落，原来一切都来自"因为我是县长女儿"。作品还进一步使我们看到，参与遏制吴单独立意识发展的远不止是她的父亲，那"自来笑"厂长为了难言的"苦衷"，为了厂长不"难当"，那"有点像算命先生"的医务所长为了自己的

"犬子"，那中医院年轻院长为了报答县长对他的提拔，那"酒糟鼻子"主任为了讨好，"抬轿子"，这些用各种不同动机武装起来的各路英雄，都积极主动地一拥而上，为吴单（不，应当说是为周单；不，应当说是为周单的父亲）奔走效劳。他们吐出一根"看不见摸不着的丝，煞费苦心地编织着一张网，剪不断，扯不开，无论周单怎样挣扎，也难以挣脱"。它使我们看到传统观念如何与现代关系相结合，压抑和戕害着青年人的意志，要想越过"雷池"一步，也是那么不容易。更为可叹的是吴单的同学和追慕者清高，也对她的选择表示"简直无法接受"，感到"悲哀"，希望她要"很好地发现自己"。这种"关怀"来自她的同龄人，一个已进入大学的青年，那才是确确实实应该使人感到"悲哀"的哩。幸好不是所有的人，比如那个工地上的小工长，他钦佩她的性格，就是在那"不生蛋的鸡"的指桑骂槐中也听出善意的批评和激励。又比如那"瘦麻秆"师傅，严肃的面孔和冷漠的语言里却包含着无尽的热情和对她人生价值的肯定。更有那"立志要当二十世纪中国养鸡大王"的女强人"鸡窝"，对她的选择大加赞赏，鼓励她去"找到自己""不要躺在父母功劳簿上"。这些，看来远不止是对吴单的鼓舞。

　　县长丫头的出走行动，使她"名正言顺"地当上了干部，为那些时刻想报效县长，想从他那里得到更多好处的人士提供了一个绝好的机会，顺便中，还让小小的医务所长沾了光，使他的犬子也"考"上了干部，这样皆大欢喜的结局是吴单始料不及的。世事这么繁杂，这么奇怪，不能不使她惶惑，她鼓足勇气辛辛苦苦转了一大圈，结果还是回到原来的地方。短短的几个月，她好像一下子老了好多。她不得不承认，她的出走是失败了，比起《伤逝》里的子君，她失败得更彻底，因为她压根儿就没有走出家门。这是作品深刻之所在。《县长女儿》的故事是县长女儿的故事，如果不是县长女儿，那又将发生些什么样的故事呢？这也是作品深刻之所在。

　　它好像是个喜剧，但却多了几声慨叹；好像是个悲剧，可却使人在不觉中牵动嘴角，发出几声戏谑的浅笑。吴单意识到为照顾她才把她调到医务所，她不去，"自来笑"厂长严肃地说："你是新工人，不能挑肥拣瘦的，更不能不服从分配。"不久，又调她到更好的中医院，她又不干，厂长又说，"凭本事考来的干部，不含糊"的话堵住了她的嘴。那年轻的院长则说："我是院长，至少有调人的权力吧。"训诫中有多少温柔，责备中含多少体贴，真是炉火纯青的手段。板着一本正经的面孔，说的是一派冠冕堂皇的鬼话，而其中所包含的那些微妙细腻的内容，是只可意会而不可言传的，不笑憋得紧，欲笑难出声。

围绕这个主要故事出现的，还有几个小故事，虽着墨不多，但却很耐咀嚼。其中如"自来笑"厂长和"心疼科长"的爱情关系的故事，就很引人思考。二人从小同学，都是化学系的高才生，只因科长家庭出身不好，他们的爱情受阻，但厂长不要党籍也要娶科长，结果是"丢了夫人又折兵"。"二十三年后，他们戏剧性地被安排在一个厂里，虽然旧情难断，但厂长早已失去当年的锐气，想爱不能，不爱难舍。他还学得八面玲珑以讨好上司，一副笑脸以对待世事，工人骂他是"专门溜尻子货"，他也不生气。他与科长温存被吴单看见，他对吴单说了句很平常却很有潜台词的话："一些事情你还不懂。"这是对她解释，也是对她的冒失和固执而发出的善意劝告。在他看来，吴单在经过人生漫长时间的销蚀后，也会变得像他那样"懂"事的。这是敲在人们心头的一记警钟。

我还读过海容的另一篇小说《纪检书记》（《朔方》，1987 年 9 期），写一位工厂的纪检书记去参加订货会议，被流行在经济活动中的种种事实弄得晕头转向，最后竟随其流而扬其波。小说提出了一个随着经济活跃而难以避免出现的消极现象如何影响和改变着人的观念问题。从其思想意蕴看，与《县长女儿》有着相同的意趣，但《县长女儿》却写得更从容更含蓄更深入。其结构的得体，文笔的熟练，回忆与现实描写的转换自如，人物性格刻画的丰富活脱，都使人感到作者在艺术上的进展。美中不足的是故事的人工斧凿痕迹太明显，对女主人公吴单内心性格的开掘还不够深，如果在"真"和"细"上再下些功夫，想来一定会更好。

刊于《朔方》1989 年 3 期

●古树发新枝

——读邱笑秋新编"红楼戏"《探春治园》

创作难，改编亦难。

将一种艺术改编成另一种艺术，绝不是简单的形式转换，而是一种艰辛的艺术再创造。

近读笑秋同志根据《红楼梦》中探春故事改编的川剧《探春治园》，旧题翻新，如古树上发出的新枝，顶一片翠绿，似觉一股清新之气扑面而来，令人欣喜。

在"红楼十二钗"中，探春的性格命运与众不同。她是一个才智双全，精明干练，颇有些阳刚之气的女性：她发起组织海棠诗社，把大观园的青年人团结在自己周围，写诗填词，说文论画，活跃了园内的生活；她很有一番抱负，想干一番事业，遗憾"偏我是个女儿家，一句多话也没有我乱说的"；她头脑清醒，眼光敏锐，对大观园内积恶陋习十分看不惯，对荣国府的前途忧心忡忡。王熙凤因小月卧病在床不能理事，王夫人把管家重任交给她和李纨、宝钗暂管。李纨生性温和敦厚，尚德不尚才，管不好。宝钗巧于心计，推托回避，不插手。唯探春初生牛犊不怕虎，欲借此机会一显身手。她大胆泼辣，无所顾忌，采取一些断然措施，兴利除弊，革故鼎新，要重振颓败的家风。她很有点经济头脑，把荒芜的花园、池塘承包给会栽花弄草种庄稼的众婆子，变废为宝，节支增收，也使仆役有利可得；她执法如山，对藐视法度家规、偷奸躲懒的下人，毫不宽恕；她秉公办事，不徇私情，就连涉及王熙凤、宝玉、环儿的不当开支，也一律砍掉，甚至对亲生母亲也一视同仁，不留情面。短短时间，大观园面貌焕然一新，莫说众多下人不敢懈怠，就连王熙凤也刮目相看，感到对自己的潜在威胁。阖家大小，都称赞她的才能和魄力。

红学家们认为，曹雪芹之所以怀着极大热情和期望来塑造探春这个形象，在众多悲剧型女性中让她傲然兀立，赋予她聪慧过人、清醒精明、果断干练的品格和善于当家理财的本事，恰是有感于这个大家庭的日渐败落，大厦将倾，特安排个出类拔萃的人物来挽救危局。无奈，由于她是个女子，加上"庶出"的先天不足，当然更主要是因为历史的进程不可逆转，她终于无能为力，最后远嫁他乡，眼睁睁看着贾家的败亡。而这，又恰正体现了作者深化主题的艺术匠心。探春，在《红楼梦》中，实在是一个很有思想力度的艺术典型。

笑秋在探春的众多故事里，选择了"治园"一节，突出她性格中的优秀方面，如聪慧精明，有胆有识，大刀阔斧，无所顾忌，办事公正，不讲情面，不分亲疏，不搞关系学；而且懂得经济规律，善于管家理财，一项措施就省下几百两银子的开支。同时，又在原著基础上，对探春的性格加以充实，加进她生活节俭，安于粗茶淡饭，拒绝送来的燕窝汤；对破坏园规吃酒赌钱的下人严加处罚，绝不宽恕。这大大丰富了探春的性格内容。用现在的话说，她很有点"法律面前人人平等"的政治家风范，还具有用经济利益的杠杆调动人们积极性的经济学家头脑。于是，她与我们的距离一下子就拉近了。我们生活中正需要她这样的人。改编者通过这样艺术设计，把古代的故事加进现代人的思考，做到了"古为今用"，使读者和观众从中领悟到较原著更多更新的东西。

但是，作者在运用现代人的目光去看待认识古人时，并不是毫无分寸地无限拔高。古人究竟是古人，不能与现代人画等号，否则就会使人感到虚假和荒唐。改编者注意到这一点，在刻画探春形象时，严格遵守现实主义原则，把人物放在当时的时代背景上去表现。比如探春对她生母赵姨娘的态度，对她亲舅舅赵国基的那些语言，原著有极生动的描写。赵姨娘为兄弟的死，想多要些银子，遭到探春的拒绝和数落，当赵姨娘责备她连亲舅舅都不认时，探春听了气得"脸白气噎"，哭着质问道："谁是我舅舅？我舅舅早升了九省的检点了！那里又跑出一个舅舅来？我倒索习按理尊敬，越发敬出这些亲戚来了！——既这么说，每日环儿出去，为什么赵国基又站起来？又跟他上学？为什么不拿出舅舅的款来？……"在现代人看来实在太冷酷，太不近情理，太不可思议。但以当时封建道德准则看，探春的做法无可非议，是应当肯定和赞扬的。曹雪芹本着严格的写实的态度如实写出，至于几百年后的现代人，以此作为一个典型例证去批判封建伦理道德的虚伪残酷，封建社会森严的等级制度对人情人性的扭曲残害，那是他始料未及的。《探春治园》如实地保留了这些内容，这正体现了改编者的艺术思考的成熟。保存历史的原貌，以引起现代人对封建社会形象而深刻的认识。

不过，究竟是20世纪的邱笑秋改编18世纪曹雪芹的《红楼梦》，改编者不可能不以新的价值尺度去对探春作出自己的审美选择。尽管，他没有在改编作品中明确表示，但他的严格的写实态度本身，已让人看到一个双重人格的探春：一个聪明干练，敢于碰硬，不徇私情，卓尔不群的女强人；一个趋炎附势，冷酷无情，孤傲不凡的封建娇小姐。探春身上的色彩变得复杂了，展现在我们面前的，是一个性格多面体。正如剧本结束时的她那一串哈哈，是自满自得，是自悲自叹，还是自讽自嘲？好像样样都有一点。于是，望着她下幕的背影，人们就不单是肯定和赞扬了，而是褒中有贬，褒贬兼半了。对人物认识的逐步加深，撩开面纱，现出本相，让人们在欣赏中突然产生一种审美顿悟。而这，正反映了改编者艺术思考的深入和精密。

有人认为，生活对于创作至关重要，而对"二度创作"的改编则无关紧要。此言谬矣！如以"昭君出塞""卧薪尝胆"等古老故事改编的戏剧，多到难以数计，但又绝不相同，这与改编者所处的历史社会背景和个人生活经历密不可分，而对原著的透视与发掘的深浅，更是与改编者的身世阅历紧紧相连。笑秋历经人生的大波大折，对人生的认识有许多大彻大悟，这反映在他的创作上：画画，悠远开阔；写字，笔意洒脱；作文，深邃而具有思想力度。探春这一形象，正体现了这一特点。

《探春治园》的故事出自《红楼梦》第五十五、五十六回。原著赵姨娘大闹议事厅在前，探春出包花园在后，对家人婆子严加管理的情节也只一笔带过。笑秋在改编时，根据舞台表演艺术的特点，将原著情节作了调整，集中或强化处理，使几条线交错进行，造成复杂纷繁、起伏跌宕的戏剧冲突，显示出艺术结构的紧凑与完整。此外，在改编原著小说叙述语言为戏曲说唱语言上，从容自然，通俗明快，典型的川味川腔，轻松诙谐，悦耳悦心，给人以很大的阅读满足。

　　以上只是读到剧本后的一些感想，如能看到舞台演出，也许会有更多的体会。

刊于《内江文艺》1991 年创刊号

揭示安岳石刻的文化意蕴
——读《中国佛教与安岳石刻艺术》

安岳石刻，是内江一大景观，它分散地藏匿在安岳县境内穷乡僻壤的山谷沟壑之中，直到80年代初方被发现。消息传出，海内外震动。旅游观光者，学术研究者，纷至沓来。学术界誉之为继云冈、龙门、大足后又一重大发现。曾任安岳县文化馆馆长的汪毅同志，踏遍安岳，穷搜苦寻，对每个石刻群落进行了考察研究，写成《中国佛教与安岳石刻艺术》一书。

佛学，是一门博大精深奥妙无穷、令许多学问家望而却步的学问，而刚过而立之年的汪毅同志，却不畏艰辛，不怯高深，梵海泛舟，佛山揽胜，经数年苦心经营，写下《中国佛教与安岳石刻艺术》一书。它不仅为弘扬地方文化，开发旅游资源起了宣传作用，而且还是一本帮助人们深入研究佛教石雕的很有价值的学术著作。

佛教自汉哀帝时传入中国后，几乎受到历代王朝的重视，信徒遍及全国。为了传播教义，弘扬佛法，并使之深入人心，传之久远，在全国范围内普建庙宇，雕塑神像。继著名的云冈、龙门、大足石刻后，到了80年代初，人们又发现了堪与以上三处媲美的安岳石刻。而首先向外界报道这一特大新闻的就是汪毅。但他不以报道一则消息为足，踏遍安岳山水，寻古觅踪，采访和发现了大量石窟佛雕，并对它们的雕刻年代、造型特点、艺术价值作了一番扎实的考证研究，写成这本书。

书中指出，安岳石刻数量之多，历史之久，造型之精，在全国都是罕见的。安岳佛教石刻共约十万尊，与龙门石刻数量相当，而较云冈和大足，却多出一倍。安岳石刻中最早的可以追溯到南梁武帝普通二年（521）。其间又经过盛唐、五代、北宋几次高潮，较为完整地反映了我国佛教石刻艺术的历史演变。巨大的全身卧佛长23米，不仅以其身躯硕大、历史悠久（刻于唐开元年间，早于大足卧佛400年）闻名，且以造型完整俊美、意蕴和谐自然独领风骚。至于被誉为东方"阿芙洛狄忒"的紫竹观音，则以其妩媚俊美、飘逸风流，与百里外大足的"东方维纳斯"——普贤菩萨遥相辉映，堪称佛雕"三绝"。

作者以历史的眼光看待他的研究对象，把那些沉默的石头放在历史时间的长河中加以考察，找出它们与中国古代政治经济发展、社会民俗心理和民族文化传统之间的密切关系，从而使读者透过那些石刻的人物，看到它背后的历史动静和人文状态，让人们在冰冷静止的石像上触摸到历史的脉搏和时代的体温。安岳石刻为什么在唐代会出现一次高峰？作者认为这"与盛唐的社会呈开放状态所形成的开朗、热情而充满向上力量的时代心理有关"，与当时官方重视用佛教思想加强对人民的精神统治，民间流行积善成佛的思潮有关，与佛教内部派系林立，相互倾轧，失势僧侣远离中原来蜀地传播教义有关。而宋代，则因为安岳人文荟萃，文化繁荣，为石刻艺术的又一次高潮兴起提供了良好的文化环境。这些对安岳石刻艺术的发展所做的历史的、社会的和政治的解释，是言之成理，令人信服的。

安岳石刻数量多，历史久，造型美，尚不是它的全部，它的更大价值在于它有着自身的文化特色。作者经过深入研究后认为，安岳石刻中有多处儒、释、道三教始祖供奉一堂的造像，这是我国石刻艺术中十分罕见的现象。如大般若洞中的石像，正面是释迦牟尼佛像，左右两侧则分别是孔子和老聃。作者对洞顶所刻直径为两米的两个倒顺配搭的"人"字，经过考证认定为"化"字，进而推论三教间互相教化、互相融合，显示中华文化博采中外文化所长，相互适应，融通整合而走向一体化的趋势。作者对这一特殊文化现象所做的考证解释，切合我国传统文化发展的实际情况，在理论上是有见地的。

安岳佛教石刻的世俗化倾向，也是其他地方的佛教石刻所少见的。作者对此作了两种归类：一是表现世俗题材，如圆觉洞中写前蜀皇帝王建部将聂公雕像，毗卢洞里一些达官显贵的雕像，他们把自己跻身佛中，借佛的灵光照耀成神成仙，永远接受人间的供奉和膜拜；一是把神世俗化，如有名的"紫竹观音"，被雕刻得美丽俊秀，潇洒大方，人们称之为"风流观音"。她随和自然地坐在荷叶形的台上，一只脚任其下垂，一只脚踏在荷叶上，左手放在膝头，右手抚于叶面，上身微倾，俯视人寰，好像与芸芸众生谈心，一点也没有神的架子。圆觉洞中的阿弥陀佛，则"容光照人，丰肌丽质，一对杏眼脉脉传情，略带几分娇羞之色，嘴角含笑而不启齿，如《诗经》里所形容的'巧笑倩兮，美目盼兮'"。可以看出，安岳佛教石刻的两种不同的世俗化倾向，明显反映出贵族阶级与平民阶级两种不同的宗教观。

如果剔除宗教内容，安岳石刻的艺术价值和美学特征在中国石刻艺术中是独树一帜的。对此，作者作了更为深入的探寻和发掘。他指出，安岳石刻在造型上十分重视美学、力学、光学的结合。作者针对紫竹观音的造型写道：

> ……利用自然采光投射，映衬出她出水荷花般的容貌，丰腴匀称的体态，华美而不紊乱的服饰；使之具有诱人的青春气息。她的身体结构解剖逼真，但却并非全是浮雕，诸如手臂、荷叶，甚至五指和细小巾带，皆取镂空雕技，使力学、光学、美学的效果水乳交融。

针对日月观音，作者写道：

> 日月观音，表情温柔，似娇如羞，给人以少女怀春之感，撩起人亲昵、生爱之情。她的袈裟处理独特，线条遒劲，棱角分明，凌风飘动感颇强；但在转角、叠皱、起伏处，又各自显出不同的变化，给人视角的真实是多方面的。

那些或坐或卧，或喜或怒的冰冷的人形石头，躲在山野间已千百年了，创作它们的艺术家早已化作清风不知所终，汪毅却从那些石雕纹理中捕捉到艺术家们当初的构思，发现了美的内涵，并用生动传神的笔墨向人们传递了出来。

　　作者在系统研究了安岳石刻的美学特征后指出，安岳石刻的美学特征是繁复多变的，既善于表现阴柔之美，也善于表现阳刚之美；既精于表现世俗人间的人情美人性美，又长于刻画天宫仙境的虚幻美和飘逸美。经过千余年来的不断补充与发展，安岳石刻已形成自己独立完整的审美系统，按照作者的说法："安岳石刻闪烁着鲜明的个性，显示出难以穷尽的新奇，体现了美的属性，构成了一个云蒸霞蔚的美学领域……不仅可以升华人们对美的感知，而且可以点燃人们思想感情的火炬。"

　　《中国佛教与安岳石刻艺术》一书的学术性特点是很突出的，但作者一直钟情于诗歌，当他忍痛暂别缪斯而埋头于宗教与雕塑研究时，旧情难舍，诗情诗意时时渗入他的学术思考之中。他总爱以诗人的目光去观察他的研究对象，面对尊尊石像，诗情似潮，诗心如梦，往往用浪漫的激情和幻想，用诗情的笔墨和构思去勾画描写，去加工塑造，于是，石刻的人动了，凝固的历史活了。比如作者对涅槃的卧佛描写：

　　　　安岳释迦牟尼涅槃像是左胁叠足而卧的，她缓缓欲合的眼睛，舒坦的嘴唇表现了临终前内心的平静和外表的俊美，垂着的手与足给这种宁静更添一种静穆感……与其说雕刻家从生活中找到死亡景象来做佛"涅槃"的原型，不如说是雕刻家用舒适的睡意来表现一个慈祥老人的临终……

　　另外，在"华严洞走笔""圆觉洞走笔""致雕刻艺术家"等章节中，用散文诗的笔法记事，以神驰古今的浪漫手法写实，使人品尝到淡淡甜甜的诗意。

　　从全书整体行文看，严格的写实与自由想象，严肃的学术探讨与富于诗情的笔墨，融会贯通，不显雕凿痕迹。读了这样的文字，谁又能说学术文章只能板起一副面孔，不能写得轻盈活泼，甚至还可以带上点诗意和幻想呢？

刊于《内江师专学报》1992 年 2 期

谈谈张大千文学形象的塑造

早在 30 年代，张大千的名字就在文学作品中出现了（如茅盾长篇小说《子夜》里），但真正把张大千作为主人公写入文学作品，在中国大陆地区还是 80 年代的事。十多年来，写张大千生平、思想、艺术成就、生活逸事的传记、小说、戏剧等文学作品时有所见，但真正把张大千作为一个文学形象加以精心塑造，写出了他的精神品质和性格特点，称得上"典型环境中的典型性格"，从而使张大千在读者心目中留下深刻印象的，还不多见。我读过一些关于张大千的文学作品，就其中三部有影响的作品为据，谈谈张大千文学形象的塑造。

杨继仁的《张大千传》，是一部长达六十万字的鸿篇巨制。它从张大千出生写起，一生中主要经历和生活事件都收入笔底，其中对他艺术活动的叙述描绘尤为详尽。作品以翔实的史料为依托，通过一系列典型事件和细节描写，对张大千的一生作了全方位扫描，塑造了一个真实完整神采飞扬的文学形象；辛一夫的文学传记《张大千》，较杨继仁的《张大千传》晚出版四个月，此书着重写张大千中年以后，选择一些颇具传奇色彩的生活事件和艺术活动加以浓墨重涂，其中有较多篇幅写张大千的私生活，如与黄凝素的离异，与日本山田小姐的私情，等等。虽然这部作品的篇幅只及杨继仁《张大千传》的三分之一，却也写出了张大千性格气质的一些方面，注意典型化方法的运用，张大千的形象很突出。与杨继仁、辛一夫写张大千不同，邱笑秋不仅采用的是戏剧形式，而且为了便于舞台表演和内容表达，把艺术的聚光点集中在张大千一生的最后二十年，通过他旅居巴西"八德园"、美国"环荜庵"和中国台湾"摩耶精舍"几个场景，写出了张大千晚年怀念故土、思念亲人、情丝绵绵欲归未归的情感和心态，塑造的是一个具有浓烈悲剧色彩的诗歌形象。在舞台演出中，配以优美的唱调唱腔和声光色彩，使人心摇神荡，感人肺腑。

从以上三部作品看，同是一个张大千，由于作家的审美选择不同，艺术表现形式不同，所塑造的文学形象也就各具风采和特色，给读者的艺术感受也就各有情味和意趣。如果用画家的比喻，杨继仁的《张大千》犹为数丈长卷，把张大千一生和生活艺术的千沟万壑大都搜罗笔底，宏阔而精致；辛一夫的《张大千》是一幅中轴，突出画出张大千性格中的几片荷叶，几枝荷花；而邱笑秋的剧本《张大千》则着重写情，把气氛的渲染感情的抒发放在首位，恰如一幅写意，一幅张大千晚年用泼墨泼彩手法创作的写意。

尽管这几部作品在表现方法上各有不同，但在对张大千这个人物的描写上，注重文学性，着力于塑造一代画家的文学形象上是共同的。

具体说，作家们都在精心雕琢自己作品中的主人公。他是开一代画风的巨匠，是一个热爱故国故土具有传统美德的炎黄子孙，是一个意志坚定感情丰富既平凡而又伟岸的艺术家。

张大千是一个时代转折时期的人物，但他不是一个普通人物，而是一个名震中外的画家。他在中国传统文化乳汁的哺育下成长起飞，同时又注意剔除传统文化中因循保守的劣质，不断追求创新，给中国画这门古老的艺术注入新的生命，使它充满了生机和活力，成为既属于中国又属于世界的艺术，因而得到世界的认可，被誉为"当代世界第一画家"。张大千的艺术道路说明中华民族优秀传统文化的强大生命力，说明越具有民族性也越具有世界性的论断的正确。著名画家赵无极旅居法国多年，其画风深受西画影响，得到西方画坛承认，但他却没有得到张大千的殊荣，其原因是值得深思的。

上面所提到的三部作品，在塑造张大千文学形象时，都把笔力放在这一点上，写出了一个中国艺术家的正确选择。在杨继仁和辛一夫的作品里，都用较多的篇幅写到张大千与毕加索的巴黎会面。毕加索是西班牙人，与张大千顽强地保持中国传统习惯一样，毕加索虽在异国度过四分之三的时光，仍困守西班牙式的习尚。他说："一个人永远属于自己的祖国。"这对一个人，特别是一个艺术家来说，是命运攸关的。杨继仁在《张大千传》中写张大千游巴黎艺术广场，见到一位头发比自己胡子还长的中国年轻画家，他的一幅画张大千怎么也看不懂。问他，他不耐烦地说那是画的"巴黎和它的塞纳河"。并向他发了一通莫名其妙的议论，后来还对张大千出言不逊。当翻译说这就是张大千时，那青年画家说张大千是"一个保守的人，一个传统的卫道士"。这实在令人悲哀，令人愤慨。但令人遗憾的是，这种情况在我们身边也时有发生。有的人对传统优秀文化大加否定，瞧不起自己的祖先，瞧不起自己的民族，贬低自己的民族文化。这实在是一种令人忧虑的倾向。

由此可见，在文学作品中塑造好张大千文学形象是有着极大意义的。从绘画这个角度考虑，树立张大千这个形象，就是树立中国画的形象。如果把这层意思扩大，塑造好张大千文学形象，对读者，对观众，能起到强化民族意识，增加民族自信心，弘扬民族文化传统的积极作用。

张大千因为受道家思想影响比较深，以远离现实，超脱政治为处世原则，以"闲云野鹤一大千"自居。他一生都在追求一种飘逸的生活，一生都在躲避政治，但实际上，他一生都没有过上真正飘逸的生活，一生都没有摆脱政治的干预。特别是晚年，他思乡不得回，思亲不得见。直到他弥留之际，在大陆的子女亲人想去探望都入不了境；逝世后，也未能参加上送终安葬的仪式。这一切皆出于政治的原因，这可以说是一个天真的知识分子的悲剧。几部作品都从不同方面，采取不同手法，对张大千试图远离政治而导致人生悲剧的感情作了不露声色却刻骨铭心的描绘。

此外，以上所举三部作品都在不同程度上写出了张大千的人品和文品，如他不惜重金收回青年时期冒充古人名画的赝品，而后毫不吝惜地付之一炬；如他悔恨过去的荒唐戒烟戒酒；如他的救人危难、忠厚善良，等等。这些描写丰富了张大千的性格内容，大大增强了文学形象的思想艺术价值。

但是，也不必讳言，三部作品在对张大千形象的塑造上也不同程度地存在着一些值得探讨的问题，笔者不揣冒昧，谈两点浅陋的意见。

首先谈一下如何处理生活真实与艺术真实即如何进行艺术虚构的问题。传记文学是文学，离不开艺术虚构，否则，人物就难以站立起来；但传记文学又是传记，是以真人真事为基础的，因而基本史实不能虚构，否则就流于虚假。如辛一夫的《张大千》写1944年5月张大千在重庆开画展后重访大足。

之后，与弟子李复登火车到内江，"火车奔驰在内江如画的田野上⋯⋯"众所周知，成渝铁路建成通车是 1952 年 7 月 1 日，作者的虚构与史实有重大出入。另外，对张大千私生活的描写，如写其妻黄凝素新中国成立后穷困潦倒如同乞丐等，也与事实有出入。这些不能不说是作品的疵点。

　　其次是如何处理提高与普及的问题。杨继仁的《张大千传》专业性太强，学术味太浓，书中对绘画理论和技巧的描述较多。邱笑秋的川剧《张大千》要求的读者和观众的层次也偏高。我以为都属于"提高"类的作品。如能与之相随出现更普及的读物，让张大千这个"五百年来第一人"的文学形象出现在更多的读者面前，岂不是更好。

刊于《沱江文艺》1993 年 1、2 期

世纪末现代派文学猜想

一

当年，"朦胧诗"出现，接着是几篇"崛起"的文章。而后，喝彩喝倒彩之声鹊起，把个文坛搅得沸沸扬扬。现在回想起来，实在有些多余。其实，用不着忧虑，更用不着反对，只是在初初兴起的商品经济大潮中滚了几个来回，朦胧诗就沉寂下去了。"朦胧"也好，"先锋"也好，可以任你选择，但不要忘了，市场也在选择你。文学一旦被抛向市场，严酷的法则绝不因为你有一顶桂冠而放宽尺度。当时，人们对此还不能完全接受。于是，现代派诗歌的不景气便引来一片惊呼和哀叹，怨天尤人，指天骂地。诗歌如此，小说的命运也好不了多少。王蒙初试"意识流"就遭来非议，《春之声》《夏之梦》虽也引起一时轰动，但终不如他现实主义基调的作品影响大读者多。稍后，年青一代如刘索拉、残雪等也拿出了几篇现代派拳头产品，然而也只鼓噪一时，其他如"怪诞""感觉""黑色幽默"等，在文坛上抖过几天，却很快成明日黄花。"危机"中的戏剧，也曾希望"现代派"拉上一把，"探索剧"一度风行，但又很快冷落下去。

回顾新时期，现代派文学潮涨潮落，几度夕阳，搅动着作家、评论家的心，议论纷纷却众口一致，中国人不配享受现代派艺术。其一曰，现代派艺术是现代化生活的一部分，缺乏现代化生活体验的多数中国人无法理解；其二曰，现代派艺术是高水准的艺术，对大多数文化素养处于低层次的中国人，难与之产生感情沟通和共鸣；其三曰，现代派艺术是超前意识文化产物，长期封闭使中国人在思想观念、价值标准上与之有较大差距，难以认同。如此等等。

这些见解不能说不对，但过多地把责任推向读者，不仅认识上偏颇，也欠公允。

回想现代文学初期，那时读者的物质和精神水准比现在更低吧，但还是出现过如徐志摩、戴望舒这样有一定名气的现代派诗人，像穆时英、施蛰存这样有一定影响的新感觉派小说家，像洪深的《赵阎王》、曹禺的《原野》这些著名的表现主义戏剧。新中国成立后，现代派处于被排斥被禁止的地位，直到 70 年代末，这种局面才开始有所改变。

与中国的情况相反，在西方，现代派文学作为一个重要流派一直雄踞文坛，久盛不衰。出现了像卡夫卡、萨特、海明威、约内斯库等大家，有如《变形记》《墙》《乞力马扎罗的雪》《秃头歌女》等大有反响的作品。而且，从二十世纪初以来，随时代变迁现代派不断转换变化，新潮迭起，后象征主义、未来主义、表现主义、存在主义、新小说派，以及"废墟文学""迷惘的一代""垮掉的一代""黑色幽默"等，五彩缤纷，蔚为大观。西方现代派文学的兴起繁荣，当然有它的原因，如生存环境的孕育，商品经济的刺激，等等，因而能逐渐形成一股世界性的文学潮流，影响甚至支配着许多民族和地区的文学发展。

二

在 20 世纪七八十年代之交的"落实政策"声中，"百花齐放"的政策也开始落实。现代派先是扭扭捏捏，后是大大方方地走上文坛，对诗歌、小说、戏剧等各种形式的文学全面渗透，从初始的象征主义、表现主义、意识流，到后来的先锋派、超现实主义、新写实主义等，潮头涌动，轮番登场，为新时期文学留下令人兴奋的一页。

使人遗憾的是，兴奋之后却是冷漠和凄凉，大轰大嗡一阵留下来的东西并不多。比如诗歌，80 年代初朦胧诗兴起，以揭露"文革"伤痕、积极干预生活和呈现英雄主义的崇高庄严，激起社会共鸣而风靡一时。此后，兴起现代主义前卫诗歌运动，声势之大，流派之多，空前绝后，什么"非非主义""莽汉主义""第四代诗""新生代诗""呼吸派""撒娇派",等等,接踵而至。它们不仅否定传统,而且互相否定。朦胧诗先驱们在一片打倒声中"被自己以前真诚的崇拜者们真诚地置于敌人的位置"。在看似空前繁荣实则空前混乱中留下一片狼藉。那些自命不凡的各派"领袖"们,往往发表一通宣言后悄然销声匿迹。正如它们的很快兴起一样又很快解体。趁人们对现代派诗厌倦和失望时,汪国真以他的清醒警策一下子就攫住了青年读者的心。较之"各领风骚三五天"的现代诗派的"瞬间领袖"们,汪国真独领诗坛经年不衰,这实在还要"感激"那阵现代诗的大"混战"。

至于现代派戏剧如《狗儿爷涅槃》等也热闹过一阵,但只是在几个大城市转来转去。《潘金莲》还掀起过一个颇为壮观的荒诞剧热潮,却又很快冷却下去。

较之诗歌和戏剧,现代派小说的命运似乎好一些,因为它来势没有那么猛,其消退也没有那么快,但终于还是跌落了下去。王蒙已失去当年的兴致,张贤亮似在转向,刘索拉、张辛欣、残雪、莫言等,有的还在固守,有的在作新的选择和突破,但都尚未拿出当年那样引人注目的新作;而以后的苏童、池莉、叶兆言、格非等,虽说还有"现代"味,却又明显向现实主义倾斜,就是名分,也叫"新写实"了。不过总算沾了现代主义的边,留住了余脉余绪。

三

20世纪末中国现代派文学命运将如何?是评论界一个热门话题:"复兴说"认为它还会有个新的"崛起";悲观论者认为它将被现实主义所淹没;"多元论"者则把它放在"后新时期文学"大格局中加以考察,认为现代派作为一"元",它将以顽强的生命力显示自己的存在。

谁也难对世纪末现代派文学发展前景作出准确无误的推断,但我们可以以80年代现代派文学的变化消长为依据,以世界现代派文学的现状为参照,更以文学源于社会生活的唯物主义观点为指针,作一些分析和猜测。

新时期现代派文学从零起步,在短短十年间匆匆走过西方现代派文学一个世纪的路程,生硬、生涩、不成熟、不鲜活,在所难免,正如世纪初李金发始用象征手法写诗一样。有了十多年的摔打经历，创作和理论都更加成熟起来。如近两年出现的，仍是当年那批"现代派"们写的作品，已褪尽初生的稚嫩，显得纯熟和老到多了。至于一批新人的先锋文学、新写实小说和新潮诗，都在过去的基础上有所变革和创新。再从读者方面看，随着进一步开放，观念更新，审美情趣多向发展，一度产生的对现代派的逆反心理也会逐渐消解。因此，可以说，世纪末现代派文学不会走向末路，当然，要想出现80年代初中期那样的"崛起"，似不可能。人们已走出狂躁，变得更加冷静持重了。

当前，商品经济大潮勃兴，正猛烈地撞击着文坛，这对现代派文学的发展将是一次推动，可以从两个方面看：

一方面，商品经济逼使现代派文学（当然也包括其他文学）自谋生路，促使其内部变革和调整机制，深化思想和翻新形式，成为更有生命力的文学，要在艰难中踏出一条路来。另一方面，随着商品经济渗透到千家万户，必然引起社会风习、思想观念的变化。商品经济刺激下所衍生的物欲横流，道德沦丧，人情凉薄，精神失衡，以及悲观、孤独、伤感、虚无等副产物会大量出现。这将为长于表现生活负面内容的现代派文学提供创作材料。如果说，80年代的中国现代派文学是"无根"的文学，是装腔作势"少年不知愁滋味"的文学，那90年代的现代派文学则将是有一定生活依据、有一定实在情感底蕴的文学。

90年代，现代派文学具有较为充分的发展条件，走势看好。但应该看到，我们究竟起步较晚，把流行于西方的表现方法用于东方文学，要有一个较长的熟悉适应融会贯通的过程，另外，我们推行的是社会主义市场经济，本质上有别于资本主义的市场经济；加之，我们的社会制度、文化传统都有自己的特点，现代派文学家们对此不能视而不见。由于以上种种因素，我们在设想世纪末中国现代派文学走势时，预计可能出现这样一些特点：

从思想格调看，它必然是"积极现代主义"的。西方现代派文学的"冷"格调和"灰"色彩，是产生它的时代背景和所要表现的内容决定的。中国现代文学史上几度出现的现代派文学产生于半殖民地半封建土壤上，迷惘、失落、焦虑在所难免。新时期现代派文学产生于"文革"以后，侧重表现人的心灵上的创伤，思想上的疑问，以及忧患意识、孤独感、失落感等异态心理，与刚刚结束苦难的中国人的心绪合拍。90 年代对我们来说，是个意气风发的时代，是个充满信心和阳光的时代。文学是时代的声音，现代派文学应以关注社会人生，弘扬英雄主义，塑造大写的人为主旋律。

从表现形式看，应该是"新现代主义"的。我们不能老跟在人家屁股后面亦步亦趋，要创造自己的现代派，沿着王蒙、张贤亮、谌容、魏明伦、舒婷等探索者的路走下去，创造出我们自己的、具有中国特色和民族风格的、为我国现代化服务的新现代派文学。80 年代后期现代派诗的消退，90 年代始新写实主义小说的走俏就是例证：前者"因现代味"太浓而遭遗弃，后者因能吸纳传统现实主义之长，又具有现代色彩而得到新生。

从为满足多样化审美需要看，最好是"泛现代主义"的。前些年，对新时期现代派文学曾有"伪现代派"之说。"伪"者，假也，掺杂使假，不纯正之谓也。其实这倒未必是坏事，恰恰发挥了"杂交"的优势。只要有利于作品内容的表达和艺术分量的增加，无论现代的、传统的、魔幻的、怪诞的、现实主义、浪漫主义、黑色幽默，等等，都可以为我所用，不必据派自守，定于一尊。拆去高高的篱笆，让各种文学交流汇合，勿让现代派"神秘化""贵族化"，而要促使其"宽泛化""大众化"。近年有些作家，正是这样做的。

刊于《理论与创作》1993 年 3 期

论新文学主题意识的演变

　　1918 年，鲁迅在《狂人日记》中发出"救救孩子"的震人心魄的呐喊，相隔六十年后的 1977 年，在刘心武的《班主任》里，却得到了深沉凝重的回答。一呼一应经过长达一个"甲子"的岁月，"救救孩子"的实际内容虽然有了重大变化，但有一点是相通的，那就是要拯救孩子们已经和即将被毒化的灵魂。这绝不是一个偶然的例子。以后，如高晓声的《陈奂生上城》中陈奂生的自譬自解自我陶醉，与鲁迅《阿 Q 正传》中阿 Q 的自卑自贱"精神胜利"；再后，如 80 年代中后期的女性小说、感觉小说、新生代诗等，都似乎可看到二三十年代新女性小说、新感觉派小说、象征派诗歌中文学意识的投影。这个主题的回归，是一个很有趣的文学现象，它导发人们对"五四"以来七十年文学创作意识的演变作一番回顾探寻。虽犯难，但很有意义。

　　强调文学的教化劝谕功能，是我国古代文学普遍奉行的原则。"文以载道"嘛。近代著名学者梁启超把文学的这种功能夸大，说它能起"改良群治"的作用。虽然，同时代的另一位著名学者王国维认为，文学应该"超功利"，但他主要是针对那种宣扬忠君思想、圣人意识的"载道"文学而言的。晚清文学中意在"匡世""治国"，抨击时政，揭发弊恶的小说盛行，是具有初步批判意识的现实主义文学。辛亥革命时期的文学是宣扬英雄主义意识的文学，"直觉群山皆仆从，上天下地我为尊"（柳亚子《独立小影》）。对旧世界处于一种压倒的气势，可见其批判否定之严厉。五四文学继承了这些优秀传统，与西方涌入的民主主义、人道主义思潮汇合，扩大并强化了文学的批判意识。鲁迅小说对国民性弱点的解剖抨击，深入到民族文化心理里层，剔除其腐朽的根源，以救治中华民族这棵古老的大树。郭沫若的《女神》，则以激昂狂放的浪漫主义创作方法，贯穿着彻底破坏旧世界重建新世界的时代主题。两位现代文学大师，一个唱着挽歌为旧世界送葬，一个唱着赞歌迎接新时代的到来。风行一时的问题文学，从社会、家庭、婚姻、理想等不同角度，向旧制度提出质询，反映了五四青年一代的觉醒、探寻和对旧秩序的怀疑否定。在五四文学大潮中那股歌唱人类之爱的暖流实际上也是对没有爱的现实的另一种批判。几乎与世界现代主义文学同时起步的郭沫若、田汉的表现主义戏剧，李金发的象征主义诗歌，也都或曲或直，或隐或现地表现了对旧事物的批判用意。至于五四时期的杂文，其主题思想之鲜明，批判意识之强烈，更是锋芒毕露，所向披靡。五四文学大旗上写的是"批判"两个鲜亮的大字。就是与五四文学处于对立面的鸳鸯蝴蝶派某些写男女爱情悲剧的小说，也在一定程度上对旧婚姻制度的合理性提出了怀疑，反映了改良的愿望，可以认为是平民意识的一种反射。

五四文学是在 20 世纪初世界文学的影响下勃兴起来的，与世界文学的主潮一样，人道主义精神和强烈的民主意识是它主题表现的总倾向。载封建之道的旧文学，在五四文学的冲击下土崩瓦解。其正统地位被新文学替代，这意味着我国文学在短短的时间里跨越了一大步，很快就赶上和接近了世界文学，初步参与世界文学大循环。最明显的是五四文学所表现出的强烈的自审意识，与当时世界文学的主旋律十分合拍，与封建旧文学宣扬天朝声威、盲目自尊自大形成鲜明对比。一个缺乏自审意识的民族是没有前途的民族。五四文学先驱们毫不容情地解剖着我们民族愚昧、落后、自私、麻木的灵魂：鲁迅笔下的迟钝、卑微的"看客"，蹇先艾作品里的野蛮顽愚的山民，叶圣陶精致描画的灰色卑琐的小知识分子，等等。救人得先自救，作家们在进行冷静的民族自审时，并没有忘记自己也是这个民族的一员，解剖刀也无情地伸向自己。鲁迅、郭沫若、郁达夫等人的许多作品里，坦诚地自我剖露，严峻地自我拷问，所体现出的自觉的文学自审意识，是旧文人玩弄文字的"述志文学"所无从比拟的。

在文学主题的表现方式上，五四文学一开始就摒弃了旧文学那种道德训诫式的直白浅露，形成了繁富多变的局面：藏而不露的《风波》《沉沦》，朦胧隐晦的《野草》《微雨》，明朗直截大声疾呼的《女神》《终身大事》，主题淡化甚至无主题的《三弦》《繁星》《春水》，以及主题多向化的《阿Q正传》《灵光》，等等。主题表达方式的多样化，说明作家思维方式和创作意识的丰富饱满，说明五四作家对待世界文化思潮的开明态度。

新文学第二个十年的文学主潮，是在无产阶级革命文艺理论倡导下掀起的。作家主体的阶级意识在创作中表现得特别强烈，革命精神、阶级意识以无比强大的力量渗透到文学中来。五四文学宣扬的个性解放、个体意识很快被阶级解放、群体意识所替代。鲁迅等一批最负盛名的作家在马克思主义思想启迪下，组织了革命文学队伍，革命意识成为他们文学创作的最高追求："胜利不然就死"（《左联理论纲领》）。鲁迅杂文可以说是一部革命斗争的形象历史，就是他的神话历史题材小说，也无不具有尖锐的革命斗争锋芒。茅盾则以敏锐的目光注视着现实，强烈的革命功利观、突出政治的价值观，使他对时代社会最关紧要的问题作艺术的也是科学的回答。他的《子夜》是新文学史上最著名的政治小说，也是最早的"主题先行"的成功范例。阶级意识的高扬，父子情、兄弟情、夫妻情等个人情感都退居于无关紧要的位置。殷夫、叶紫、蒋光慈等人的创作，都自觉地贯穿着这样的主题。"光慈式"革命加恋爱小说风行一时，形成一股颇有影响的文学主题潮流。但其中有些作品忽视人物个性的开发导致共性淹没个性，政治取代了艺术，开公式化、概念化风气之先；与之相反，那些似乎离革命主题"远"、表达革命意识"淡"的作家，在潜心于时代生活社会意识的观察剖析和参与介入后，沿五四文学开辟的人的文学坑道继续掘进，硕果累累，蔚为大观。《莎菲女士的日记》产生了巨大轰动。其主题思想的歧义褒贬，争论了半个世纪。《雷雨》《骆驼祥子》《家》等第一流的作品，都从社会、家庭和个性的解剖入手，展示封建制度崩溃过程的种种现实，以及对人性、人权、人道的扼制和践踏，充分体现了作品的人类意识和暴露性主题。虽然没有直接写革命，但工人罢工，知识青年出走，正是走向革命的第一步；就是祥子的沉沦悲剧，也向人们暗示了他那样的受苦受难者应走的路。《老马》（臧克家）中的老马，乍看是个逆来顺受的被压迫者形象，但却能激起人们的反省和反抗意识。"思想越隐蔽越好。"这些作品都没有正面写革命，但革命意识都深深浸染在字里行间。

　　这一时期现代派文学有个小小的崛起。新感觉派小说以人的流动意识来体察和解释都市人的变态生活，为半殖民地半封建社会城市人民灵魂造影，以显示他们意识的严重病灶；戴望舒的《雨巷》以其意境的深幽、意象的虚幻和意识的朦胧，表明现代派诗歌在艺术上的成熟。何其芳的《画梦录》，在款款的抒情中蕴藏着无尽的忧患与愤懑。曹禺的《原野》，融阶级意识和狭隘的个人复仇意识为一体，增大了作品主题内涵的丰富性和复杂性。由于它在思想上的突出成就，为新中国成立前现代主义文学做了一个光彩的收篇。现代主义长于反映资本主义社会现代生活，对没有经历这种生活的中国读者来说，难免有隔膜感。这恐怕是现代派艺术在中国不景气的主要原因之一。

　　作为通俗文学重要一支的鸳鸯蝴蝶派，其中一些极为有眼光的作家，注意于言情之外加上时代内容，强化平民意识，突出揭露性主题，这是张恨水的小说保持久盛不衰的原因。

　　"国防文学"与"民族革命战争的大众文学"两个口号的争论，是对民族意识文学的舆论鼓动。流亡上海的东北作家的创作，以自己的切肤之痛写出沦为亡民的苦楚，国防戏剧的演出和抗战诗歌的朗诵，引燃了民族意识的爆炸。稍后，抗战文艺大军兵分两路，一路撤退到以重庆为中心的大后方，一路开赴以延安为中心的抗日根据地。

　　大后方文学在抗战以后的十多年里，其主题变迁有一条清晰的轨迹：由张扬民族意识逐渐转向暴露和讽刺。张天翼的《华威先生》为抗战时期暴露性主题文学打开了缺口，《腐蚀》（茅盾）、《寒夜》（巴金）、《屈原》（郭沫若）等作品对浓重的黑暗现实作了无情的揭露。暴露性主题文学还沿着鲁迅开创的揭示国民性弱点的思路不断开发；萧红的《呼兰河传》、老舍的《四世同堂》直对城乡的愚昧、守旧和苟安；丰子恺的散文不仅剖析同人的慵懒闲散，还无情地表现着"赤裸裸"的自己；艾青的《手推车》缓缓而行留下弯弯曲曲纵横交错的车辙，象征着民族惰性的心迹。

　　皖南事变后国民党政府加紧了对民主的压制反倒激发了民主意识的增强，尤其是抗战胜利后，人民的和平愿望破灭，民主自由被践踏，文学的使命感自觉地强化了。在暴露文学主题不断深化的同时，讽刺性主题文学再度勃兴，要"用笑声为旧世界送葬"。宋之的的《群猴》、陈白尘的《升官图》是极度夸张的讽刺，但反映了最本质的真实。蒋家王朝败亡前夕，政治讽刺诗盛行：《马凡陀山歌》嬉笑怒骂，痛快淋漓；诗风厚重严谨的臧克家也运用讽刺手法写出《宝贝儿》集，以"尖锐、厉害"的诗句"刺向黑暗的'黑心'"（《宝贝儿·序》）；就连写通俗小说的张恨水，也以《八十一梦》《五子登科》等加入讽刺文学之林。这些讽刺文学的主要对象是国民党统治下的黑暗丑恶，但也注意指向国民劣根性，如丁西林的《三块钱国币》对刁蛮刻薄小市民的嘲弄，冯雪峰杂文对普遍流行的市侩主义、平庸主义的讥诮都显示出犀利的讽刺锋芒。尤其是钱锺书的《围城》，针对知识分子自私、庸俗、冷漠、卑微等弱点，作冷静俏皮的、不动声色的幽默讽刺。风格别致，主题深刻，把讽刺主题文学推向一个新的层次。

国统区文学的暴露、讽刺主题，是当时的社会现实规定了的，是时代社会意识的形象反映，是一种与时代潮流相融合的文学现象。作家们在经历时代大动荡和心灵大震动后，对我国半殖民地化的历史进行了冷静的反思，从而写出了一批既具有深厚历史意识，又具有强烈现代意识的作品，从中可以清楚地看到五四文学精神在新的历史时期的闪耀。这是郭沫若、曹禺、老舍、巴金等这一时期创作的共同特色。而路翎的小说，则以其对社会观照的细密和对历史穿透的深入，以及对人的潜在的"原始的强力"的发掘，显示出独特的韵致。

在沦陷区，进步作家的处境当然更为艰难，但他们以灵活的方式，写出了不少饱含强烈民族意识，暴露日寇铁蹄下残酷现实的作品。如处于上海孤岛的阿英和于伶，一个以历史的教训（《碧血花》等历史剧）启发人们的觉悟，一个用现在的事实（《夜上海》）鼓舞人们的斗志。另外如陆蠡的散文《囚绿记》、芦焚的小说《结婚》等，都以其炽烈的民族意识，鲜明的暴露批判主题，与大后方文学相呼应。

与大后方文学一样，解放区文学也是以张扬民族意识为中心主题开篇的，但它的主题发展走向却划出了另一条轨迹，欢快明朗的歌颂性、喜剧性文学占据了绝对优势：田间歌颂英雄的"义勇军"、何其芳赞颂不屈的"泥水匠"、艾青的《雪里钻》，表现了民族解放的必胜信念，丁玲的《一颗未出膛的子弹》中的红小鬼英勇无畏崇高可爱，代表着我们民族的未来。

延安整风后，作家的创作意识得到改造和重构。文学的政治意识、阶级意识和民族意识得到空前的强化。从主观上看，这是当时斗争的需要，是历史的严厉命令。从客观上看，有左翼文学基因的融入，也有当时苏联文学的横向移植。这种文学意识的重大变革，对一些国统区来的作家，有一个适应的过程；倒是一些文学新人，他们没有负担和干扰，凭着对生活的熟悉和热情，无拘束地在歌颂性文学天地里驰骋，写出了一大批使人耳目一新的作品，有的还形成了独特的风格流派，从而打破了只有暴露性主题才能写出有价值作品的偏见。如赵树理、孙犁、刘白羽、马烽等人的小说，《白毛女》《血泪仇》等戏剧，以及当时大量出现的各种形式歌颂领袖、歌颂英雄、歌颂共产党、歌颂新生活的文学作品。稍后出现的《王贵与李香香》《太阳照在桑干河上》《暴风骤雨》等，莫不以歌颂为其主旨。

解放区歌颂文学具有喜剧性特点，但它不同于旧时代对文学的慷慨施舍，而是已具备实现"大团圆"所必需的社会时代条件；当然也有悲剧描写，其用意在于增强喜剧效果，在于为歌颂性主题服务。解放区歌颂文学还有一个特点是民族化：艺术形式的民族化、民间化，语言的通俗化、大众化，内容的生活化、情节化。在创作方法上革命现实主义与革命浪漫主义并用，但作品的理想化成分较重，浪漫主义占有优势，而现代主义则无人问津。这是民族意识强化的结果，最终也是为了更好地为歌颂性主题服务。

1949年第一次全国文代会召开，国统区、解放区两支文艺大军重新会合。如果单从文学创作的主题变迁角度看，那只是前者对后者的加入。新中国的成立为歌颂性主题文学提供了更为广阔的天地。《新华颂》（郭沫若）、《我想念我的祖国》（艾青）、《保卫延安》（杜鹏程）、《万水千山》（陈其通）、《谁是最可爱的人》（魏巍）、《吐鲁番情歌》（闻捷）、《龙须沟》（老舍）等，组成一部完整的颂歌交响曲，唱出了人民的心声和真情。但是，历史不能在颂歌中停步不前，新的现实向人们提出了新的问题，一批干预生活、揭示矛盾、抒写人情、开发人性的作品在新生活催化下破土而出，却被反右斗争所扼杀。

1958年文学陷入十分尴尬的境地。但过后不久的五六十年代之交，不少作家由于对现实主义的忠诚，写出了一批颇有分量的歌颂性主题文学，如梁斌的《红旗谱》、杨沫的《青春之歌》、李准的《李双双小传》、柳青的《创业史》、郭小川的《人民万岁》、沈西蒙的《霓虹灯下的哨兵》等。比起40年代解放区的颂歌文学，这些作品构思精密得多，视野开阔得多，笔致也从容得多，作家的自觉意识也强烈得多。

回顾十七年间，也有过歌颂与暴露，现实主义深化，写中间人物，人性与人道主义的争论，但其结局只是对文学意识的单向规范与强化。一些作家在生活的激发诱使下试图有所突破，写下如《我们夫妇之间》（萧也牧）、《组织部新来的年青人》（王蒙）、《在悬崖上》（邓友梅）、《达吉和他的父亲》（高缨）、《燕山夜话》（邓拓）、《茶馆》（老舍）、《海瑞罢官》（吴晗）等作品，遗憾的是由于政治的干预，有的受到冷落，有的遭到批判。从十七年文学发展史看，无论理论还是创作，都或隐或现地滚动着一股试图与五四文学纵向对接和对世界文学横向切入的潮流，作家、评论家的人本意识、人类意识、世界意识、科学意识等当代文学思潮已在他们的创作或论文中初露。

从1978年开始的新时期文学，揭开了堪与五四文学相媲美的具有历史意义的一页，在十几年的发展过程中，虽有进退曲折起伏涨落，但总的倾向是在不断更新、不断丰富、不断推进。文学职能由单一的政治宣传逐渐转向认识、教育、审美、娱乐的全面恢复。文学的主题视野不断扩大，思想逐渐深入，主题蕴含多向化，表现手法多样化的杂彩纷呈景观已出现。

新时期文学开始于"文革"灾难之后，暴露文学很自然地成了主潮，"伤痕文学""反思文学"以至"改革文学"，都在很大程度上表达了暴露主题。在这之后，文学主题潮流分流，向寻根主题、探求主题、自我表现主题等多向发展。从内容倾向看，有揭露，有歌颂，有提出问题，有探寻哲理，有控诉呐喊，有自我拷问，等等；从表达方式看，由直白明了向朦胧隐晦，由单一清晰向多元纷杂，甚至追求淡化和虚无。这种多姿多态的文学主题现象，不由使人想到五四文学的丰富驳杂，什么人生派文学、问题小说、身边小说、乡土散文；什么表现主义戏剧、象征派诗歌、心态小说，等等。从这里，我们清楚地看到新时期文学与五四文学的对接。时隔大半个世纪，"救救孩子"的呼喊得到应答：祥林嫂被封建迷信思想夺去了生命，方丽茹（张弦《记忆》）却被现代迷信毁掉了青春；阿Q的幽灵在半个多世纪后找到陈奂生这个"替身"；许茂老汉身上还隐约闪动着闰土的影子；在一些爱情小说里，子君（鲁迅《伤逝》）、田亚梅（胡适《终身大事》）、维乃华（淦女士《隔绝》）的悲剧还在继续。新时期文学在对人的重新发现，对个性意识的重新肯定，对人道主义的张扬，对现代意识的追求等方面，都与五四文学有较多的相似点。特别是80年代中后期随社会变革出现的文化寻根思潮，触及对国民性中怯懦、守旧、奴性等弱点的批判，与五四时期民族自审意识的文学有着血缘联系。但相同不是重复，而是两个时代的文学在沟通焊接时不可避免的一截"搭头"。在一个短暂的"会合"后，新时期文学正沿着五四文学开辟的航道扬帆前进。

纵观七十年文学意识的变化，我们会发现这样一个事实：五四以后是一个接一个的社会大动荡，思想大裂变，交叉进行着民族、民主革命；新中国成立后是频繁的政治运动，直至第二次思想大解放，等等。全民精神被一次次地牵动着，文学主题的潮流也就被一次次地掀起。只是到了近几年，由于现实生活的深刻变化，人们的精神意识得到较为充分的解放，社会共同的思想障碍开始消除，文学主题潮流由过去的单一化向多元化变化。各种潮流并存，此伏彼起，多头并进，出现了一个文学意识全面跃动，不断更新，表现手法多种多样，新颖别致的局面。

我同意新时期文学至80年代末已经结束的提法，这不仅因为"新时期"不应该无限期延长下去，更因为进入90年代文学意识随时代发展已发生了巨大变化，特别是近大半年来，神州大地春雷滚滚，改革开放加大了力度和速度，这必然激起文学意识的大涌动大变革，催动中国文学与世界文学大汇合，加入世界文学大循环，在全球格局中树立中国文学的崭新形象。

（刊于《云南教育学院学报》1993年2月）

再唱一曲《蓝色的多瑙河》

还是小学时候就听历史老师讲"巴尔干是欧洲的火药桶"。"二战"以后，那里平静了几十年。可是不几年前，随着苏联解体，东欧剧变，巴尔干半岛烽烟又起。啊，蓝色的多瑙河啊，什么时候才能再看到你的宁静，你的安详，听到你低吟浅唱！

我们听到了，也看到了，就在意西泽仁的散文集《巴尔干情思》中。

对绝大多数没有经历过战争的中国人来说，爆一个汽车轮胎都要惊动大半条街，可看那南斯拉夫人，战争就在身边，制裁就在头上，他们却不惊不诧，照旧过日子，没有惊慌，没有混乱，"人人衣着整齐，个个面带微笑"，显示了藐视强权、乐观奋发、不怕困难、爽朗豪放的民族性格本色。

从一个社会的热点可以看出一个民族的精神走向。在南斯拉夫，"街上走不到几步就可以看到一家书店。可以说这里的书店和百货商店一样多。在街心花园，闲逛的人没有读书的人多。在大街小巷，卖百货的地摊没有书摊多"。而且，图书品位都很高。书价虽贵，但购书人却不少。作者访问期间恰逢国际图书博览会在贝尔格莱德举行，南斯拉夫一千多家私人出版社把展览厅装点得千姿百态，让人有进入童话世界的感觉。

民众对文化的热情与官方的导向密不可分。在南斯拉夫，作家、学者很受尊重。作者参加一个纪念反法西斯胜利五十周年大会，会上竟没有一个官员讲话。整个过程以诗歌朗诵的形式进行……作者还介绍说，在黑山共和国历史上，尼古拉家族七个国王，个个都是诗人，其中彼得·涅果兹被誉为19世纪南斯拉夫最著名的浪漫主义诗人。

　　散文集中有更多的笔墨是写友情，写异域见闻的，以淡淡的笔墨抒发浓浓的情怀。虽然，这本游记散文集的二十多篇文章只记录了作者在贝尔格莱德第三十二届国际作家会议期间十多天的见闻感受，但因为写得真实，写得细致，写得舒缓，细细读去，那情思便萦绕在胸，再也难以消散了。

　　　　　　　　　　　　　　　　刊于《成都晚报·读书天地》104 期

洒你一身露珠

——读周维祥《妙心集》

这几年散文特别走俏，给冷清的文坛撑起了大半个门面，圈内人说，这是一个奇迹。

其实，说奇也不奇，在一片"扑通扑通"下海声中有几个作家坐得住去写那些大部头？在熙熙攘攘紧紧张张的市场竞争中谁又有心思去看那些大部头？于是短小的、"快餐"式的作品特受青睐。不过，读者的口味越来越挑剔，准确些说越来越单纯。他们被商场、情场或其他什么什么场揉搓得心力交瘁、心烦意乱，哪有心力去揉搓那些现代主义、后现代主义、超现代主义的诗歌？他们自身的故事可以构成无数篇小说的情节和细节，何必浪费时间去读那些虚构的玩意儿？作者可以把目光对准学生，但学生更可怜，越来越重的书包和越来越难的考题已压得他们喘不过气来；作者还可以把目光指向老人，可老人们说，我已在紧紧张张中过了一辈子，饶了我吧。这样一来，就连诗歌、小说都面临冷遇的尴尬。

于是，天降大任于散文。那种意在轻松消遣，抒写散淡、闲暇，不事雕琢，透露出真情诗意的短小散文越来越受到读者的欢迎。君不见，在散文大潮中，"五四"以来所有这类闲适格调的散文都被刮底搜来出版，凑（此处读平声）合出版商们大捞一笔。

不过人们更钟情于新人新作，因为现代读者与现代作者更加灵犀相通情投意合，世纪末的当代人去体味世纪初的人生社会，情感思想毕竟受到局限。于是当代人写给当代人读的散文泉涌而出，一批弄潮于散文大潮浪尖的新手就这样锻炼成熟起来。周维祥恰逢其时，出版这本《妙心集》，可喜可羡。

与许多散文作家一样，周维祥也写山写水写梦写故乡写童年写生活琐事，但他却能穿透表相深入肌理，去寻觅一种境界，领略一种人生，顿悟一种哲理。

自古有"青城天下幽"之说，作者在《青城寻幽》一文中专去寻觅那"幽"的境界。他寻到了满山的幽深、幽雅、幽秘，更寻到了"一樵夫背着柴火，吟唱着悠悠地向白云深处走去"的那份超脱尘世的幽远。

近些年才发现的巨型乐山睡佛，不知有多少散文家写它，而周维祥的写法不同，他逆向构思，不写佛的涅槃和超升，却写佛的介入和济世。从与庞然大佛的对话中使我们感到亲近和亲切，把我们带入另一种审美意境。

与同龄人一样，周维祥也经历了多部曲，而今也算颇有成就，然而在他一系列融入个人经历的散文里，却读不出困苦的哀叹，失意的伤感和得志的忘形，一以贯之的是散淡平和。如那一根钓线系着过去、现在两个梦的《钓梦》，三个本命年苦苦甜甜串在一起的《猴年匆匆》，从三十几个中秋月圆月缺顿悟出人生缺失的《又逢月圆时》，更有那意在隔绝尘嚣的《梦想书斋》、幽思冥冥的《冥府幽思》等，都试图把人生的思索提升一个境界。

也许因为工作的缘故，作者有机会与高僧高道交往，也读过不少佛道经典，还主持编写过《高道陈抟》的论著，不免沾一身"仙气"，写起文章来自然就多一些超然物外的空灵。在物欲泛滥的今天，这份超脱是非常难得；然而细想起来，人的社会属性是无论如何改变不了的。要生存，要发展，不舍弃那生了锈的鱼钩，换上现代化的渔具，岂不有点"迂"。

读完《妙心集》，掩卷玄想，不知怎的就想到露水珠，圆圆的，亮亮的，或挂在草尖上，或依在叶片上，让清晨的阳光一照，闪闪烁烁发出七彩的光。这就是我对它的总体感受。

刊于《内江日报》

拒绝浅薄走向深远

——邱易东《中国的少男少女》读后

一

每个人都有自己的童年，每个人的童年都少不了儿童诗歌的陪伴，于是我们大家都在"骑竹马，挎木枪""唐僧骑马咚那个咚，后面跟着个孙悟空……"的快乐歌声中渐渐长大。

长大了，每当回忆儿时和儿时起劲喊唱着的那些诗歌，心中就泛起一阵淡淡的回味；同时，也不能不佩服我们的儿童诗人的一片苦心，他们把自己装扮成孩子，模仿孩子们的语言，迎合孩子们的心理，俯就孩子们的趣味……那天真的想象，那稚趣的话题，那纯真的愿望，一如小朋友心灵的翻本。这对初读诗歌的孩童具有不可抗拒的吸引力。

但是，长大了的我们往往在回忆唱过的这些儿童诗歌时，难免会产生一些欠缺和遗憾。由于我们儿童诗人对孩子们的迁就和低估，好像他们老是长不大，便让他们老是唱一个模式一个调门的歌。其实，孩子们并不永远生活在一尘不染的童话世界里，随着年龄的增长，随着对外界的接触，他们很快便告别"太阳公公"和"月亮阿姨"的稚嫩，面对趣味横生的世界和复杂多变的社会，他们渴望智慧、知识和力量，他们有了自己的向往、憧憬和崇拜，他们开始学着用自己并不高深却颇为新奇的目光观看世界解读人生，往往，还能看出和读出许多令成人也赞叹不已的见解来。他们的成长，比想象的要快得多。随着时代的发展和社会的进步，孩子们的成长期在缩短，同样的年龄，现在的儿童要比过去懂得更多、成熟得更早。这就迫使我们的儿童文学作家们要调整创作思路，提高作品的思想艺术品位，以满足孩子们不断提升的阅读要求。

二

最近，我们惊喜地读到儿童文学作家邱易东的少年抒情长诗集《中国的少男少女》，在这方面，他大大地向前迈了一步。

邱易东，是崛起于新时期后期已出版有《五个杈丫的小树》《哭泣的蘑菇》《到你的远山去》等多部儿童诗集的青年诗人，更难得的是，他又是一位从事小学教育多年的特级教师。这样的"双重身份"使他对儿童和儿童诗创作就多了几分敏感和思考：如何去提高儿童诗歌创作的深度和高度以激发儿童智力和思维的成长？恰如他在《中国的少男少女》后记中说的那样，儿童诗创作"如果把貌似童心的一些所谓情趣塞给不谙世事的儿童少年，会使他们因为接受的浅薄而久久不能告别童年，更加不谙世事"。他不希望儿童文学作家"把自己装扮成孩子，去俯就他们，迎合他们，而应以自身丰富的生活体验和深刻的认识，站在人生高度，以具体可感、新颖独特、读者又能接受和理解的艺术形象吸引读者，引导读者向上"。

他说出了我们久已想说而没能说出的话。

三

《中国的少男少女》共收有诗人二百行左右的长诗十三首。细细捧读，那诗中激荡着的新颖的构思、丰富的想象力、浓重的童话色彩，无不深深地吸引着读者；那蕴藏在诗中的哲理，那对美与创造的追求，对和平友谊的向往，对人类生存环境的关切，无不给读者留下强烈的感召力和震撼力。

诚如作者所说，作为儿童诗人，应当以自己丰富的生活体验和深刻的认识，站在人生高度去引导读者；不仅以愉悦感情的角度、宣泄感情的角度，而且从提高文学修养的角度，丰富想象力的角度，拓展思路、激发创造精神的角度去吸引他们。这本诗集成功地体现了作者的这一意图和宗旨。

诗的容量很大，十三首诗包罗了自然、社会、人生，沉思着过去、现在、未来，一枚石子、一片树叶、一朵小花……也挨着挤着地来到诗里行间。诗人用奇妙的构思，将天上地下、国内国外，远古与现代、城市与乡下，这些远距离的时间和空间有机地组合起来，给人一种时间无限、空间无限、宇宙无限之感，在这一首首诗里，读者都能体味到心灵包容宇宙的快感，于不知不觉中拓展了自己的思路，改变着自己的思维方式。

诗人写绿叶化石，将远古丛林里原始人对美的追求与现代社会生活场景同时展现在诗行里，宣泄孩子对时光易逝的惆怅，以及对美的创造的强烈渴望与追求：

> 你甚至嗤笑从地球上永远消失的 / 庞大的恐龙，面对冰川纪的无能 / 你知道从海洋走上陆地的人类 / 用泪水和汗水 / 把大海变得很咸很咸……
>
> （《绿叶化石：一瞬之前一瞬之后》）

一首好诗能留下永恒的美，除了诗的语言优美、想象丰富、构思奇巧等这些诗歌外在形象给人的熏陶和感染外，更重要的还在于它的"神"和"韵"。《中国的少男少女》就以它那引人奋进，发人深思，给人启迪的内蕴带给广大少年朋友除欣赏诗歌美之外的灵魂净化与升华。诗人渴求着和平与环境净化，面对黑雪覆盖着的珠穆朗玛峰，他在《地球的孩子不要黑雪》中写道：

> 地球的孩子不要黑雪 / 地球的孩子不要制造黑雪战争。// 我们拿着全世界所有的扫帚 / 带着全世界所有的吸尘器 / 要为你揭开黑纱 / 把所有的黑雪打扫干净 / 让它成为燃烧的火焰 / 熔掉武器 / 埋葬制造战争的人。

在生态环境日益遭到破坏的今天，在环境污染威胁到人类自身生存的时候，诗人以儿童的眼光，站在成人的高度，从一群迁徙的鸟看出环境危机，发出一串世纪的警钟：

大地上的树林被砍光了／荒漠不是鸟的家园／……已经绕地球
飞行了无数次了／没有发现一片绿荫／是不是应当提醒人类／赶快
准备诺亚方舟。

（《迁徙的梦鸟或寻找的家园》）

对美的创造与追求，对困难的挑战和对永无止境的攀登精神的赞美，以
及对人类改造自然改造自身的歌颂，都在诗人笔下流动着激荡着，给少年读
者带来巨大的诱惑力和影响力。如那首《高地：追寻或升华的进行曲》，强烈
地鼓舞着少年朋友踌躇满志地迈向人生的高地：

往回走的方向没有高地／怯懦者的脚下没有高地／有顶点的地
方不是高地／高地是永远的攀登与勇敢／一片圣洁的蓝天／永远在
前面吸引我们／……人生对高地的追求／如宇宙和星空一般永远没
有止境。

《告诉你：男孩倾听什么》《一个女孩的肖像》《中国的少男少女，你是
谁》等篇，则以细腻的笔触、优美的语言、形象的描绘，向我们展现了当代
少男少女们的心灵渴求、爱的追寻和对人生的美好向往。

诗人的心愿是崇高的：一首诗，就是一座山峰，让读者沿着一行一行的
诗句组成的斜斜的、崎岖的、充满迷人诱惑力的小道，轻松愉快地攀到顶峰，
去领略开阔的眼界带来的诧异和惊喜。他的目的达到了。当我们打开《中国
的少男少女》，攀上一座座迷人的山峰峰巅，放眼望去，顿觉心胸开阔，陶醉
在升华与超越的奇妙感受里流连忘返。

四

文学进入 90 年代，一直在低迷状态中徘徊，其中尤以儿童文学为甚，大
量的小读者被电子游戏机，被圣斗士、变形金刚所吸引，再加之地摊上那些
刀光剑影、声色犬马的庸俗读物的冲击，品位高雅的儿童文学作品几无容身
之地。在这种严峻的情势下，邱易东坚守在自己的岗位上，不为五光十色的

文学潮流所动，不断拿出高质量的少年诗精品，其精神十分可贵。

　　然而诗人也有他的忧患和焦虑，其中之一便是关于创作的突破，他不仅以儿童文学作家，更以一个教育家的目光去观察、揣摩和研究少年儿童的心理心态，他发现"因为学校教育方法的陈旧、家庭环境、社会环境等各方面的原因，大多数孩子的富于想象和创造的内心世界不断地被扼杀、抑制，渐渐变得呆滞、思路狭窄，在失去了童年纯真之后，本身具有的一些想象力、创造力慢慢消失了，失去了敢想敢干，对未来充满憧憬的生气勃勃的心态"。

　　于是，我们便在他的作品里读出博大与深邃，读出无边的想象与神奇的创造，读出喜欢隐形飞机与不喜欢战争的辩证法，读出"没有波浪的大海不是大海"所寄寓的没有波折的生活不是生活的人生哲理……其实，人类应和睦相处、爱护地球家园、探索神秘宇宙、不断攀登新的高地……这些看似成人的话题在少年儿童的小小心灵里也并不是完全没有想到；假如他们没想到或者很淡薄，成人，特别是作为儿童文学作家的成人，应该通过自己的创作去提醒，去吸引，去诱导，让他们在阅读中学会分辨，学会思考，从而在人生的起步阶段步入正轨，避免不必要的倾斜。

　　诗人用自己的创作抚慰忧患，社会则以积极的评价回报诗人的辛苦探索。著名儿童诗人金波在读了《中国的少男少女》后认为这部少年诗集不仅"诗情充沛、想象丰富、汪洋恣肆、放得很开"，而且具有"思考的哲理性、深刻性和思辨性的特点"。另一位青年诗人徐鲁则说："这是一本前所未有的诗集"，是"九十年代儿童文学不可多得的收获"。这些，绝非过誉之词。

　　看来，邱易东的力气没有白费。

　　　　与徐助敏合作，刊于《儿童文学研究》1997 年 4 期

被撑破了的都市

——高虹《都市的扑满》漫评

一

近两年，人们在慨叹文坛备受冷落的同时却惊喜地发现一片散文绿洲，全靠它一枝独秀地支撑，文坛才得以维持着门面。读者对散文的偏爱已达到这样的程度，甚至对大半个世纪前的散文也抱有特殊兴趣，鲁迅、周作人、郁达夫、冰心、朱自清等大家的散文被刮底搜出，或分册，或分类，出版一次又一次，销势一直较好，让书老板扎实捞了一笔。

评论家只有用"奇迹"来解释。

其实，说奇也不奇。

自从 80 年代后期诗歌进入现代主义、后现代主义、超现代主义后，越来越难读懂。青年人没有兴趣，中年人没有工夫，老年人说我在猜测揣度中活了大半辈子，饶了我吧；至于小说，越来越虚假，也越来越单一。

于是，天降大任于散文，那种贴近生活，逼近现实，文笔轻松自然，篇幅短小精悍的如"快餐"似的散文应运而生，一些大家也不吝染指，纷纷入主报刊散文专栏；更有一批新秀，以敏捷的文思，锐利的目光，大胆的艺术构思，别出心裁地耕耘出一片奇异，为散文天地平添了几多风采。

二

这不，手边就有一个很好的例证，《青年作家》连续刊载了一组颇有特色的散文《都市的扑满》，捧出一位颇有艺术个性的散文新人高虹。

其实，说新也不新。高虹这个名字并不陌生，常常可以在报刊上见到；然而对其人，我是陌生的，只从文章中读出是个女性，上过山，下过乡，现在身居闹市，从事文字工作，有一个温馨的家。如此而已。不过好在这年月写评论只要就事论事、以文论文，言之成理就行。

三

都市的楼房越修越高，马路越修越宽，可人们的生存空间越来越小。大街小巷，人流如潮。你挤过去，我挤过来，便挤出许多情趣，挤出许多纠葛，挤出许多故事。有心的高虹——捡起，塞进她的"扑满"。

因为是不经意随手捡来，便有了几分自然和松散，不受题材大小、主题深浅、手法新旧的诸多限制，信手拈来，信手写去，在看似杂乱无章、无边无际中透露出机灵与鲜活，显示出丰富与多姿，恰如熙熙攘攘、日新月异、百滋百味的都市生活。

好丰富。通观几十篇短文，写街头巷尾风景，写居家一日三餐，写夫妻怄气、邻里斗嘴，写白昼的忙碌，写黑夜的静谧；从唱流行歌曲写到说流行用语，从浮光掠影似的表面生活扫描到深入市民心理的探寻，把林林总总杂乱无序的大都市小市民生活镜头——放大定位——嬉笑评说。人们从中看到多彩多姿生机勃勃的都市，也看到花样百出生动丰富的自己。

好鲜活。都是采自当今现实眼前手边的事物，如清晨市场上带露珠的蔬菜，如傍晚火锅城里活蹦乱跳的生猛海鲜。看那《市招店牌》中写到的不伦不类的标语，《相信直觉》中举出的虚假广告，《外张内敛》中公共汽车售票员的神态……都实实在在发生在眼前。更有那几段将成都与重庆相比较的文字，鲜活到如闻其声、如见其人、如观其景、如置身其中。《美人不同面》中写成都姑娘柔韧娇软，重庆姑娘挺拔热烈；《男儿不同志》中写成都男儿的细致绵和，重庆男儿的热情豪爽；《政治味精》一文则在回顾过去把成都人的闲散和重庆人的刚烈作一番有趣的历史探寻。点到痛处，搔到痒处，说得恰到好处，无论成都人或重庆人读了，都不能不折服。

好轻快。读《都市的扑满》使人感到一种彻底的放松。如河边钓鱼，如树下小憩，如几个朋友天上地下闲侃海吹，心头涌出阵阵闲适与快意，都市万象都被蒙上一层轻松，即便是冲突与摩擦，经过作者的点化，也"化干戈为玉帛"，打一个微笑的句号。看《街头即景》中那个骑车违章被罚款一元的胖老头，"赖"着我要出一半。赔他两粒价值一元的话梅王，酸得他鼻子眼睛皱成一团，读者也跟着酸闭了气。于是，一股城市式温馨的人情味油然而生；看《火车站奇遇》中的冬，被窃后报案引出一串啼笑皆非的故事，最后只得付诸无可奈何的一笑，尽管这笑有些酸涩。

还有，文笔的轻巧、语言的幽默、构思的机趣，以及立意在调侃、在解嘲、在自我放松等，都是十分够味的。

四

市场经济大潮涌来后，人们惊呼社会凝聚力松散了，人际关系却紧张了；人与金钱的关系紧密了，友情和亲情却疏远了；计谋的网罗取代了温情的纱幕，多年形成的观念在坍塌……然而《都市的扑满》却给我们描绘了一方城市的净土，那是一片真情的乐园，一首充满爱和恬静的牧歌。看，"指点迷津"的小老头，为梧桐树刷石灰的养路工，乐于尽义务的退休老人，善于点化丈夫的妻子，等等，把喧闹紧张激烈争斗的都市点缀得有了几分闲逸和幽默，从中，还透露出几许人情人性的光亮。

不过，受经济法则支配的城市生活终归是无情的，无论是成都的"县老表"，还是重庆的"县疙瘩""棒棒"，因为是求生进城的贫苦农民，就难免不被歧视，他们的体力和体面都被贬在最低档次；即使是"精英阶层"的知识分子，也在随着市场机制的转换而转换。那位身为杂志编辑的"娘家舅"，由揭露虚假广告到制造虚假广告为厂商"整体包装"，终于住进高档办公楼和豪华居室，成了卖了良心的"汉奸舅"。

在物质享受面前谁也免不了怦然心动，久等公共汽车不来，见人一抬脚上了"的"，不觉心情就恶劣起来；领导新潮流的餐馆价格虽然昂贵，也想一试，哪怕"买单"时心律失常；一向清高自信的"我"，只因一头"清汤挂面"头发，便在那些浓妆艳抹的女士面前局促不安，感到自己在变小，竟怀疑自己"是一只披着羊皮混入羊群中的狼"；也有人厌倦都市向往山林，但那只是一闪之念，最终只把乡村当"情人"，陪伴自己终身的还是城市"发妻"……

都市人的形形色色，包括他们的种种世态人情，心态心理，情绪感受，都被一股脑儿装进了"扑满"。

五

不知怎的，我感到文学评论文章是越来越不好写了，早年所学的文学理论在一些文学新锐面前竟束手无策。就拿这《都市的扑满》来说吧，按理应划为散文，可从有些篇什看，应属典型的小说，如《火车站奇遇》《舅舅的故事》《电话的报复》等，有情节，而且情节十分生动；有悬念，甚至悬念十分巧妙；有人物，有的还不止一个，且性格十分鲜明。到底该用散文的标准评，还是用小说的标准评？最后只好用一句模棱两可的"散文小说化"作解释。

这仅仅是形式，至于内容，更棘手。对文中写的那些现象，那些故事，该说是还是该说非？对那些人物，那些人物的心态，是属正还是属反？至于什么什么主义，什么什么手法，都难与之对号。于是，便只有漫无边际地发表以上这些"漫评"了。不过认真说起来，还不敢言"评"，只是随便谈些感受而已，到底是什么样的感受呢？打个比方说，恰如小时打开满袋毛票和镍币的扑满，一阵喜悦和陶醉在心头涌动。那心情，跟《都市的扑满》中文章所写的富翁欣赏他的金银，乞丐清点他的零钞差不多。

刊于《青年作家》1996 年 10 期

"唯有楼前流水，应念我终日凝眸"[①]
——读池莉、朱苏进的同名小说《凝眸》

一个作家的艺术生命在于不断出新。以《烦恼人生》搅动文坛的池莉，在接连发表反映平民百姓平凡生活的作品后，突然拿出篇写30年代初洪湖苏区红军生活的中篇《凝眸》(《小说界》1992年4期)，不仅题材大幅度转向，而且把目光整整推后了一个"甲子"。

小说写了两个故事"圈"，年轻女教师柳真清怒斥恶霸残杀无辜后逃奔洪湖苏区，找到了她久已爱慕的老同学，红二军第十八师师长严壮父，参加了革命，在列宁学校当教师。正当土地革命轰轰烈烈开展，柳真清与严壮父的爱情进一步加深时，当年的同学啸秋来到了洪湖苏区。原来他是上面派来搞"肃反"的党代表。他用卑鄙手段骗取了柳真清的爱情，并残酷地处死了严壮父。柳真清看清了啸秋的真面目，下定决心不辞劳苦去找贺龙。但她目睹贺龙对红九师师长段德昌被自己的同志押赴刑场也无能为力时，彻底失望了。她辗转又回到阔别了数年之久的家乡。这是一个"圈"；70年代末，年近七十却一直未嫁人的柳真清，得知段德昌平反，还得到烈士证书。她反应冷淡——她对一切都冷淡了，特别是对男性。这又是一个"圈"。

这实在是一个令人痛心的故事。一个轰轰烈烈的开始，却是一个凄凄惨惨的结局。当初，严壮父、啸秋、柳真清满腔热血参加革命，正当革命闹得火红时，"左"倾风吹胀了啸秋的私欲之帆，他把柳真清骗到手，残杀严壮父，都是以"革命"的名义。他们因革命聚在一起，却又因"革命"，死的

① 李清照：《凤凰台上忆吹箫》。

死，走的走，啸秋也得到应得的报应。要回答这到底是为了什么？那是政治家的事，是党史专家的事，而且早就有了回答。但池莉是个文学家，她的柳真清是个教育家，作为女性，她们有着共同的情感体验，于是，她们说："男人有他们自己醉心的东西，因此，这个世界才从无宁日。将永无宁日。"

按说，池莉和她笔下的人物是不至于停留在这样一个模糊的认识上的。柳真清以自己曲折痛苦的经历对那一段生活早已有所理解，她一直保存着那支啸秋送给她的八音小手枪，并曾经用它对准啸秋的后背，可惜没有扣响。她还在等那个时刻，直到最后才把它扔进襄河。她不愿意重复那些结论，她要用自己的体验去找答案，她觉得找到了。这正是池莉的高明之处。她用自己的心去撞击一颗冷漠孤寂却也曾欢快跳动过的心，共奏一曲哀怨悲凉的歌。

历史对柳真清也太苛刻了。她放弃了当小姐、即将当少奶奶的华贵生活，拼着性命去追求一个至高无上的理想，最后留下的却是一片痛苦的回忆。她毕生都在品咂那杯苦酒。但是她的选择并不错。池莉在作品中特意安排了另一个人物文涛，她是柳真清的同学，当初为追求有价值的人生也沸腾过，后来宣布不再过问政治，心安理得当了少奶奶。可是她并不幸福。当柳真清在洪湖、在鄂西转一圈回来时，昔日争强好胜的朋友已含恨自杀。人生的价值当然不能用生命的长短来衡量，不过比起来，柳真清的生命史上究竟还有几次闪光，她真正爱过，也真正恨过，也算给晚年留下一笔享受不尽的精神财富。而文涛呢，心比天高，红颜薄命，白白在人世间走了一遭。两个人都是悲剧，都是"将人生有价值的东西毁坏给人看"，但其价值却有重于泰山和轻如鸿毛之分。

作品里还有两个重要人物：严壮父和啸秋。他们是同学，几乎同时参加革命，同时受到党的哺育，但却走了截然不同的人生道路，这正应了这样一句话：水是一样，牛喝了成乳汁，蛇喝了便成毒液。于是，本是一条战壕中的战友，却成了不共戴天的仇人。啸秋亲自安排杀害了宁死不屈的严壮父，就中，虽然有历史的原因，但路线斗争与个人情感纠缠在了一起，问题就复杂化了。严壮父对此有清醒的认识，对自己的命运也作了估量，他无路可走，唯一可做的是保护柳真清。事态的发展果如他所料，他走上一条殉道者的路。

当年四人革命小组，"恰同学少年""挥斥方遒"。才几年工夫，在时代大潮冲刷下，有的颓唐，有的叛变，有的落荒，有的背负十字架走尽人生路。一个历史的小小玩笑，造成了四个人人生道路的巨大起伏。作为幸存者的柳真清，回首遥望远远退去的历史潮头，凝思寂听，感慨良多。但她究竟曾经是个革命者，虽不会有过多的追悔与愤慨，但追忆往事，却难免没有几分李清照式的"唯有楼前流水，应念我终日凝眸"的忧伤和悲凉。不过，柳真清丢掉那支已生了锈的八音手枪又表明，她已与那段锈巴巴的历史告别，几十年的情感重负开释了。虽然，她的生命已走入晚年，但她仍然固执而充实地生活下去。于是，作品的思想内蕴在不断深化演进，由揭露伤痕，到反思历史，到重构人生。

人们把池莉归为"新写实派"小说家，而这篇《凝眸》却与她以前的《烦恼人生》《不谈爱情》等大不一样，她在作新的追求，而这个"新"就是要抹掉那个"新"，如大起大落的故事，悬念和险趣，通过激烈的场面塑造性格写大写的人，顺时序的叙述方式，以及朴实、平易、简练的文风等，完全是"老"现实主义的格式。但要看到，这不是简单的"回归"。作为一个已开始成熟的"新写实主义"小说家，不会也不可能全盘照搬传统现实主义的创作模式。比如，快节奏的叙述，一个不长的中篇写了四个不同性格人物的经历命运，故事情节完整，人物性格鲜明，没有中国传统小说的粗略，也避免了西方现实主义的冗繁，详略得当，转换自如，顺应了读者急于了解故事结局的心情，适应了现代社会快节奏生活的审美需求。又比如，真诚地直面历史和人生。池莉还残酷的历史一个残酷，将30年代苏区"肃反"对革命造成的伤害，连细节也不放过地再现了出来。另外，在思想境界艺术风格上追求博大深厚，也都有别于"老"现实主义。

读了池莉的《凝眸》，我脑海里始终无法摆脱另一篇同名小说，那就是朱苏进发表于1984年的中篇《凝眸》。起初，我只当是同名而引起的联想，但细想起来，远不止此。诚然它们篇名相同，还有题材，大体上也可以归入军事类，不过究竟不同的地方更多。池莉的《凝眸》写的是30年代的故事，朱苏进的《凝眸》写的是80年代的故事，两者相差半个世纪；池莉写的是革命者内部的分化，朱苏进写的是我军与蒋军的对峙；池莉写的是发生在革命内部的残杀和仇恨，朱苏进写的是敌我双方的情绪沟通与化解，等等。细想，我终于转过弯来：相同固可以引起联想，相异更容易引起联想。

池莉笔下的严壮父和啸秋是同学加同志，一个竟以"革命"的名义把另一个杀害了。朱苏进笔下的古沉星与"33号"是隔海相对的敌人，"33号"不幸躺雷自杀身亡，解放军战士古沉星却为他下半旗志哀，这种不可思议的倒错，使我们品尝到历史的况味。如果前者写的是历史的遗憾，后者则写出了历史的转机。倒错也好，遗憾也好，转机也好，都是实实在在毫无虚假的历史。我们也不妨对这些历史凝眸，专注细致进行一番考察思索。

啸秋把严壮父当作敌人，就中有个人的因素，但主要是"左"倾错误指导。古沉星把"33号"当作朋友，当作"人"，因为他是历史新时期成长起来的一代。他忠诚，但不盲从。他力排众议把敌岛漂过来的球扔过去，还给对方。他不顾班长的反对坚持为"33号"降半旗。尽管他在这样做时也遭到周围同志不同程度的反对，但只是一个短暂的表现。在新思想哺育下的解放军战士，朴素的情感正在向理性高度升华，他们不仅懂得为谁去打仗，而且懂得为什么去打仗，不仅懂得用"恨"去战胜敌人，而且懂得用"爱"去战胜敌人。比起初参加革命的柳真清，古沉星们聪明得多，复杂得多，成熟得多。

两部作品都注意写人，把重点放在对人性的深入开掘上。但朱苏进的作品写于新时期文学高扬人性的潮头上，池莉写于潮尾期。前者，以人性的张扬作为全篇的支点，大写共同的民族心愿民族情感，写人，写都是中国人的灵魂交流和人性共鸣；后者，则比较客观写实地写事件，写人在事件面前的人性表现。前者外露，倾泻似的宣泄；后者内藏，需要细细品味。比如，朱苏进笔下的国民党老上尉在生日那天把奖章挂在树上抽打，实际上是对过去荣誉的否定，是人性的复苏。古沉星和他们的战友在观察镜后面对敌岛官兵的一举一动都了如指掌，发现他们也吃肉，也打球，也歌唱，也集邮……除了各自的身份和信仰外，还有那么多共同的东西。池莉则用另一种形式表现，如贵小姐出身的柳真清的打扮竟能赢得苏区穷苦百姓的普遍喜爱，严壮父是个铁石心肠的穿草鞋的革命者，面对柳真清的撒娇也慌了手脚，以及作品对人物的纯人性评价，等等。

池莉的《凝眸》，写于现代派文学刚走出低谷，开始以"新写实主义"的名分重返文坛之时，现实主义由传统向现代转化。作为新写实主义代表作家之一的池莉，吸取前人的经验谨慎而又纯熟地将现代手法用于作品，使之不露痕迹，但却又不能不承认其存在。

我在一篇文章中对 90 年代现代派文学走势作估量时认为，新时期现代派文学经过一番曲折，正在检讨过去，开辟未来。为了顺应时代要求和市场经济的发展需要，它应该充实变革，多吸取传统现实主义之长，不露声色地杂取西方现代主义各种手法，使之中国化、民族化、群众化。池莉的这篇《凝眸》，应该说是一个成功的例证。

1997 年 6 月

20 世纪内江文学通论

绪　论

一

20 世纪对中国来说，是最不平静也最不平凡的一个世纪：历史的车轮在战乱和动荡中以超常速度飞快转动，社会政治变化之剧，科学文明进步之快，为数千年历史所少见。世纪之交的维新运动，虽以康梁失败告终，然民智却由此开启，宣布了封建王朝气数已尽，大厦将倾；世纪初的一场辛亥革命，宣告了绵延两千多年的封建帝王统治的结束，开始跨入共和时代的门槛。尤其是那场唤醒国民、拯救民族、高扬科学与民主大旗的五四运动，为我们这古老的民族跨进现代文明社会铺下了第一块奠基石。

接着，工农革命运动，抗日战争，解放战争，新中国成立，从而结束了中华民族自鸦片战争以来的百年屈辱历史，中国人民在经历长期大苦大难后终于堂堂正正站起来了。

然而共和国的航船在下半个世纪的很长一段时间里处于动荡颠簸之中，直至 70 年代末的党的十一届三中全会后，才逐渐风平浪静，驶入正常发展轨道。

百年来，频繁的历史大动荡在痛苦地折磨着我们民族的同时也不断唤醒我们民族，因而在每次大震荡后是民族的大觉醒，社会的大变革，是历史的大进步。

作为历史敏感神经的文学，百年间随历史的巨变而不断翻滚，不断更迭，不断出新。从中国古代文学发展历史看，一个文学潮头的兴起到另一个文学潮头的兴起，往往需要几十年甚至几百年时间。比如历史上著名的"古文运动"，早在公元6世纪中叶的西魏时代就开始萌动，至公元9世纪初的唐代，才由韩愈、柳宗元等完成这次重大的文体变革，形成一个巨大的文学潮流，前后历经三百年。然而，近百年间，中国文学史上却出现了好几次在规模和声势上都不让"古文运动"的文学大潮，如清末的文学改良运动，"五四"文学革命运动，延安时期的工农兵文学运动，党的十一届三中全会后的新时期文学潮，等等。每个文学潮头之间相隔不过十多二十年。如此快捷、如此密集的文学思潮的变革更替，往往使一些经济文化甚为发达地区的文学家也会有目不暇接的困惑，发出"不知汉魏""跟不上趟"的感慨。

可是，在中国内陆有一块一向被认为相当闭塞和相当落后的地区，近百年在文学上成就斐然，令人瞠目。它不仅几乎每次文学大潮都能贡献出最为优秀最有影响的作品，而且不间断地养育出一茬茬在各个文学时期都处于文学思潮的浪尖人物。从而使这个在整体上经济文化落后于发达地区几年几十年的地方，却在文学发展上与发达地区保持同步，甚至明显超前。这个地方就是地处四川中部丘陵地带的内江市。

四川虽有"天府之国"的称号，但就其地理位置和地理环境看，过去一直被认为是远离我国政治文化中心的荒僻之地。而内江，又地处川中腹地，更为闭塞和落后。从地图上看，它位于成都平原东南，处东经104°11′—105°45′、北纬29°11′—30°39′之间，面积13340平方公里。四川四大江之一的沱江流贯其间，境内密布丘陵与大山，交通十分不便，至新中国成立前夕，只有一条凹凸不平的成渝公路穿境而过。此外，与外界的通道只有那条勉强能通航的沱江了。

然而内江地处成、渝之间，南邻自贡、宜宾，北靠遂宁、南充，商贾云集，经济活跃。加之因盛产蔗糖而博得"甜城"美称，与不远的"盐都"自贡比肩而立，饮誉西南，也算是个紧要去处，为历代政府所看重。新中国成立后，设内江专区。1985年建内江市，辖安岳、乐至、威远、隆昌、资中五县，东兴、市中两区，资阳、简阳二市，人口近千万。

　　新中国成立后内江辖区，有几次大的变动，如荣县原属内江，1986年划归自贡；资阳、简阳、安岳、乐至等四县市1998年5月划出，另外成立资阳地区。

　　这是一块孕育古老人类文明的土地，1951年"资阳人"头骨化石出土，证明早在一万多年前旧石器时代晚期，沱江流域就有人类繁衍生息。进入有文字记载的历史后，由于内江地处西蜀与东巴之间的特殊位置，经由秦岭栈道传入蜀国的中原文化，逆长江而上传入巴山的荆楚文化在此交汇，对这块土地的经济文化民风民俗产生影响，在很大程度上促进了本地区的发展与进步。

　　李白叹"蜀道之难，难于上青天"，这确乎影响了四川与外界的交流，但却也因此使外界的战乱难以波及，能保持其社会稳定，以利发展。如唐末和五代时，中原战乱不歇，而成都平原仍一派升平，内江的安岳石刻造像工程仍照常进行。较为安定的社会生活促进了经济和文化的繁荣活跃，加之四川气候温和，物产丰富，山明水秀，人杰地灵，是个出人才的地方。仅就文学方面而言，如司马相如、扬雄、陈子昂、李白、杜甫、李颀、薛涛、三苏等大文学家，都出自四川或较长时期生活在四川这块土地上。

　　就内江而言，所出现的古代文化名流数不胜数，如东周时杰出的天文学家、音乐家苌弘就是资阳人，孔子曾向他"问乐"，故被称为孔子之师。汉代的王褒，资阳人，以《洞箫赋》等文辞富丽的作品闻于后世。宋代的高道陈抟，安岳人，人称陈抟老祖，是著名的哲学家和文学家。宋代著名数学家秦九韶、爱国词人张孝祥，一个是安岳人，一个是简阳人。明朝的赵贞吉，是著名的学者和政治家，内江市中区人。这些，都是历史上有很大影响的文化人。

　　古代选拔人才的主渠道是科举考试，人们把能否高中状元、进士、举人等作为衡量文才的标尺。从唐代首创殿试录第一个状元起，至清光绪三十年的最后一个状元止，前后1300余年共有文状元604人，进士10余万人。比起长达千多年的科举史，比起成亿人口的大国，这实在是个"含金量"可观的数字，然而它却与内江有缘。如唐代四川出了7个状元，其中第一个范崇凯就是内江人，他所写的《花萼楼赋》被唐玄宗称为"天下第一"。宋代四川出了10个状元，内江就占了3个（简阳的张孝祥、许奕，资中的赵逵）。清代四川出的唯一一个状元骆成骧是内江资中人。其他进士及第者难以计数，仅安岳县，宋代就出进士226人。

以上这些算是"土生土长"的地道的内江文化人，而那些在内江客居、做官、游历，并在内江留下诗文的文化名人，如李白、贾岛、吴道子等，也为内江文化增添了许多风采。

清末民初，更有一批大有影响的文人从内江冲出，如谢无量、张大千、张善孖、公孙长子等著名画家艺术家，从而为内江博得"书画之乡"的美称。

这样良好的文化背景，为20世纪内江文学的崛起打下了坚实的基础。

二

20世纪内江文学是以超常速度发展的，在这么一个不起眼的偏僻地方，接连不断地出现具有全国影响的作家：世纪之初，有乐至的谢无量，他以诗词和文学史论著享誉文坛；"五四"时期，有被称为"新潮诗人"的安岳的康白情、著名文学社团"浅草社"发起人资中的林如稷；30年代"左翼"文艺运动和抗日战争时期，有简阳的罗淑、资阳的邵子南、资中的郑拾风、威远的罗念生、隆昌的高鲁、荣县的柳倩、东兴区的范长江、市中区的刘师亮，以及乐至的陈毅等，都在文坛上大展风采。

新中国成立后，特别是党的十一届三中全会以后，一批文学新秀崛起，如五六十年代闻名全国的讽刺诗人易和元、女诗人杨星火（威远）、谐剧家王永梭（安岳），七八十年代文坛新星周克芹（简阳）、刘心武（安岳）、魏明伦（市中区）、傅天琳（资中）、黄济人（威远）等。此外，还有贾万超（安岳）、傅子奎（简阳）等，在全国都有相当知名度。

除以上所举之外，有些作家或在某一时期、某一领域有较大成就；或才华初露，人们对他们尚未认识；或一时还缺乏更有深度的作品，其影响还局限于一定范围。但他们也已有相当贡献，应当给予充分肯定。这些人为数不少。

如早在抗日战争时期就办文学刊物并有影响的刘石夷、梅英、闻化鱼、刘克生等，都是内江的文学名人。再如谭兴国、杨继仁、傅恒、李鸣生、徐国志、刘中桥、周朗、邱笑秋、蓝疆、吴远人、胡其云、徐伯荣、汪毅、林文询、胡兴模、严克勤、苏政勋、黄庆剑、张用生、王国祥等，有的在省内，有的在全国开始为人们所了解。

此外还有一批更年轻的文学新人，如丁鸣、范策、黎威、李莽、邹赴晓、李步钊等，是活跃于文坛的"新潮一族"。小荷才露尖尖角，其前途不可估量。

以上，仅仅是搜集到的，难免没有遗漏。仅此观之，20 世纪内江文学的创作队伍已是相当可观了。

20 世纪近百年来，在四川内江这块较为闭塞落后的土地上，能出现许多在全国文坛上都算出类拔萃的知名作家，确实值得内江人骄傲，值得大书一笔。但内江 20 世纪文学的成就绝不只是数量的优势，它还具有以下这样一些特质和因素：

其一，有些内江作家表现出的极敏锐的思维和大胆的艺术探索精神，使他们的作品极具开创性，往往使他们处于文坛开先河甚至执牛耳的地位。

如谢无量，他不仅是著名诗人，而且在文学史著作上为我国第一人，他的《中国大文学史》《中国妇女文学史》，是文学史论著作的开山之作。

如康白情，他用白话写诗在郭沫若之先，其新诗论述，也具有开创意义和先锋意识。

如林如稷，他与鲁迅同时同在一个报刊上发表小说，他所发起组织的"浅草社"，在新文学史上有相当重要的地位和影响。

再如罗淑，是中国盐工文学的最早涉足者；范长江是第一个进入延安、第一个写红军长征的报告文学作家；杨星火，被称为"解放军第一位女诗人"；刘心武，是新时期"伤痕文学"的第一个作者；魏明伦，被称为剧坛的奇才、怪才和鬼才；黄济人，是"战犯文学"的开创人；李鸣生，是"航天文学"的第一人；至于"农民作家"周克芹，"将军诗人"陈毅，"果园诗人"傅天琳，以及以"谐文""谐联"著称的刘师亮，创立"谐剧"的王永梭等，都以他们的"首创""第一"或某种独到之处在文坛上独领风骚，取得独特地位，从而显示了内江文学的不同凡响。

其二，20世纪内江文学所体现出的作家时代使命感特别强烈。他们把文学创作当作介入生活、服务人民、推动历史前进的工具，把自己的文学活动与国家民族的命运紧紧联系在一起，为党所领导的新民主主义革命、社会主义革命和建设以及改革开放与社会主义现代化建设服务，因而受到人民的欢迎，得到历史的认可。

如谢无量，早年投入反清运动，"五四"前夕就在《新青年》上发表诗文，在任《京报》主笔期间，发表许多指责权贵的文章。他曾任北伐大本营秘书参议，与孙中山交往密切。抗战时期办《国难月刊》，著文批驳不抵抗主义，后在南京大学、四川大学讲课时大讲唯物主义，还计划讲马克思主义。他的诗词及学术著作，也多与时代社会紧密相关。

如康白情，在"五四"新文化运动中，参加文化社团"新潮社""少年中国学会"，是五四运动的活跃分子。他发表的新诗，着重揭露帝国主义对中国的欺凌压迫、中国半殖民地半封建社会的贫富悬殊和阶级对立，抨击封建社会婚姻制度的残酷等，突出了五四运动的反帝反封建的主题。

如罗淑，她留学法国学文学，回国后一头扎进乡土文学创作，反映严峻苦难的农村现实，对劳动群众抱有深切同情。其作品深受群众欢迎。

再如新时期的刘心武、周克芹，他们的伤痕文学之所以造成全国性轰动，正因为他们触动了时代的脉搏与社会的神经。

其他如陈毅、邵子南、范长江、易和元、杨星火等，他们的作品代表了时代呼唤，反映了人民爱憎，具有强烈的爱国主义激情，产生着巨大的社会反响。

甚至以写闲情逸趣为主的罗念生的散文，以写历史题材著称的魏明伦的戏剧，细细读来，都会看到与时代社会热点问题相碰撞所迸发出的火花。

文学史对一个作家的评论不是以其作品的发行量为标准，而是以其关心人民生活、民族命运和时代进步的程度为标准，这是已为中外文学发展历史一再证实了的。20世纪内江文学之所以能在中国文坛上占有一席颇为引人注目的地位，正是因为作家们都把人民、国家、时代这几个金字深深镌刻在自己的作品里，因而他们的作品才永不褪色，永不锈蚀，在文学史上永放光华。

其三，内江作家的作品多含有浓烈的乡土特色和深厚的地方文化特色。

文学贵有特色，尤其是地域文化特色更为人们所看重。试想，鲁迅的作品如果缺少了土谷祠、咸亨酒店、小茶馆，以及江南水乡的那些特有风味，那一定大为逊色；李劼人的《死水微澜》如果没有绘声绘色写出成都附近那个小镇的风土人情和市民心理，没有写出成都东大街的热闹灯会和天回镇小街的格局与土气，其思想和艺术品位一定会大大降低。内江作家们，从世纪初的康白情到新时期的周克芹，他们都在自己的作品里浓墨重彩地描绘自己的家乡，把沱江流域这方土地上的风物风情、人文景观，以及文化心理、语言习惯等，精细描写出来，揭去掩在故乡土地上的面纱，把她的风采显露在世人面前。这不仅增加了作品的情趣，而且也浓化了作品的文化氛围，增添了艺术厚度。特别是我们读罗淑、周克芹、罗念生、刘师亮、魏明伦、王永梭等人的作品，这种感受特别深。其他如读范长江、邵子南等人的作品，也品味出或浓或淡的乡土韵味；至于贯注了乡土文化、一心想在乡土文学上有所成就的傅恒、杨继仁、徐伯荣、胡兴模等，在为创建"沱江风情文学"上都已有所建树。

这里所说的"沱江风情文学"是指 80 年代初期以周克芹作品为代表的一批写沱江风物风情的文学作品，如周克芹的《许茂和他的女儿们》《秋之惑》《山月不知心里事》，魏明伦的《易胆大》，杨继仁的《张大千传》，傅恒的《幺姑镇》，胡兴模写陈毅童年故事、徐伯荣写雁江风流人物。

当时，从全国范围看，在改革开放潮流催动下，文学思潮涌动，就地域而言，"京味小说""草原文学""运河文学"，湖南"茶子花派"小说，以及贾平凹"商州系列"小说，李杭育"葛川江"小说等风行文坛。在四川，除被统称为"川味小说"外，还有"大巴山小说""盐都文学""山城文学""三峡文学"，等等。我们且将内江作家以反映内江风情为主要内容的作品，称之为"沱江风情文学"，也算恰如其分。只是后来这群作家有的外调，有的转行，有的英年早逝，人去楼空，风流云散，这个文学潮流终未能成大气候。但它的一度辉煌，给文坛留下了一笔可观的财富，至今还为人们称道。

其四，内江文学有影响、有名气的再一个原因是由文学因素造成的非文学因素的作用。由于内江作家写出了一些有影响的作品，因文及人，其知名度被炒了起来，于是他们从文坛步入政坛；反过来又因人及文，增加了他们文坛的知名度。如谢无量、范长江等，从文同时从政，担任过许多重要领导职务；如周克芹、魏明伦、黄济人等，都是全国人大、政协的代表或委员，刘心武曾任《人民文学》的主编，黄济人任重庆作协主席，傅恒任成都作协主席，还有不少作家在各级政府、人大、政协任职。他们的政治地位、社会声望与文坛知名度互为表里，从而加大了他们作品的影响。

三

但是如果我们仔细分析研究起来，就会发现内江多数作家从文的动机多是把文学当作从事政治活动的手段，或干脆当作是一种具有政治性的职业。鲜明的政治参与意识在内江作家身上表现得特别强烈。在内江20世纪知名作家中，找不到一个像徐志摩、李金发那样用纯艺术把自己包裹起来的人，甚至找不到一个像沈从文、汪静之那样试图把自己的创作与政治隔开的人。许多内江作家从事文学创作的经历往往就是他们从事革命斗争、从事政治活动的经历。如康白情，积极参加五四运动，把文学作为武器去实现自己的政治理想；再如邵子南、范长江、易和元、杨星火等，他们所从事的都是革命政治的文学工作。新时期以来的周克芹、刘心武、黄济人，他们的成名作所表现的政治功利价值是相当明确相当巨大的。罗念生的散文、傅天琳的诗歌，看起来政治色彩淡一些，但其深层的政治意蕴读者是可以明显领悟到的。至于30年代开茶馆的刘师亮，他虽然没有明确的政治方向，但所办的自称为"改良社会大公司"的《师亮随刊》上发表的那些谐文谐联谐诗，所表现出的反抗黑暗制度的政治倾向，是直截了当不需作任何解释的。

内江作家的这种强烈的政治参与意识当然首先来自世纪初民主思想的启发，来自文艺大众化、文艺工农兵化、文艺为政治服务为阶级斗争服务、文艺为人民服务为社会主义服务的思想教育，同时也来自中国传统文化的熏陶。中国知识分子，特别是受过旧文化熏陶的知识分子，他们对民本思想十分推崇，对民族气节特别看重，对仗义豪侠之举、对为民请命之事尤为欣赏，一遇民族危难就想起文天祥、陆游，见到不平就想"拔刀相助""救民于水火"。这种人生观念与传入的民主思想相结合，定然激发出强烈的政治参与意识，于是便很自然地想到用他们唯一的武器——笔，作为参与政治的第一手段。

当然，20世纪中国作家的政治意识都是比较强的，这是一种普遍的现象，但出现在比较封闭的内江地区的作家身上，那就值得研究了。原来，进入20世纪，内江及附近地带发生过一些大政治事件，出现过一些大政治人物。如世纪初的"保路运动""荣县独立""内江起义""杀端方"等事件，如喻培伦、吴玉章等著名反清战士，这些惊天地泣鬼神的事件和人物都发生在身边，对内江作家的震动最大，影响也最直接。稍后，是地方军阀间的不断战争，虽然，宁静被打破，生灵遭涂炭，却也催动了人民的觉醒。再后，抗日战争，国民党退守四川，以重庆为陪都，一些军政大员和文化要人如冯玉祥、于右任，如老舍、陈白尘、宋之的等，多次来内江讲演、举办讲座、组织演出，开展以抗战为中心内容的宣传活动，大大激发了人们的爱国主义热情。解放战争后期，蒋介石盘踞西南，作苟延残喘挣扎，四川解放较迟，人民受苦难时间更长，也更深重。因四川为国民党的最后据点，反动势力聚集，在逃离前，布置大量特务，准备伺机再起，于是解放初期内江地区暴乱不止。人民在承受痛苦时也受到教育，当然也同时经历了锻炼。20世纪上半叶内江所走过的苦难历程，对作家来说恰如生活给他们酿出的杯杯苦酒，他们在品尝中受到激发与催动，并从中获得了创作激情和顿悟。

造成内江作家强烈政治参与意识的另一因素是受中国古代文人的影响，特别是受到一些出生或久居四川的古代著名作家的影响，他们的人品文品，对内江作家的影响是直接的、不可估量的。如具有叛逆精神的司马相如，济弱扶倾有侠士风的李白，关心人民疾苦的杜甫，忧国忧民的岑参，天真直率的贾岛，正直开明积极参政的苏轼，坦率豪迈的张孝祥，"少慷慨有大志"的苏舜钦，等等。他们就在身边，成为最近的榜样。

最具鼓动性的还是他们的作品。李白的"纵死侠骨香，不惭世上英"，贾岛的"十年磨一剑，霜刃未曾试。今日把示君，谁有不平事"，苏轼的"会挽雕弓如满月，西北望，射天狼"，陈子昂的"感时思报国，拔剑起蒿莱"，张孝祥的"孤光自照，肝胆皆冰雪"，等等，与四川甚至与内江有着各种缘分的作家们的豪情满怀、气若长虹的诗词，对一般人都具有极大的鼓动性，而对内江籍作家来说则更觉贴近，倍感亲切，对他们为人为文更具指导意义。

从以上分析与回顾看，20世纪内江作家确实具备一些得天独厚的条件，这些条件再加上其他因素，又恰与20世纪的历史契机相遇，一些有作为的作家便乘机脱颖而出，在文学领域做出一番不朽的事业来。

四

以下谈谈内江文学乡土特色和地方文化特色的表现及其形成。

文学的乡土特色和地方文化特色是两个相近似却又截然不同的概念，前者比较实，如风物风光、生活习俗、山川景物、社会景观的描写；后者比较虚，如道德观念、人文风景，以及隐藏在人物故事背后的文化意蕴、思想内涵，还有表现在文体本身的气韵、风格等。根据这一理解，就内江文学而言，那些描写了内江人物、故事、地貌风物，且能体现其独特之处的，称为具有内江乡土特色。这些在作品中比较好找；而那些属气韵、风格之类的东西，却比较难辨认。不过，只要通过仔细阅读和分析比较，也是有蛛丝马迹可寻的。

如罗淑，她笔下那橘林翠竹掩盖下的小村，那村边在阳光下闪闪发光不停流淌的沱江，那江边静静停泊着的一排排运盐的木船，以及饿得去挖埋在土里的死牛煮来充饥，困得用一截竹签把眼皮支起驱赶瞌睡的盐工，还有那女扮男装的轿夫，那为反抗压迫铤而走险的农民，等等，都是30年代沱江流域一带所特有的。

如周克芹，他笔下那蒙蒙晨雾，袅袅炊烟，淡淡月色，都是川中丘陵地带独有的；那"溜溜溜"的唤猪声，"咯咯咯"的赶鸡声，也是别处农村无从取代的。更有那古风犹存的小场镇，活动在那场镇上熙熙攘攘的人群，他们的衣着、谈吐、行为方式，由他们的生活所编织出的那些故事，都是属于沱江的。

再如罗念生回忆童年的散文中所写到的威远乡下的风景和趣事；范长江报告文学中写到的内江、乐至一带的民情和商贸；杨继仁在《张大千传》中写到的内江古老的"鞭春"习俗和庙会场面；傅恒在《幺姑镇》里写小镇居民围绕那盘棋的争闹，逢场天街边卖红油辣椒水粉的小摊，加上新开张的"新潮发廊"，还有那不知从哪家商店里传出的收录机的吼叫，使沱江边古风犹存的小镇在改革开放的大潮中充满了现代生命的活力。

以人文景观的描写来展现乡土特色，往往是作家揭示时代本质、剖析文化心态的一种手段。比如罗淑写 30 年代沱江边农民、盐工的艰辛，节奏那么缓慢，而且周而复始，如同那头疲惫的老牛拉着的那盘沉重的吸卤水车不停地转圈，愚昧，闭塞，听天由命，任人宰割，是一种普遍心态，这是长期以来封建文化对人们精神世界腐蚀的结果。虽然，从那些民风民俗里，我们看到了民族的善良、刻苦和坚韧，但更多看到的是灵魂的麻木与历史的停滞。又比如周克芹的《许茂和他的女儿们》，可以说是内江新时期乡土文学的代表作，通过突出乡土特色的展示，通过葫芦坝那片土地上人物活动的生动描写，展现他们勤劳、善良、正直且不乏幽默和乐观的精神品质。同时，也让人看到了他们中较为普遍地存在着的冷漠、自私和逆来顺受，可见民族文化中负面积垢在这块穷乡僻壤的人们心理中沉淀之厚之沉。

作家浓墨重彩地描绘乡土特色，往往还在于突出人物性格、营造特殊环境氛围，以强化作品的艺术感染力，提高作品的美学品位。

如罗念生那篇著名散文《钓鱼》，写的是 20 世纪初的威远乡下爷孙俩一天钓鱼的经历。清晨，那一轮雾漾漾的朝阳、草尖上闪亮的露珠，以及阵阵袭来的野草香气；黄昏，那鱼肚色的晚霞，家家屋顶冒着的炊烟。一派安详与宁静。这些，不仅衬托出那个头戴宽大斗笠、身穿宽衣大袖长袍、脚踏一双松松垮垮麻耳草鞋的渔翁公公，也为那个天真无邪带几分稚气和顽皮的小孙孙提供了一个快乐自由的空间。至于那天上飞过的野鸭，伏在钓竿上休息的"丁丁猫"，那鱼吃食的各种情态（鲫鱼大方、鳑杆调皮、鲤鱼沉稳、乌棒凶狠、黄鳝鱼鳅慢慢吞吞）都充满着乡土味的闲情逸趣。

然而乡土特色并不是固定不变的，时代社会的发展促使着乡土特色的变化。如周克芹的小说，写在改革开放新形势下人们观念的转变。一些千百年形成的特色正在被消释，被取代。人们的生活习惯、衣着服饰、言谈举止，都在不断的变化之中。特别是我们读傅恒的《幺姑镇》这种感受更深。同样是写沱江边的小镇，再也找不到林如稷笔下世纪初太平镇的那种愚昧，也很难发现周克芹写 70 年代连云场的那份滞重；虽然，幺姑镇还保留着许多传统风味，但却已不可抗拒地被"广州街""上海街"所挤占，原来的特色很难保留。这是一个进入现代社会后不可避免的现实。随着信息的快速传递，昨天流行于北京、上海、广州的新潮服装、现代食品、时髦发型与装饰，乃至文化观念、社会时尚，今天就会在四川腹地的小乡场上出现。然而我们不必担心文学的乡土特色和地方文化特色的消退或消失，因为乡土特色、地方文化特色往往又是社会封闭的产物，而且这些特色中还有不少部分属封建落后、不文明不卫生的东西，消失了并不是坏事；另一方面，对那些有历史保存价值、有积极精神意义的特色，或虽无积极意义，但无伤大雅、无大危害的东西，人们已在维护它、充实它、改造它。人们需要的是一个丰富多彩的世界。

至于自然景观，也会因时代的变化而不断变化，难以保留昔日的风貌。如果现在站在罗念生钓鱼的小溪边，恐怕再难找到他散文中写的那种情趣；杨继仁《张大千传》中所写世纪之交内江城郊的景物景色而今已面目全非。还有那条内江作家常称道的美丽的沱江，它的碧绿与清澈已不复存在；就连周克芹笔下绘声绘色写过的沱江两岸的山山水水、晨雾夜色、鸟叫蝉鸣，而今也大大变了味。这里有两种不同情况：属于那种对环境污染破坏，那自然是一种罪过。为了留下沱江那份清澈，留下沱江两岸满目苍翠，也就是为了保存沱江流域山山水水的自然风貌，我们应当大声疾呼；但是，自然环境的改变在随社会进步而出现时，也有其合理的方面。也就是说为了人类进步的需要，自然风光的某些特色逐渐消失在所难免。为了文明进步，文学牺牲一些特色乃微不足道的小事。也许，从另一方面看，消失了一种特色，会出现另一种特色。比如三峡大坝建成后，原来的雄奇险峻消失了，但代之而来的是更具特色的"高峡出平湖"的博大与浩渺，岂不更具风采与魅力？

从以上的分析我们可以得出这样的认识：乡土特色、地域特色是一个历史的概念，它不是一成不变的。由于时代的发展，社会的变迁，它可能被淡化或"同化"，也可能换一种新的姿态出现；但是，因为地理的、气候的或传统根植的一些基本条件和因素往往比较稳定，故而那些最本色、最基础、最核心的东西，仍旧会长期地保留下去。如一个地区的山川风貌、文化景观、人文风采，以及历史形成的思想信念、宗教信仰、道德规范等，是很难改变的。这种情况表现在文学作品中，如"京味小说"巨擘老舍当年在作品里写到的漫天黄沙、曲里拐弯的胡同、喧闹的茶馆、驼铃叮当的骆驼队等具有鲜明特色的北京景观，如今已难以寻觅，然而，我们却可以从刘心武的《钟鼓楼》《风过耳》等新京味小说中对 80 年代北京市民社会的广泛描写中，看到对二三十年代老舍作品里那种文化气韵的承传，如重义轻利、热忱待人，以及某些小市民劣根性表现，等等。更不用说在语言运用上，都精心提炼加工北京话，使用北京土语方言，明快幽默，生动活泼，又富于表现力。

20 世纪的内江作家，从康白情、罗淑、罗念生到周克芹、魏明伦等，他们在描绘乡土特色，表现地方文化特色上都有自己突出的贡献。虽然，其影响还难于与二三十年代的沈从文、王鲁彦的"乡土派"，与四五十年代赵树理、孙犁的"山药蛋派""荷花淀派"相比，但其成就也是十分可观的，特别是他们的人生起步都开始于四川内江这块闭塞的地方，其文学意义更为深远。

五

在文学史上，我们不止一次发现文学家密集地出现在某一地区的现象，如初唐至中唐 200 年间，山西祁县就出现了王勃、王绩、王维、温庭筠等好几个有大成就的作家；如元朝 160 余年间，大都（北京）就出现关汉卿、王实甫、马致远、纪君祥、杨显之、张国宾等一批戏剧大师。就近百年文坛看，浙江绍兴有周氏兄弟、刘大白、蔡元培、柯灵、许钦文……四川成都有巴金、李劼人、艾芜、曾孝谷、吴虞、戈壁舟等著名作家出现，究其原因，都不难找到属于政治、经济和文化的根源。如祁县，位于太原盆地，交通便利，物产丰富；大都，乃元朝都城，经济文化的繁荣自不待言；绍兴，为古越都城，又是浙东经济中心，有文化名城之称；成都，古为蜀都，"天府之国"的首府，有数千年文化历史。以上各地，均有各自的基础和优势，能出大文豪大作家，本不足奇。

奇的是地处川南贫困偏僻的内江，竟在 20 世纪培育出一批全国知名作家，这一文学现象确实值得研究。对此，我们已在前文中作了初步分析，找到时代政治的催动和传统文化的哺育两大原因，应该说，还有一些更深层次的因素需要发掘，需要寻根。

很久以来，就有"天下文章尽在蜀中"之说。此言不虚。诗仙、诗圣皆出川中。李白的雄阔豪放、华美自然，杜甫的热烈浑厚、辞警意丰；开一代词风创"豪放派"苏轼的浩荡澎湃、挥洒自如，已达到文学成就的极致；另外，司马相如的艳丽妍秀，王褒的富丽生动，扬雄的"沉博绝丽"，陈子昂的刚健质朴，李颀的流畅奔放，还有张孝祥的壮阔，苏舜钦的雄健，等等，在文学史上早有定评。他们的作品影响着一代又一代作家，而对川内作家来说，无疑影响更甚。

谢无量在他的《中国大文学史》中评李、杜诗时说："咏之使人飘扬欲仙者，太白也；使人慷慨激烈歔欷欲绝者，子美也。"他评苏轼："其体浑涵光芒，雄视百代。"评司马相如"宏丽温雅"，扬雄多"丽靡之词"，岑参"才甚丽而情不足"，李颀"有风调而不甚丽"，王褒"奇异"，子昂"高妙"……这些评价精当准确，可见谢无量对川籍同乡作家研究之深，偏爱之厚。不仅研究，而且效法。他的"少年忧世成狂疾，老至无能始达观""朗吟载酒携行卷，一笑千峰入醉颜"等诗句，和他身在江湖，心存社稷，既不见用，则埋首笔耕，与诗酒为伴的行止，活脱给我们勾画出一个20世纪的李白。

范长江青年时代为追求革命，离家出走，单骑塞上行，深入荒漠，泛筏黄河，历经艰险志在救亡，较之苏轼被贬，身处逆境，仍以百姓疾苦、社稷兴衰为重的表现，两者在精神上有共通之处；而他的作品，虽多用白话，但精炼古雅，文句铿锵，雄辩滔滔，有苏轼风。如他写乘牛皮筏顺黄河而下，穿过深峡险滩的情景，写他夜宿戈壁，面对蓝天明月的心境，等等，不由使我们想到苏轼的《石钟山记》"独与迈乘小舟，至绝壁下……"想到"大江东去"，想到"明月几时有"。用现代的话说，是一种文学基因的遗传。

罗念生则是另一种"典型"，从他的散文里，难以明显读出受四川古代某大家的单一影响，但却可以读出扬雄、司马相如的铺张华丽，读出李白的率真旷达、挥洒自如，读出苏轼的爽健流畅和充满情趣。

其他如康白情、林如稷、魏明伦等，在受古代川籍作家文风影响方面，如仔细搜寻，大都能找到很有说服力的例证。这里不再赘述。

四川古代文坛巨子们的作品，经千百年来的流传，其文风特色相互交汇融合，逐渐形成兼有司马相如、扬雄的重描绘、善铺陈，李白、陈子昂的慷慨激越、浪漫不羁，苏轼的笔力雄健、自由奔放等特色的文辞浓艳、富丽华美、豪放飘逸的巴蜀文风。清以后，川剧流行，一些落魄文人参与剧本的创作修改，精心推韵润色，使巴蜀文风变得更加文采灿烂、精美绝伦。

还有一些四川特有的民间曲艺如"唱道情""说评书""讲圣谕"等，也极讲究文风的生动秀雅，对 20 世纪内江作家的成长起着潜移默化的作用。

由以上的分析可以看出，尽管"五四"以后白话文取代了文言文，巴蜀文风的特色在语言形式上难以保留，但在追求风格的博大深沉，文辞的华美秀丽，语言的明丽清澈上，都能使读者体味出巴蜀古风的余韵余绪。

新中国成立之后，四川半封闭状态被打破，与外界的文化交流日渐密切，巴蜀文学的特色逐渐分解消融于全国性文学大潮之中，加之当时流行的公式化、模式化、样板化对文学的限制，独立的文学风格很难建立，又由于不断发起的文艺思想批判运动，压制了文学创作的多向化发展，直至十一届三中全会后，党的"双百"方针得以认真贯彻，各种风格流派、各种地域文化特色的文学潮流才纷纷出现，也就是在此时，内江作家们才特别重现在文学作品中表现沱江风情，才注意承继四川文学传统，让自己的作品以鲜明的四川风味出现在全国读者面前。

六

内江作家在 20 世纪取得如此显赫的文学成就，当然还有其他很多因素。

比如说，与四川、与内江的地域环境、山川风貌的关系。古人在分析六朝民歌产生的原因时认为富春江流域"自富阳至桐庐一百许里，奇山异水，天下独绝。水皆缥碧，千丈见底。游鱼细石，直观无碍"，在这样的好景致好风光里，自然会产生歌唱的情绪，加之好女如花，柔情似水，怎能不令人陶醉，从而产生"春风复多情，吹我罗裳开"的歌声，和"暮春三月，江南草长，杂花生树，群莺乱飞"的佳句呢？

四川自然风光，以奇险峻幽闻名天下，面对滔滔长江、巍巍峨眉、蒙蒙青城，古往今来不知吸引了多少文人骚客流连驻足、咏叹吟哦，更不知产生了多少诗词歌赋的传世佳作。

在内江这块土地上，虽没有雄奇的峨眉、清秀的青城，然境内的龙泉山、重龙山，加上连绵不断的丘陵，其景色也自有迷人之处；虽然没有咆哮奔腾的长江，然回环九曲的沱江，忽而湍急，白浪滚滚，忽而舒缓，绿波涟涟，却也妩媚动人，足以激发诗情、撩动画意。古人云："爱山者仁，爱水者智。"

面对生机勃勃的碧水青山，幽远恬静的无边丘陵，文人墨客不免触景生情，故而情怀绵绵，思如泉涌，好诗好文也就应时应事而生了。

再比如良好宽松的社会环境，对内江文学的发展创造了极为有利的条件，好的作品不断涌现。从 20 世纪中国文学全局看，前半个世纪的成就大于后半个世纪；而从内江文学的成就看，后半个世纪则大于前半个世纪。其中后半个世纪的后十几年的成就又远远大于前三十年。我们打开 20 世纪中国文学史仔细阅读分析会发现，以享有全国声誉的作家人数看，以新中国成立时为界，内江籍作家各有十余人之多，但从创作成就和分量看，后半个世纪明显超过前半个世纪。具有巨大影响的作品如《许茂和他的女儿们》《钟鼓楼》《潘金莲》《将军决战岂止在战场》《绿色音符》《生命呼啸》等，都产生于新中国成立之后。

党的十一届三中全会后，随着我国经济的突飞猛进，文学艺术事业在党的正确文艺政策指引下，在宽松和谐的政治环境中也迅速发展，出现了前所未有的百花争春的繁荣兴旺局面。内江，这块有厚实文化根基和良好文学传统的地方，承受时代的雨露阳光，在短时期内，将久已蓄存的文学生产力作一次辉煌的爆发，这也在意料中事。

除了大气候，还少不了小环境。比如当地党委和政府对文艺的重视，业务部门的关心指导，特别是文艺刊物、报纸副刊为作者提供发表作品的园地，为他们安放了第一块向上攀登的垫脚石。《许茂和他的女儿们》最早就是在《沱江文艺》上发表的，许多取得成就的内江籍作家都与内江的报刊有文字之缘。内江还有两所高等学校——内江师专和内江教院，新时期以来不少中青年作家都与之有关。黄济人、傅恒、杨继仁等，都毕业于内江师专中文系，他们取得的文学成就为世瞩目，傅恒、黄济人分别担任成渝两市的作家协会主席，仅此，可见内江籍作家在川中的地位。

七

回顾过去是为了现在，更是为了未来。应该看到，在我们对 20 世纪作最后告别的时候，在追忆那一段文学光荣与辉煌的时候，我们文学工作者踏入 21 世纪的脚步并不轻松。

原因是多方面的。

自从 80 年代后期文学坠入低谷以来，至今未能走出困境，电视、电影的冲击使文学市场日趋萎缩。文学期刊难以为继，文学书籍销路不畅，使刚从旧体制下放逐出来的文学面对无情的市场茫然不知所措，就连最知名的作家也遇到了出版难题。

但是，也应该看到文学发展的乐观前景，因为它是一切艺术之本，电视、电影、戏剧，乃至音乐、曲艺等，都是少不了文学母本的。如人们已离不开的电视剧，多数都是根据文学作品改编而成；至于电影和戏剧剧本、音乐歌词、曲艺的唱词、说词等，本身就是文学作品。从这个意义上讲，文学之路较之以前要宽阔得多。

21 世纪世界经济和科技必将更加繁荣发达，社会变革发展的速度加快，人类生活更加纷繁复杂绚丽多姿，为文学创作提供的素材和原料也更加丰富生动。再加之社会的更加开放，为文学提供的发展空间也就更加宽广，作家们可以更加自由地发挥自己的才华和智慧。我们完全有理由相信，当下个世纪末人们在总结内江 21 世纪的文学成就时，一定会自豪地写上这样的话：我们不愧对先辈！

《20 世纪内江文学通论》四川人民出版社 1999 年版

《此心安处》序

十年以前，我应邀为一家出版社编一套青少年读物，稿子，全来自大中学生。大概因为销路不错，出版方要我接着编，一气编了十本才作罢。在读稿中，我熟悉了一个叫秦菁的名字，她的文字轻松烂漫，激情流淌，有灵气有热度有余味。她的每篇文章都有个实实在在天真烂漫的自己，读之让人爱不释手，因此几乎每篇都被采用。她的写作热情很高，有时一本共收百余篇作品的集子里，她的就有十多篇。为了不让自己的名字出现的频率过高，她给自己取了不下十个笔名。

大学毕业后秦菁失去了联系，只听说她发展得不错，当教师的同时，还开公司当老板，日子过得很是滋润，不过我并不为她的商场成就特别高兴，她的闪光点应该在文学方面。商品经济大潮造就一百个老板也比造就一个作家容易。难道她的才华和兴趣已被大都会夜色里炫目的五光十色所淹没？我惋惜，但我相信，像她那样执着的女孩是不会轻易忘情文学的。

我的估计没有错。不久前，她告诉我她的新书完稿，要我给她写几句，大概是为了证明她这些年没有白过吧，一下就是两本，让我又惊又喜。我义不容辞地接下一本，另一本，让真正的高手去写吧。

《此心安处》是一本内容繁复思想亦有深度的散文集，包括后记在内的六十篇短文，记叙了她的一段生活：如读书感悟，教书心得，旅途风光，美景点评，以及所思所忆，所见所闻，等等，丝丝缕缕点点滴滴，都收入笔底，恰如漫步海滩，随手拾取脚边可意的石子收入行囊，并不在乎它们的形状是否奇特，色泽是否怪异，只待闲暇时取出摩挲把玩，在追忆与想象中自会品出一番别样滋味。

秦菁正是以一种玩文学的心态写她的文章，她不需要遵命，不在于教化，更不在于稻粱谋，只是为了倾诉情怀享受人生，为了追寻生活的诗意与本真。任意落笔，随兴而写，让灵感自由流淌。不雕琢，不刻意，不做作，平实的话语中可以读出文外之意。

比如集中的那些游记，南北东西，域内域外，山山水水，民风民情，一路玩过去，一路写下来，但立意不在于纵情山水，玩味风情，而在于提取一种文化精神。如写草原赛马，全篇不见哈萨克族骑手扬鞭马背，只见作者离题万里地谈边民对时间概念的理解和人生态度。他们就这样平平常常慢慢悠悠地度过一百年，又一百年，相比较，我们如此这般争分夺秒脚步匆匆，过着急忙忙冲锋陷阵打仗般的日子，岂不既可笑又可怜？

写海南，她不浓墨重彩渲染那里的蓝天碧海，不去追寻海瑞、苏轼那些令人扼腕的传奇，更没有写亚龙湾海滨浴场搏浪嬉水的欢快，却独独去关心海南天空没有候鸟，进而引发一番陷入温暖之后"让人们迷失方向的，并不是自然界的温度"的感叹；甚至遗落在沙滩上的一双鞋，也引发她的向往，"那些晾晒在阳光中的记忆，越久远越温暖"。

当然这些不是集中旅游文字的主体部分，主体部分仍然是那些在佛罗伦萨瞻仰米开朗琪罗石雕《大卫》的赞美，在额尔古纳草原探寻蒙古帝国兴衰更替的思考，在普吉岛科龙弯度假村享受阳光海景的物我两忘。

集中的类似杂文杂感的一些篇什，读起来又是另一种感受。《螳螂捕蝉……》议"利益的链条没有终结。"《别嘲笑猴子》谈勇于舍弃。《相忘于江湖》另释相濡以沫。等等。以颠覆性思维解读世人奉为圭臬的准则，给你指出另一个看待世界的角度。古今中外，旁征博引，读之令人击节。

更有那篇构思特别的《你要哪一天》，竟异想天开地给自己一个机会：若能买一段过去，你要哪一天？哪一天是最留恋最想回去的呢？她选择了上午在图书馆看书，下午在琴房练琴，傍晚欣赏一对情侣在夕阳中展示爱情和生命的美好。那天最幸福。其实那天很简单，很平常，简单平常得任何人不必踮脚都能摸到。幸福本就是简单平常，往往守候在身边却视而不见，直到时过境迁的某天回忆起才猛然惊呼：啊，多么幸福的一天啊！我多么希望再重复一遍。代价再大，我也愿买下它！

这是一篇容易引起共鸣的文章，我就在它的异想天开引动下异想天开起来。

秦菁这本集子里的文章，取材很广泛，也许我们同是教师的缘故，对她那些写师生情谊的文章特别喜爱。如那篇《书和树》里，写1班的学生毕业之际送她一棵小小的工艺树，树上挂的果子是极袖珍的相框，相框里是她的照片。原来，学生在她的博客里读到"如果有来生，我愿做一棵树。我喜欢树植根于泥土的坦荡和踏实"，于是，极具创意天才的学生们便想出这样的礼物。"人间真情，非此莫比。21世纪什么最珍贵？是广泛冷漠的社会中，涵藏于内心的真情！"她发出这样的感叹。在另一篇《情有独钟》里，她更动情地说：

> 我的孩子们（我的印象中，她还是个孩子哩）……让你们知道：就算人间有风情万种，我依然情有独钟。独钟于你们纯洁真挚的情感，独钟于你们简单真诚的交流，独钟于你们明洁光亮的眼眸，独钟于在诗词歌赋中与你们共赏神奇玄妙，独钟于在荒芜混乱中为你们守护年少的美丽梦想，独钟于为你们营造美丽幸福以抗拒年少的你们不应承受的无奈和失落。

我被这发自肺腑充满热情的美丽文字打动了，十多年前那个激情昂扬，热爱生活，性格有些狂野强势的女孩形象立即活跃在我面前。

然而，当我读完她集子里的所有文章，却发现她情感格调的矛盾和不谐，具体说就是她对佛教的特别钟情，给人的感觉似乎到了再跨半步就遁入空门的程度。

早先我就读过她的一篇《凡人的困惑》，写的是她初次步入庙宇产生的对佛的敬畏与困惑。如今，才十年光景，她对佛的敬畏变成了虔诚，却把困惑留给了我。不过，当我重读她集中的头两篇文章后，困惑随即消解。

不久前旅游至五台，专程去集福寺和清凉寺拜谒出家的杨五郎和顺治。路上，的哥为我义务解说："他们一个因走投无路，一个是为情所困，都选择了出家。"吾笑问，俗人受困出家，出家人遇上不解的烦恼又如何？他说，还俗。还俗后开宝马住豪宅的，不乏其人。我暗自好笑，又一个版本的《围城》，外面的人想进去，里面的人想出来。难道没有第三条路线？有。一位诗人写道：

> 即使我受骗一千次，一万次，
> 我也坚信：
> 总有一朵花是香的
> 总有一片情是真的
> 总有一滴血是热的
> 总有一颗心是金的……

　　作为一篇序，已经写得够多了，不过我还想说两句：第一句：这个集子的分量说明了作者的艺术悟性、生活积累和文学灵气。切勿蹉跎。第二句：作者所站的那片土地上走出过许多著名作家，其中虹影、黄济人离你最近，虹影成名时正是你这个年龄，至于黄济人，虽比你年龄大，却是你内江师范学院中文系的校友，他的成名作《将军决战岂止在战场》也是在你这个年龄完成的，如见面，你当叫他一声：师兄。

　　应命的文字写完了，没有高深理论，没有箴言警句，都是些鄙俚浅陋的俗人俗语，一如作者后记所言：不能免俗。如有负盛意，恳请见谅。

　　是为序。

为秦菁《此心安处》作

于内江师院

2012.5.1

内江师院"孙自筠文学奖"作品选后记

其实我在学生中设立文学奖的动机完全谈不上什么"高大上",起因是一个爱好文学的同学与我的一次倾心交谈。

我曾担任过两届班主任,与学生相处甚洽,一个家境窘迫的学生向我讲他的求学经历时说:"我读初中时学校离家较远,中午就靠从家里带去的冷饭充饥。有一阵,家里穷断了炊,我只有空手去学校。中午,为了打发难熬的饥饿时光,我便去街上乱逛,不巧又遇上饭馆里飘过来的饭菜香味,折磨得我嘴里几乎伸出手来。恍惚间,见街边落有一片印有字的纸,恰似五角的钞票,饱饱满满的,想必里面夹有粮票。前后看看无人,忙弯腰拾起,走到背静处打开……原来,原来是张擦过屁股的碎报纸……好尴尬,好羞惭!"

后来,他把这经历写在作文里,发表在班级的墙报上。看似一则笑话,但看过的人没有一个能笑得出来。

其实,我也有类似穷疯了的经历。记得那年因文罹祸,被下放农村时,爱好文学的我"贼"心不死,写了一篇散文欲向杂志投稿,却缺购买邮票的八分钱。陡然间,想起私下听来的把旧邮票揭下用米汤洗去邮戳墨迹可以冒充新邮票。我决定冒险一试,撕下一张旧邮票洗得花白,贴在信封上投进邮筒……

这些,当然都是多年以前的事了,联想着我师生两人的潦倒,总容易让人想起孔乙己的境遇。

到了我退休的20世纪末,我们国家已告别贫困,开始阔步向小康社会迈进了!

有了衣食无虑的退休空闲时间，我开始构筑我的梦想——写小说。

感谢时代对我的怜惜和厚爱，当我的第一部长篇历史小说《太平公主》由四川人民出版社出版的第二个月，便被北影名导李少红看中，派人来四川购买了电视改编权。因太平公主的故事多发生在唐大明宫内，故两年后电视剧以《大明宫词》片名播出，一时间颇为热闹，裹挟着我也跟着出点名，从此稿约不断。以平均一年一部的速度，接连出版七部长篇。附带也小小地挣了把稿费。

手头有点闲钱后，心头却闲不下来了。学生中偶尔出现的如开头所写的生存窘境，便引起我的"同病相怜"，特别是其中的文学爱好者。于是我萌生设立文学奖的念头。2007年9月，当我把我的想法报告给校领导后，得到他们的赞同与肯定，并即时制定文学奖评定细则，任命了文学奖"评审工作领导小组"和"评审委员会"成员名单。开会讨论时，我提出"评奖作品应出文集以作纪念"的建议时，得到大家一致赞同。于是，便有了今天这本《成长在甜城湖畔——内江师院"孙自筠文学奖"作品选》的面世。

写到这里，有必要说明的是，对于这个文学奖的名称，我当初提的是"周克芹文学奖"，但领导未采纳，并坚持要用出资人的名字。再三推辞无果，为了不让领导为难，我只得麻着胆子承当下来。

记得那次会上，校领导和诸评委对我出资设奖之事一再表扬感谢，我便说，你们说反了，该我向你们深表谢意。我已年过古稀，挣点稿费设个奖，把钱用出去了，心里就安静了；否则，花花世界香风乱吹，把老夫吹晕过去闹得晚节不保，岂不毁了我一世英名？所以我要感谢领导，感谢大家！

听得众人哄然大笑。会议在笑声中落幕。

我一向主张"文学快乐论"，果不其然。

聊为后记。

孙自筠

2018年7月15日

杂著存目

短篇小说:《杨柳淘夜话》

《死结》

《小右办大学》

长篇小说:《狂涛飞沫》

《鞋帽篇》

人物传遍:《奇人彩照》

电影剧本:《茶神》(与陈位萍合作)

电视剧本:《唐宫谣》

《风云报恩寺》(与吴因易合作)

《国难》(与王本杰合作)

杂　　著:《美国总统 Y 史》(编委:潘山　王若枫　孙迅)

孙自筠主编作品:

"二十世纪中华奇人丛书"(共 4 册 1996 年出版)

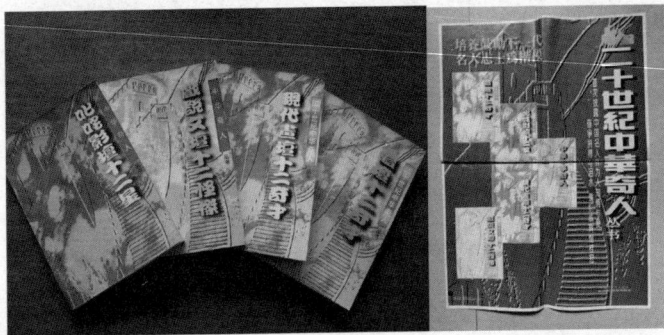

《戏说文坛十二怪杰》(副主编:陈涛　作者:孙自筠　郝亦民　陈涛)

《现代画坛十二奇才》(副主编:杨夫立　作者:曾白康　孙自筠　宋惠兰　李南　施莉　张华文　周志学)

《叱咤影坛十二星》(副主编:陈涛　作者:曾白康　邓经武　孙自筠)

《体坛十二奇才》(副主编:杨夫立　作者:罗萍　钟建民　施莉　张浩　孙建　秦治政　范敏　曾白康)

《20世纪内江文学通论》(顾　问：马识途　黄小祥　李亚平　李德元
　　　　　　　　　　　张祥元　李国江　刘美驹
　　　　　　　副主编：张用生　范奎山
　　　　　　　编　委：徐其超　李明泉　严克勤　黎　威
　　　　　　　　　　　铁波乐　黄红武　徐伯荣　周维祥
　　　　　　　　　　　文祖昭　张汝宜　黄剑庆　吴文兴
　　　　　　　　　　　邱乃伟　罗秀松　翁礼明　吉方清
　　　　　　　　　　　高卫红　潘　山　温万明　1999年四
　　　川人民出版社出版)

"中国传统文化丛书"（共 20 册 2002 年出版）

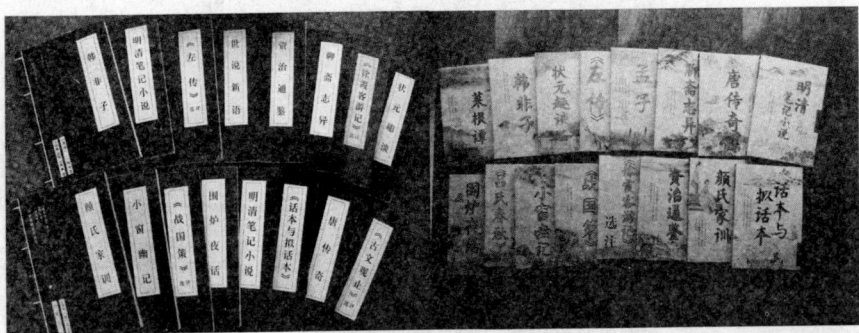

《世说新语》	编选译注：高卫红
《徐霞客游记选注》	编选评注：高卫红
《战国策选评》	编选译注：李棣　马容键
《围炉夜话》	编选译注：孙迅　徐助敏
《颜氏家训》	编选译注：肖慧
《明清笔记小说》	编选译注：　孙迅
《左传选评》	编选译注：高卫红
《话本与拟话本》	编选译注：孙建
《唐传奇》	编选译注：徐助敏
《韩非子》	编选译注：王利梅　高翔　方茜
《状元趣谈》	编　　写：孙自筠
《小窗幽记》	编选译注：黄敏
《聊斋志异》	编选译注：高卫红
《古文观止选评》	编选译注：王振庸
《资治通鉴》	编选译注：郑玉春　肖慧
《孟子》	编选译注：高勇　潘山
《菜根谭》	编选译注：潘山　高勇
《笑府与广笑府》	编选译注：潘山　高勇
《吕氏春秋节选》	编选译注：潘山
《搜神记》	编选译注：高勇　潘山

青少年读物（共 11 册 1998 年出版）

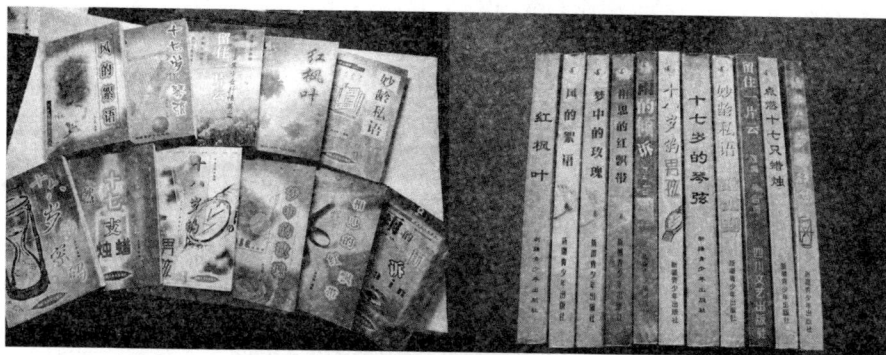

《留住一片云》	副主编：罗萍　潘山
	编　委：熊杰　钟强　徐助敏　黄敏
《红枫叶》	副主编：潘山　罗萍
	编　委：熊杰　高卫红　范敏
《十七岁的琴弦》	副主编：潘山　高卫红
	编　委：彭润华　黄敏　徐助敏　熊杰　黄平
《十六岁的密码》	副主编：高卫红　潘山
	编　委：陈玉才　徐助敏　杜叶青　孙迅
《点燃十七支蜡烛》	副主编：高卫红　潘山
	编　委：谢子乐　陈玉才　秦菁　杜叶青
《十八岁的男孩》	副主编：彭润华　高卫红
	编　委：曾伯康　潘山　黄平
《妙龄私语》	
《风的絮语》	副主编：高卫红　潘山
	编　委：高卫平　彭润华　钟强
《梦中的玫瑰》	副主编：潘山　高卫红
	编　委：高卫平　彭润华　徐助敏　黄平
《相思的红飘带》	副主编：高卫红　潘山　彭润华　高卫平
	黄平　熊杰

《雨的倾诉》　　　　　副主编：高卫红　潘山

　　　　　　　　　　　编　委：高卫平　谢子乐　秦菁　陈曦

（说明：作者以我校学生为主，共1300余人次）

《小学生多功能图解速查字典》（1—5册）副主编：兰玉英　李梅　1996年出版

（参加本字典编写的人员有秦致政、范敏、潘山、黄敏、谢倩、郑玉春、王映伟、罗建波、池琼、肖云霞、徐助敏、王若枫）

聆听回声

《陈子昂》：引人入胜非戏说

阎纲[1]

陈子昂何人？此人一生写了一百二十余首诗，《感遇诗三十八首》借古喻今，托物寄情。"圣人不利己，忧济在元元。"笔锋直指武则天耗财事佛，战乱扰民。《蓟秋览古》七首，因"雄图中夭"而悲愤。特别是《登幽州台歌》，吊古伤今，天地多么大啊，自己多么无奈！慷慨而又孤寂，代表了封建社会知识分子怀才不遇、报国无门的普遍情绪，千古传唱。陈子昂以自己的诗作大破齐、梁颓靡之风，认为诗既要有"兴寄"，又要有"风骨"。他虽然只活了四十一岁，可是对诗歌革新的主张影响深远。

陈子昂言多切直，喜欢给皇上提意见，仕途不顺，忧愤而死。他为武则天所赏识，又为武则天的政权所灭。文学地表现陈子昂的这一切的一切，多么有情趣啊！

现在"戏说"盛行，因为人们爱看情趣横生的历史故事，可是我不担心孙自筠把陈子昂变成"戏说"，我坚信一个写出历史小说《华阳公主》《安乐公主》《万寿公主》，特别是《太平公主》的人，没有把握他是不会甘愿冒险的。其最大的把握，就是非常老实地发掘史料，和不大老实地进行艺术想象：勤奋加天才！尤其后者，孙自筠堪称才华横溢。

所谓想象，就是"将心比心""以心传心"，但必须依据史料，作合理的推想。史料不足是最伤脑筋的事，特别是行为细节、日常生活、私人空间等，

---

① 　阎纲，著名文学评论家，原《中国文化报》副总编。

只能借助于观察力尽可能有逻辑地去想象、去寻找、去重建、去还原。有人说："历史就是按照大量材料，想象古人的心灵活动。"艺术创作的想象空间还要大，只有从史料里触摸人物的心灵，方可用想象弥补大量的细节描写。例如，《史记》里写刺客要刺杀赵简子，结果被赵的勤勉所打动，转过利刃将自己给杀了，这显然出于民间传说或太史公的合理想象。"霸王别姬"，人全战死，谁告诉你虞姬自杀了？现代小说如金敬迈的《欧阳海之歌》，写欧阳海牺牲前的几分钟对于纷至沓来的心路历程作一一的回顾。人被火车压死了，他想什么你怎么知道？但是，它有其合理性，艺术上是被允许的。

写作《陈子昂》，孙自筠发挥了他极富想象力的才能。他把历史的、平面的、陌生的陈子昂生活化、立体化、心灵化，你读了以后会十分了解他，从而非常同情他。

陈子昂的重头戏，当然是"登幽州台"放"歌"，但幽州台何在？哪一年登临赋诗？怎样才能处理好压轴戏？

这出戏，自筠先生把它设定在陈子昂最后岁月的高潮部分，即历尽世态沧桑、遍尝酸甜苦辣之时。陈子昂仕途顿踬、命运多舛，降为军曹，居幽室，抄写公文。忽闻武三思的第九房生子过满月，心情沉重，不由得步入一个满目荒芜的园子，烟雨蒙蒙，一片苍茫，见一座高楼，便登了上去。楼顶梁间，燕雀筑满窝巢，极目远眺，幽州城尽收眼底，悠悠往事，如乔知之被撵，赵包冤死，他自己真言诤谏反遭不测，一齐涌上心头，不禁喟然长叹："前不见古人，后不见来者，念天地之悠悠，独怆然而涕下。"他平时不哭，而且鄙夷过哭，但这时泪水打湿了衣襟。他孤独，他绝望，然而不死心，又为魏元忠、狄仁杰再次入狱鸣不平，连夜写好几份疏奏，叫夫人交给桑容转武则天，结果，让夫人偷偷给烧了。不久，辞官回乡，武三思罗织罪名，将其下狱，忧愤而死……有史实，有性格，有心绪，有景物，有细节，有韵致，有风骨，有气势，有文采，就像陈子昂本人的诗作那样："骨气端翔，音情顿挫，光英朗练。"此情、此景、此文，怎能不叫人身临其境、一掬同情之泪？

我真佩服孙自筠，特别佩服他的想象力，竟然把史料奇缺的陈子昂演绎成好看耐读的诗人传记，一部正经八百的历史小说。

小说《陈子昂》，不愧是《登幽州台歌》极权威的注释，它使这首如《离骚》一样被人千古传唱的慷慨悲歌变得如此动人，以至于刻骨铭心。这是一部艺术生命力可望长久的佳作。我向自筼先生表示热烈的祝贺！

最后一句话：谁要是赶快动手把《陈子昂》改编成电视连续剧的话，我也祝贺他已经成功了一半！

2003 年 3 月 13 日晚于北京古园

2018 年 10 月 10 日修订

独具一格的历史小说

傅恒[1]

孙自筠老师是内江师院中我们接触到的优秀教授之一。

在校期间，孙自筠老师除教给我们知识，还给我们讲述他早些年面对生活困境的若干艰苦经历。都说苦难是人生最重要的书本之一，关键是翻阅过这个书本的人如何理解并运用。从孙自筠老师讲述这些经历的心态和角度，以及以后他在内江师院多年的教学，再以后他自己的写作等实际情况来看，孙自筠老师值得拥有学生们对他的好评，值得拥有如此多的创作成果。

孙自筠老师自己也成为一部有分量的人生书本。

最先读到孙自筠老师的长篇小说是著名的《太平公主》，这部讲述武则天女儿故事的作品，被改为电视连续剧《大明宫词》，播出时在全国占有很高的收视率，带来一大波轰动效应。接下来，孙自筠老师又陆续写出秦始皇的女儿《华阳公主》、武则天外孙女《安乐公主》和武则天七世孙唐宣宗女儿《万寿公主》，四部以公主为主人公的小说成系列出版，形成一种声势，在喜欢历史小说的读者群中掀起不小的波澜，一版再版，很难得的同时取得文学性和市场性俱佳的好评。

孙自筠老师所著的"公主系列"，没有刻意追寻宫廷中的奇闻逸事，没有编造离奇古怪的情节，也没有夸张势利场上的权谋之术，而是坚持立足于塑造具有较高文学价值和人生价值的人物，通过讲述人的故事来传递自己对历

---

① 傅恒，著名作家，曾任成都市作协主席、四川省作协副主席。

史、对人性的思考。

历史小说不是历史，历史只是故事人物的生活环境，是小说的背景。假如想要了解历史，众多的读者就会选择直接读历史书，而放弃读小说。小说之所以能存在，就是因为它没有让自己混成历史、哲学、自然、地理等专门学科的双胞胎。

文学是个人独特体验和感悟的艺术，小说的分量轻重，取决于作家的思想能力，取决于作家对表现对象的认识深度和独到发现。作家不仅要给读者提供新故事，更需要提供有丰厚内涵的故事，因为小说的真正价值在于抽象的精神指向，故事背后有超越故事本身内涵的东西才称得上是小说。孙自筠老师作为传授中文的教授，娴熟地掌握了这个方法与原则，选择几乎没有人写过的几位公主，找到并虚构出与这些公主相适应的缠绵而揪心的故事情节，借助这些公主及其故事，表达出他对历史、对人性、对生活的思考。尤其涉及女性的尊严与觉醒、自我的发现、抗争和进取，不仅在当时，即使在今天，也同样具有积极意义。这便是我们常说的写历史，关照现实。孙自筠老师是借公主们这个瓶子，装他自己的酒，然后，通过精彩的讲述表达出来。

孙自筠老师的"公主系列"小说文学性很强，有令人享受的阅读性，也能让读者通过阅读，感受到厚重的内涵。任何单一的概括和解读，都很难表达出这几部小说丰富的内涵。相信读到孙自筠老师"公主系列"小说的人，都会有自己的感悟与判断。

"公主系列"只是孙自筠老师所写历史小说的一部分，他还创作和与人合作了《陈子昂》等多部历史小说，这些小说同他的"公主系列"一样，既遵从小说通过阅读传递愉悦的享受，也遵照小说在娱乐中传递思考和启迪作用的功能。同样的故事，不同的讲述能给人传递不同的境界。如同会画画的人，画出好的画面是高水平的匠人，要能画出图像背后的含义才称得上是真正的画家。

孙自筠老师深知文学作品不是每个人的必读功课，离不开读者心甘情愿自动翻阅。没人读的文学作品实际上等同没人吃的饭菜，最终会因无人问津而被倒掉。大约如此，我发觉孙自筠老师特别重视文学作品的可读性，这成了他创作的一个显著特点。

《中华状元奇闻大观》是孙自筠老师和孙迅合作的著作。此书 1995 年出版，2002 年修订后再版，2018 年再次修订出版。为何《中华状元奇闻大观》能一版再版，除了知识性历史性内容丰富，其可读性也是不可忽视的因素。

奇闻不是贩卖道听途说的内容。如果你翻开《中华状元奇闻大观》，就能知道这是一本不会让阅读者后悔和失望的传播中华传统文化的好书。孙自筠老师和合作者汇集史料中提供的内容，根据自己研究列出科举的利弊及史上科举考试的特例事件，再用生动的文字讲述若干状元有史可查的事情。他讲了考生能成状元的公开及私下的作为，也讲了某些人当上状元后的励志壮举，还讲了某类人做了状元后任性胡来的下场。

此书除讲了许多精彩的历史上的状元故事，还在末尾附了历史上文武状元的名单，以及个别值得欣赏的状元考卷，此举不仅加重了《中华状元奇闻大观》这本书的分量，也展示出孙自筠老师与合作者收集历史资料付出的心血与劳累。

这也是学者著书的与众不同之处。

历史小说当然不是孙自筠老师的全部文学著作。在谈他的历史小说时，需要特意说一说他的《20 世纪内江文学通论》。

孙自筠老师在文学造诣上比较多面，除了小说、散文写得好，也从事理论研究。《20 世纪内江文学通论》就是他理论研究的一个重要成果。提及这本论著，是因为此书集中体现了他对文学创作的诸多见解。

《20 世纪内江文学通论》，顾名思义，研究的是内江市这块土地上的文学创作（包括剧本）。内江属于地级市，曾经是辖七县一区的专署，总人口达千万，在 10 多亿人口的国土上，说大不大，说小也不小。从文学方面看，长达一百年的时间跨度，人们耳熟能详的罗淑、周克芹、刘心武、李鸣生、邱笑秋、魏明伦等人都与这儿有关。还有一大批中青年生力军活跃在这片土地上。

一本二十七八万字的评论集，看似文字不少其实不多，要把众多从事文学创作的作家在这本书里区别出来，不是一件容易事。孙自筠老师通过大量阅读和研究，找出每个人的主要特点，以此特点为论述基调，根据这个基调评介每个作家。比如：周克芹的农村小说、李鸣生的"强国梦"报告文学系列……孙自筠老师在这本书里总共记入作家百余位，基本上是一人一个符号，没有重复混淆。别的不说，单是资料收集就不是一件容易的事。这和他写作《中华状元奇闻大观》一样，动笔前的案头工作做得很扎实。

　　孙自筠老师既关注成名的和正在成名的作家，也关注那些在基层奋斗了一辈子、文学路上走得虽然不远，但在地方上较有影响力和带动作用的勤奋性作家。看得出，他的眼光是放在这片土地整体的文学事业上。再有，他写入此书的许多作家中，好些人当时还处在不显山不露水的阶段，后来都成为本地文学事业的中坚力量。由此既证实了孙自筠老师的眼光，也看出他这么定人选，是替本地发展文学事业着想，对推动文学新人的涌现有不可估量的作用。

　　有本身职业的原因，也有个人心胸品质的关系，孙自筠老师在关注和激励文学新人方面，确实是长期不懈地做了不少实事。我们在内江师院读书期间，就对此有实感。

　　退休后孙自筠老师依旧不放弃写作，依旧坚持扶持新人。他拿出自己的稿费，在内江师院领导和同事的支持下，设立文学奖，奖励学习文学创作的学生，继续履行一个教授传授学问培育新人的职责与义务。孙老师给我们这些学生树立了好榜样，这个榜样的价值和他的文学著作一样，同样不可低估。

　　孙自筠老师值得我们永远学习。

　　祝孙老师健康长寿！

重写于 2021 年 5 月

历史的真实与艺术的真实
——简评孙自筠的《太平公主》

曾良①

孙自筠老师的文集就要出版了，作为孙老师的早期学生，我由衷地感到高兴。

20世纪六七十年代，由于政治原因，孙自筠老师历经磨难，直到不惑之年以后才登上大学讲坛，而他的成名之作《论许茂和他的女儿们》发表之时已近天命之年。就文学创作而言，孙老师"出道"较晚，时间上不占先机，但他孜孜不倦，厚积薄发，大器晚成，以至硕果累累。60岁以后，一般学者已是刀枪入库，马放南山了，可是孙老师退休以后却迎来了文学创作的井喷期——他先后创作了《太平公主》《华阳公主》《安乐公主》《万寿公主》等"公主系列"小说，后来又陆续创作了《陈子昂》《文天祥》等长篇历史小说。特别是《太平公主》被改编成37集电视连续剧《大明宫词》后，在全国及海外各电视台播放，产生了强烈反响。孙老师高尚的人品影响着我，他的创作精神和创作成就感动着我。早就想为孙老师的文学创作写点什么，但这些年苦于杂事缠身，又才疏学浅，正所谓心向往之，而力不能至，迟迟未能动笔。今就我寸心所得，对他的历史小说《太平公主》略加评论，以作引玉之砖。

在历史题材的文学作品中，史实与虚构、历史人物与艺术形象的关系，

① 曾良，教授，曾任内江师范学院副院长、文学院院长等职。

从明清以来，长期争论不休。史学家主张应尊重史实，文学家则强调虚构的合理性。例如《三国演义》，远有清人章学诚指责"竟有三分虚构"，使"观者往往为所惑乱"（《丙辰札记》）；近有郭沫若说罗贯中"所见到的历史真实性成了问题，因而《三国演义》的艺术真实性也就失掉了基础"（《替曹操翻案》）。而明人谢肇淛则认为《三国演义》"太实则近腐"（《五杂俎》）；胡适也认为"《三国演义》拘守历史的故事太严，而想象力太少，创造力太薄弱"（《中国章回小说考证》）。这些都失之偏颇，不少研究者早有论述。事实上，历史小说与历史著作是完全不同的两个概念，历史小说是文学作品。既然是文学作品，在史实的基础上加以虚构，那是不应非议的。不然就没有作家的创作思想和艺术形象，历史小说就成了历史材料的复述。这里的关键是，是否在历史的框架内展开虚构，是否违背了历史真实性，也就是历史真实与艺术真实的有机统一。

有关太平公主的史料，除《旧唐书》《新唐书》外，比较集中的是宋人司马光的《资治通鉴》，加上唐人刘肃的《大唐新语》等野史笔记的记载，她的历史面目是比较清晰的。太平公主（约665—713）是唐高宗李治与武则天的小女儿，唐中宗李显与唐睿宗李旦之妹，还是唐玄宗李隆基的姑母，身份高贵。加之她体态丰硕，"方额广颐""沉敏多权略，武后以为类己"，极受父母的宠爱，常要她参与国事。唐高宗时，被要求同吐蕃和亲，因武则天拒绝而未成。先后出嫁薛绍和武攸暨，恩宠有加，富贵无比，私生活糜烂。神龙元年（705）参与政变，诛杀张易之、张昌宗兄弟，恢复唐朝国号，加号镇国太平公主。唐中宗去世后，710年联合临淄王李隆基发动唐隆政变，一举铲除了韦氏集团，拥立唐睿宗李旦复位，晋封万户。然后广树党羽，权倾朝野，趋附其门庭者如市。713年涉嫌谋反，被唐玄宗发兵擒获赐死。

面对如此丰富多彩的历史人物，小说《太平公主》首先把握住了太平公主的灵魂。作者在小说扉页上写道："太平公主的血管里，流动着母亲武则天那极不安分的血液。她小时候的骄横跋扈，出落为成人的凶狠歹毒，野心勃勃觊觎皇位。她不乏心机和才干，也曾在朝廷内外纵横捭阖，风光一时，但宫廷心斗与情感波澜构成了她一生的主色调。"尽管太平公主的性格丰富而复杂，但抓住了她在宫廷斗争中的争权夺位和情感波澜，就抓住了她的灵魂和精髓。

　　宫廷斗争是要讲究智慧和资本的，所以小说也不乏描写太平公主的才智和功绩。她才智过人，"喜权势"，母亲武则天认为她的长相和性格都像自己，常与她商议国事。但武则天在位时，太平公主怕专制的母亲，不敢招揽权势而韬光养晦。这正是她的聪明之处。她洞察宫廷斗争的风云变幻，在唐王朝的关键时刻立了大功。一是与宰相张柬之策划发动兵变，诛杀张易之、张昌宗兄弟。二张本是太平公主喜爱的男宠，后来她献给了自己的母亲。二张本无才学，仅凭年轻而色美的条件，就博得了年老而荒淫的武则天的宠爱，不断加官晋爵。甚至到武则天专制的最后几年，竟把朝廷大权交给了二张，大有取而代之的可能。这时太平公主与宰相张柬之等密谋诛杀了二张，逼迫武则天逊位给太子李显。小说把这次兵变过程中太平公主的参与，写得更加积极主动，是主要策划者，渲染了她的政治智慧。二是参与了消灭韦氏集团的重大行动。唐中宗李显复位后，韦后招权揽事，想学武则天临朝称制，与其女儿安乐公主毒死了唐中宗。此时，太平公主又与相王李旦之子李隆基密谋，发起兵变，一网打尽了韦氏集团，拥立李旦复位，是为唐睿宗。太平公主的两次立功，坚实了她在朝中的地位，享有很高的威望，加封至万户，掌握着朝中实权。

　　但是太平公主的聪明才智和政治谋略，是为她的糜烂生活和想当女皇的目的服务的。正如作者在后记中写到的，他的"笔下没放过太平公主骄横放纵、凶狠毒辣，私生活糜烂混乱、毫无章法的那面，而且是主要方面"。在剪灭韦氏集团的过程中，充分表现了她的凶狠毒辣和政治家气魄。韦后与安乐公主谋反，唯恐太平公主多谋善断。小说第二十一章描写韦氏和女儿毒死中宗后，又以皇上的名义召相王李旦和太平公主入宫，然后把他们软禁在宫里。太平公主大义凛然地说服监门校尉刘平，让其通风报信，并留其佩剑护身。当韦氏提着长剑与太平怒目相对时，太平公主要与她"一对一比试比试"，吓得韦氏不断后退。在太平公主的厉声呼唤下，刘平"手起刀落，立斩韦氏，取了首级，献与相王和太平公主脚下"。安乐公主请求"姑妈饶命"，太平公主一阵数落，摇头示意，几把锄头同时落下，"安乐公主顿时脑浆迸出，死于阶前"。李隆基率兵来助，用目光询问怎么处置上官婉儿时，她也毫不犹豫，示意杀掉，"可怜一缕芳魂变成一道红光，瞬间便消散了"。然后搜索韦氏余党，无论老少一个不留。宫廷斗争如此残忍！

　　唐睿宗李旦复位后，立谁做太子，自己能否取而代之，成了太平公主朝思暮想的首要问题，是她用生命代价也未能解决的问题。《资治通鉴》载，开初"太平公主以太子年少，意颇易之。既而惮其英武，欲更择暗弱者立之，以久其权。数为流言云：太子非长，不当立"。小说第二十二章据此描写，众大臣认为睿宗第三子李隆基在平定韦氏篡位中立了大功，深受众望，当立为太子。理由是"国家安宜先嫡长，国家危宜先有功"。而太平公主担心李隆基英武多才，不易驾驭，极力主张立懦弱的长子李成器；进而对睿宗说，宋王成器是嫡亲长子，仁厚孝道，"自古废长立幼，祸乱之根"。而宋王李成器在父亲第一次登皇位时被封为太子，但太子位还未坐热，武则天就登基了，于是父亲改封皇太子，自己改封皇太孙。那时武则天凶狠异常，做太子太孙都提心吊胆，李成器余悸犹存，所以固辞授太子位；后来又把太平公主教唆他的话全盘告诉了父亲，故而睿宗皇帝定李隆基为太子。

　　为了把李隆基从太子位上拉下来，太平公主结党营私，招揽权势，密谋政变，争夺皇位。这时朝廷有宰相七人，由太平公主推荐的就有五人；她还在朝堂上设座位，隔着紫纱与大臣们共议朝政；甚至通过睿宗皇帝罢免了排在首席和次席的姚崇、宋璟两位宰相，去掉睿宗皇帝的左膀右臂，其势力大大超过了太子李隆基，太子做得十分艰难。小说第二十四章根据《资治通鉴》所载史料描写，天平公主趁天空出现彗星的机会，唆使僧人慧范向睿宗奏道："贫僧夜观天象，西方太微星旁出现一彗星，对帝座有威胁……是少主欲侵帝位之兆。"目的是要皇上废掉太子，给自己留下取而代之的机会。不料太平公主弄巧成拙，唐睿宗顺机把皇位传给了太子李隆基。以后的公主急不可待，姑侄斗争达到了白热化。713年，太平公主发动宫廷政变，密谋废掉唐玄宗，又准备毒死唐玄宗。结果谋反失败，被唐玄宗赐死家中。这就是宫廷斗争的尖锐和残酷，多少王公贵族为那宝座付出了生命！

　　对权势的贪婪与生活的荒淫，往往是联系在一起的。小说在史料的基础上，也生动地描写了太平公主私生活的穷奢极欲与荒淫糜烂。如她在第二次婚姻后，公开包养成群的男宠，丈夫武攸暨死后，更加肆无忌惮；还把自己喜欢的情人送给母亲武则天，以讨得武后的宠爱，博得更高的政治地位。她甚至为男宠崔湜与上官婉儿争风吃醋，崔湜也傍上她做到宰相位置。这就是小说中活生生的"血管里流动着母亲武则天那极不安分的血液"，政治野心勃勃，生活荒淫糜烂的太平公主形象，与历史人物的太平公主是统一的。

再则，小说《太平公主》在史实的框架内展开虚构，使故事情节生动形象，也丰富了人物性格。小说有明确的创作理念，作者在《太平公主》后记中写道："历史小说是小说，小说讲求文学性，虚构、编排、剪裁的分量很重，所以不能当成信史读。只要历史的主线索不混乱，重大历史事件和重要历史人物不错位，所反映的那段历史的时代精神不被歪曲，怎么虚构都无可厚非。"同时又说："但虚构不能太离谱，对已有定评定论、于史有据的重大历史事件和历史人物的虚构，以采取慎重态度为好。"小说正是根据这一创作理念，在历史材料的基础上梳理历史线索，结构故事，描写人物的。重要历史人物和重大历史事件的本质都忠于史实，历史发展线索清楚，读来清新流畅。太平公主生活的从初唐到盛唐转折的几十年，皇权更替相对频繁，宫廷斗争复杂，很有戏剧性，小说描写十分清楚：唐高宗李治—李显—李旦—武则天—中宗李显—睿宗李旦—玄宗李隆基。唐高宗李治死后，太子李显即位，但他刚坐上皇位两个月就被母后废掉；后来母亲（武则天）死后，他又当上了皇帝。睿宗李旦的两次登基更具戏剧性，母后废掉李显后，他当了皇帝，后来母后逼他下台自己当女皇，最后母亲和哥哥都死了，他又当皇帝，而两次登基间的时间相隔长达二十六年。这些都完全忠于历史。

如果《太平公主》完全是对历史故事的复述，那就不是历史小说了。所以作者在史料的基础上通过合理的艺术虚构，再现历史的生活图景，使故事情节更加生动，人物性格更为突出，这正是文学的魅力所在。例如小说第九章对薛怀义死亡的描写就非常有趣。薛怀义本名冯小宝，原是洛阳城里卖狗皮膏药的小货郎。但他生得魁梧高大，先是千金公主之侍女与他有了关系，被公主发现而因祸得福，后来被公主献给了武则天享用。关于他的死亡，史料中有几种说法。一是《资治通鉴》记载，被武攸宁暗杀；二是《旧唐书》上说，被太平公主嘱其乳母张夫人率壮士所杀；三是据李商隐《宜都内人传》，被武则天杀害；四是唐人张垍《控鹤监秘史记》载，被太平公主和武攸宁谋杀。小说则兼采各家史料，展开想象和虚构，写太平公主知道母亲用意后，领旨行事。先是遣使送请帖，邀请薛怀义到公主府上赴宴；然后嘱奶娘张夫人领女保镖布置陷阱，又叫武攸宁派羽林军隐蔽在府内，薛怀义刚进府门就掉进了深坑，数十名女保镖一拥而上把他装进网里。接下来公主才慢慢杖杀他：呵斥他犯了违旨欺君之罪，掌一百嘴巴；上官婉儿宣旨，说他纵火烧明堂，图谋不轨，着令杖杀；叫家丁抬出粪桶，往他嘴里灌粪便；最后公主才拍案叫"执行"，一阵乱棍打死了薛怀义。这些描写既不违背历史本质，又丰富了故事情节，还突出了太平公主的性格。

再如"姑侄斗法"一章的描写中，宰相宋璟、姚崇奏请废黜"斜封官"（韦后和安乐公主等为敛财而封的官员），这对朝廷和即将登皇位的李隆基是十分有利的。但太平公主自始至终参与了"斜封官"之事，从中捞到了不少好处，还培植了个人势力，故而当面阻止。李隆基举出十个理由力证废黜"斜封官"制度，太平公主则举出二十个理由反驳。面对公主的胡搅蛮缠，睿宗皇帝也不好办，做太子的更感到艰难。于是小说虚构了李隆基辞让太子的情节，又增写了宋璟、姚崇、高力士三人设宴请李隆基的四人宴会，席间嬉戏太子的故事，把"姑侄斗法"写得惊心动魄，又余味无穷。

又如太平公主被赐死的情节，《资治通鉴》记载十分简单："太平公主逃入山寺，三日乃出。赐死于家中。"小说第二十五章据此虚构出公主携手崔湜带些细软之物到南山寺躲藏，一眼望去是"太平观"，自知尽头已到，顿时晕了过去。醒来时有满头银发的金道长迎候。原来金道长是太平公主的叔公，于是引出许多往事。公主要叔公指点迷津，叔公要她再次入道，割断尘缘，清心寡欲。公主不甘断绝尘世，更不服李隆基。后来她被羽林军擒获，押回皇宫，被李隆基赐死。死前又有执事太监二桂用金盘托白练相送，二桂还为她讲述了风趣的周穆王得到美女盛姬的故事才安排她上路，死得多么轻松愉快！历史的一点引子，给作者留下了丰富的想象空间，成了丰赡华腴的故事描写。

综上所述，小说《太平公主》创作态度严肃，创作思想明确，重大历史事件和重要历史人物的描写忠于历史本质；同时又在历史的框架内展开想象

和虚构，使故事情节丰富而生动，创造了鲜明而有个性的太平公主形象，达
到了历史真实与艺术真实的有机统一。

参考文献：

[1]司马光《资治通鉴》，上海古籍出版社，1987年5月版。

[2]郑英德等《略论唐太平公主》，《史学月刊》1984年第3期。

[3]孙自筠《太平公主》，华夏出版社，2014年9月版。

60 岁出道写 "公主" 成就《大明宫词》原著

张杰 [1]

在内江文学界，孙自筠是一个不容错过的名字。他是一名教授，在内江师范学院中文系任教 20 年。他还是一名作家，他创作的历史题材小说文笔优美、思想深邃，深受读者喜爱。由于其作品还具有情节丰富、细节丰满等特点，备受影视界青睐。

日前，华西都市报记者联系采访到孙自筠，虽然已经年近 80，但电话中的他，声音洪亮，中气十足，而且态度极其亲切自然，谈论自己喜爱的文学，妙语连珠，滔滔不绝。

谈成就——退休后出道成名

孙自筠 1935 年出生于安徽寿县，抗日战争爆发后，幼小的他随父母来到四川，中年以后在内江教书、生活至今。

"我从小就喜欢读文学作品，对鲁迅、巴金的作品尤为喜爱，另外还爱看《水浒传》《三国演义》等古典小说，对外国探险小说，也是看得津津有味。中学时学写短篇小说，17 岁开始发表作品。"不过孙自筠开始创作让他声名鹊起的长篇历史小说，却是在他退休之后。"写长篇小说是我的一个青春梦，由于种种原因，未能如愿。于是就把全部心血放在教书上。我算是退休后才'出道'的。"1995 年，退休之后的孙自筠全身心地投入到文学创作中，《太

① 张杰，《华西都市报》首席记者。

平公主》《华阳公主》《安乐公主》《万寿公主》等"公主系列"小说及《陈子昂》等作品陆续问世，在国内引起积极反响。

2000年，孙自筠创作的首部长篇历史小说《太平公主》，被著名导演李少红看中，将其改编成37集电视连续剧《大明宫词》，播出后大受欢迎，成为影视剧的经典之作，周迅、归亚蕾、赵文瑄等一批实力演员的精彩演绎，让《太平公主》为更多人所知。

孙自筠回忆说："《太平公主》刚发表不久，就被导演李少红在北京看到，她之后就专门飞到成都，我们在出版社签了改编权合同。"

谈历史——平衡虚构与史实

对于历史题材的小说、影视作品与史料的关系，孙自筠认为："关键是要兼顾平衡，不能偏废。首先，小说、影视跟史料不是一回事，史书不可能记录那么详细，而细节需要想象力。为了艺术感染力、调动读者对文本的兴趣，艺术加工和虚构是很必要的。比如我在《太平公主》中写到太平公主与王维的交往。这种虚构是为增强唐诗文化色彩和分量，并不违背历史的本质真实。

"其次，虽然是文学创作，但是毕竟是依托历史进行创作的，要遵守大致的历史框架和基本脉络。因为通俗文学的受众数量比较多，尤其是青少年，喜欢通过历史小说来获取历史知识。所以文学作品，应该负起这个责任。"

谈创作——钟情"公主"命运

孙自筠的长篇小说创作，多为历史题材。孙自筠这样解释原委："退休后'出道'，文学旧梦得以接着做。此时我年纪也大了，想得很透：写作不能自娱自乐，要争取更多的知音和读者，只有自己看得下去，意义不大。而历史题材小说，就是能让普通读者喜闻乐见的一种题材。"

在诸多历史题材中，孙自筠对"公主"这类人物情有独钟，一连写了4部有关公主题材的小说。

对为何钟情于"公主"，他解释："历代帝王已被人一写再写，名臣显将、文宗巨贾，乃至后妃太监，等等，也早有人涉笔，而公主则相对较少有人着墨。而且，公主是中国历史上最特殊的女性群体，她们的命运与帝国的命运紧紧相连，她们是帝国的明星，也是帝国的利器。她们或为权亡，或为情殇，或为利灭，成为史书上一个个带血的字符，具有悲剧冲突性。写出她们的形、神、魂，对我有很大吸引力。"

孙自筠还表示："公主题材的选择，有一定的趣味性、娱乐性。但是，我并没有忘记作品的文化意蕴、历史价值。我在创作中融入了一个现代人的想法和感悟，在这个意义上，历史题材只是表达的载体和方式。"

谈当下——开始撰写回忆录

2007 年，孙自筠主动拿出赚来的 5 万元稿费，在内江师范学院设立了"孙自筠文学奖"。

这项文学奖，为期 10 年，每年用其中的 5000 元奖励公开发表文学作品的学生。孙自筠说："这些年来，我也挣了点稿费，而退休金让我的生活也有保障，就想尽点自己的力量鼓励学生们创作。"他总是告诉年轻人："不要轻易放弃自己内心的梦想。如果你真的喜欢文学，什么时候开始写作都不算晚。"

提到内江这片土地，孙自筠语气里是满满的感恩，"内江有深厚的文化传统，历史上出过不少文人墨客，文风很盛。今年茅盾文学奖的评委名单中，有两个就是从内江师范中文系毕业的。这种文化氛围对我的文学创作影响很大。内江是我的第二故乡。"虽然已经 70 多岁了，孙自筠的创作精力依然旺盛，去年他还与别人合作写了两部电影剧本——《茶神》和《陆翁情史》，已经立项，预计明年开拍。他还对记者透露，眼下他正在写回忆录，"这一次不写帝王，也不写公主，写我自己。写了这个回忆录之后，可能就封笔了。我们这一代人，一生有很多故事，也有很多感悟，写下来，如果能带给年轻人一些人生的启示，就是我最大的希望。"

刊于《华西都市报》2011.11.8 第 12 版

在历史长河的岸边寻觅奇葩

——记著名作家孙自筠

林大如　　江福全 [1]

阳春三月，繁花似锦。四川内江师范学院教授、著名作家孙自筠创作的长篇历史小说《陈子昂》首发式，在北京香格里拉饭店隆重举行。四川省委书记张学忠发去贺信。

孙自筠 1995 年退休后，以其深厚的文学积累和功底，潜心文学创作，先后出版了《太平公主》《安乐公主》《华阳公主》等六部长篇历史小说及散文集等两百余万字。《陈子昂》是孙自筠教授根据唐朝著名文学家、诗人陈子昂忧国忧民、刚正不阿、有胆有识、敢于直言的可贵精神，经过深入调查研究，孕育和创作出的一部历史小说。

天降横祸　身陷囹圄

说起以公主为题材创作长篇历史小说，对六十七岁的孙自筠，恐怕有的人还感到陌生；如若说起以他的长篇历史小说《太平公主》改编、拍摄的电视连续剧《大明宫词》，知道的人就多了。在退休后才圆了作家梦的孙自筠教授，有着坎坷而又传奇的一生。他在人生起起伏伏中不屈不挠、顽强抗争、乐天知命、处变不惊的可贵品格和精神，就像新疆沙漠贫瘠的土地上生长的其貌不扬、耐干旱、耐盐碱、抗风沙的胡杨林，在采访中深深地感动着我们。

---

[1]　两位作者均系《西南电力报》记者、《四川工人报》特约记者。

1959 年夏季，本应于兰州大学中文系毕业的孙自筠，却没能像他的同学们那样，怀揣派遣证，意气风发地奔赴祖国各地，用他们学习并掌握的科学文化知识，去服务社会，实现他们各自的人生抱负，而是开除党籍、判处徒刑后，押上开往新疆的列车，送到新疆西北的一个劳改农场进行劳动改造。从此，他对新生活的憧憬和万千希望都化为了泡影。

孙自筠苦苦挨过二十年漫漫的冷寂时光，真真切切地感受到人情冷暖、世态炎凉。

艰难困苦　玉汝于成

忽如一夜春风至，1978 年党的十一届三中全会胜利召开，孙自筠的冤案得以平反，被安排在内江师专（现内江师范学院）中文系任教。他扬起新生活的风帆，开始了一个崭新的人生旅程。

孙自筠早在 50 年代就涉足文坛，写些诗歌、散文在校刊或省市报刊上发表。大学读书期间，他就酷爱文学，特别是历史小说。那时，他曾憧憬着未来要当教授、作家或记者，尤其是想做一名《旅行家》杂志的记者，这样既可走南闯北，增长见识，又可抒发自己对祖国大好河山的深切热爱之情。然而，历史与他开了个玩笑，他的文学梦被中断了二十年。

孙自筠被安排到内江师专中文系教书，也是他较为理想的去处。教书可以积累知识，为他今后的创作奠定扎实的基础。在执教期间，他一步步被评上讲师、副教授、教授，任系党支部书记兼副主任，一心一意教书育人。虽然，他自 80 年代以来就发表过小说、散文、评论、传记文学两百万字，先后出版有《中华状元奇闻大观》《戏说文坛十二怪杰》《叱咤影坛十二星》《画坛十二奇人传》《命运交响曲》《论内江十二作家》等，但创作长篇历史小说，一直是他梦寐以求的心愿。

孙自筠还兼任过校图书馆馆长，期间，有机会接触过更多史料，对古今中外名人逸事，有较多的了解，为今后的创作奠定了基础。1995 年退休后，时间充裕了，可以写了。但写什么？孙自筠也曾准备将自己的遭遇创作成小说，但反复思忖掂量后认为，在 80 年代，以张贤亮、丛维熙为代表的一批著名作家，在《绿化树》《牧马人》《我该怎么办？》《蹉跎岁月》等一批中、长篇"伤痕"小说中，已淋漓尽致地作了形象的展示和细致的刻画，自己再怎么写也不可能写出新意来。写历史题材的小说虽然史料记载不多，有些甚至只有干巴巴的几段文字，但从另一方面而言，却给作者留下了广阔的想象和发挥的空间，创作起来就能运用自如，只要在尊重历史的前提下，故事情节、人物都可以加工，任凭自己在文字领域驰骋翱翔。但考虑到历代帝王将相已有人写得不少了，自己要超越很难。写女性？有名望的女性如武则天、慈禧太后已出版过多种版本，要想出新也十分困难；而公主题材小说却很少有人问津。因此，孙自筠经过深思熟虑后决定以几个在历史上有名的、典型的公主为题材，写几部长篇历史小说。

方向有了，从谁着眼下手？客观地讲，历史上比较有名气的公主也不多，有个性、有特点、有名望、有影响的更是寥寥无几。从历史角度讲有较大震撼力的公主中，他感觉有秦始皇的女儿华阳公主，唐朝的太平公主、安乐公主、万寿公主。四位公主时代背景不同，经历也迥异。作为公主身份很特别，她们既是皇室宗亲，但毕竟又要婚嫁，所以她们的落脚点必定是官宦人家。通过描写公主，既可反映宫廷生活的钩心斗角、尔虞我诈、相互倾轧，又可反映她所关联的王公贵族，与民间也有千丝万缕的联系，比较全面。

很巧，90年代初，孙自筠从著名剧作家吴因易写的《唐明皇》电视剧播放中，发现该剧主要以唐玄宗和杨贵妃为重点描写对象，而太平公主在剧中只是作为陪衬被轻轻一笔带过，所以可挖掘的空间很大。

老骥伏枥　志在千里

1996年，孙自筠的长篇历史小说《太平公主》脱稿，次年，由四川人民出版社出版。北京电影制片厂以《大明宫词》为名改编为电视连续剧，2000年3月在全国热播。二十九万字的《太平公主》以唐王朝广阔的社会画面和宫廷生活为背景，对太平公主的一生，在政治斗争和生活经历中的反复进退、起落演变作了细致的描述。

作为主人公的太平公主其实一生不太平，她的血管里流动的是她那极不安分的母亲武则天的血液。从小她就骄横放纵，长大后更变得凶狠毒辣，野心勃勃地觊觎着那高高在上的皇位，梦想像她母亲那样登上御座，君临天下。

然而，她却以悲剧的结局而告终，最后剩下的，竟是一个不完整的男人送她上路，终年五十二岁。

《太平公主》出版之后，孙自筠一发不可收，又陆续创作出了《安乐公主》、《万寿公主》和《华阳公主》；又同吴因易合作写了电视连续剧《风云报恩寺》，并于 2002 年 7 月完成了长篇历史小说《陈子昂》的创作。

谈到写长篇历史小说《陈子昂》的缘由时，孙自筠告诉我们，早在创作《太平公主》和《安乐公主》两部长篇小说时，就查阅了不少文字资料。其中在《资治通鉴》的武则天垂拱元年（公元 685 年）至万岁通天元年（公元 696）的十年间，竟发现有关陈子昂上书武则天的记载六处共两千余字，而该书记载这十年史实的总数为四万余字。也就是说，司马光用了写这段历史的二十分之一的篇幅来写陈子昂。究竟是什么原因让司马光如此看重这位低品级的麟台正字（仅七品官），在自己奉旨修撰的《资治通鉴》里给了他如此崇高的地位呢？难道仅仅因为陈子昂是位历史上有名的伟大诗人吗？显然不是。透过《资治通鉴》中的陈子昂六次上书武则天的那些文字可知，原来，司马光在褒扬一种历史精神，一种文人忧国忧民、刚正不阿、有胆有识、敢于直言的可贵品格。司马光坚持以史为据，秉笔直书，不因陈子昂官职卑微而无视他的历史贡献——而这，也正是司马光人格的可贵之处。

应当说，陈子昂不仅是一位伟大的诗人、文学家，而且是一位伟大的政治家。他给武则天上疏的建议和意见，对中唐政治、经济、军事等诸多方面产生过重大影响。然而，陈子昂这位才华横溢，能享受无数大臣所不能享受的被武则天单独召见入宫的待遇，却又不能委以重任，任官 20 年，仍然是个低品级的右拾遗，而且，还被牵连关进监狱，几乎丢掉性命。令人不可思议的是，以铁腕手段治理臣民著称的武则天，竟然能容忍陈子昂多次尖锐激烈冒犯龙颜的言辞而不予追究；在以治乱施酷刑，用杀戮手段对付异己，将淫威建立在无数白骨之上的酷吏周兴、来俊臣多次意欲加罪陈子昂时，武则天都予以保护使其免遭祸害，各种缘由真是一个奇迹——这，正是孙自筠萌发写《陈子昂》的最初动因。

可以说，孙自筠写《陈子昂》，不是用笔，而是用热血、用生命在谱写陈子昂的悲歌。如今不仅二十九万字的长篇历史小说《陈子昂》公开发行了，而且，据悉几家企业争相独家或共同投资拍摄成电视连续剧，以飨读者和观众。

老骥伏枥，志在千里；烈士暮年，壮心不已。

孙自筠又一部长篇历史小说的创作提纲已经拟就，也许不用多长时间就会付梓面世。

刊于《教育导报》2003.5.9 第 4 版

●"文痴"孙自筠

兰自涛　杨诚　周兴全

　　根据长篇历史小说《太平公主》改编，由著名演员陈红主演的 40 集大型电视连续剧《大明宫词》，日前已封镜。这部电视连续剧以唐王朝广阔的社会画面和宫廷生活为背景，对太平公主一生在政治斗争和生活经历中的反复进退、演变作了细致的描述，具有丰富的历史内涵和文化特色，与正在拍摄的《文成公主》《高阳公主》相呼相应，大有"三公主"瓜分 1999 电视界之势，而这部电视连续剧的原著《太平公主》的作者就是四川省内江师范高等专科学校教授孙自筠。

满怀沧桑入文坛

　　孙自筠是安徽寿县人，出生于 1935 年，抗日战争时期举家迁至四川万县。孙自筠读中学的时候，爱上了历史和文学书籍，经常是一捧起书本就忘记了回家，忘记了吃饭。后来，书看得多了，孙自筠年轻的心骚动起来。别人写的作品这样有吸引力，我为什么不可以写点呢？年轻人说干就干，孙自筠凭借着"初生牛犊不怕虎"的劲头，开始了他的写作生涯，没想到一写就是四十几年。

　　1953 年是孙自筠最难忘的一年。就在这年的春天，他的一篇散文作品在《万县日报》上发表了。当时他年仅 18 岁，在万县市政府担任团总支副书记。收到样报的第一天，孙自筠控制不住内心的激动，一路小跑回到宿舍，反反复复看了十几遍。虽然这只不过是篇不足 800 字的豆腐块，但对于当时正处于创作激情中的孙自筠来说，这是一种多么大的动力啊！

1955 年，大学在干部中招生。孙自筠正为自己理论知识贫乏给创作带来的困难深感烦恼，于是，毅然放弃了一帆风顺的仕途，考进兰州大学中文系做了一名普通学生。在大学里，孙自筠倾其心力艰苦探索，对中外古今文学史的系统学习，奠定了其写作基础。临近毕业，孙自筠满怀壮志，正准备在文海中大展身手时，做梦也没想到，一夜之间竟从大学生变成了囚犯。孙自筠的内心痛苦至极，产生过多次万念俱灰的念头，但想到自己钟爱的文学事业尚未开花结果，他又咬紧牙关硬撑着，他安慰自己说："黑暗只是暂时的，光明最终会到来。"是的，光明最终是会到来的。1979 年，孙自筠的冤案得以平反，组织上安置他到内江师范高等专科学校执教。那段沧桑的人生经历让他对生活的感触特别深刻，他拿起笔诉说自己的悲欢苦乐以及对社会的种种复杂的感知和体会。

钟情"公主"不言悔

孙自筠的案头整整齐齐地摆放着一摞书籍，计有 16 册，这就是孙自筠近 7 年来用心血和汗水换来的累累硕果。

一个业余爱好者，7 年，16 册书，260 余万字，这很难让人相信是事实，可孙自筠做到了。熟悉孙自筠的人都知道他写起文章不要命，是有名的"文痴"。他常常灵感一来，就全身心地投入创作。1993 年编写《中华状元奇闻大观》一书多是在晚上，一晚上又总要起床好几次，害得妻子难以安眠，孙自筠的心里非常愧疚，干脆定做了一张小床，住进了书房。在孙自筠的作品中，《太平公主》是他较为满意的一部。早在 1980 年，他就研究了大量有关唐代人物民风、民俗的史籍。他认为，唐代在中国历史上非常强盛，文化氛围极浓，名人也多，很值得深入发掘。1995 年，中央电视台播放了大型电视连续剧《武则天》，孙自筠对其中的太平公主产生了浓厚的兴趣，他觉得太平公主很有个性，在历史上也有较大的争议，完全有单独写一写的价值，而古人和今人写唐代的人物，大多是从政治和历史角度去反映，从文化角度反映的甚是鲜见，他决心从后者入手，好好地把太平公主写写。于是，孙自筠立即着手清理思绪，查阅资料，开始创作。

为了塑造好太平公主"刁蛮、残酷、深沉、可怜"的人物形象，孙自筠把全部精力都集中在创作上，经常数日足不出户。有一天，他妻子叫他吃饭，过了许久也未见动静，走进书房看，他正手舞足蹈地喃喃自语。原来他已进入书中角色。《太平公主》半年后即成功完稿了。

有投入就有收获。1997年，《太平公主》由四川人民出版社出版，北京电影制片厂也根据其内容改编为电视连续剧《大明宫词》。

"我想我这一辈子都不会放弃文学创作的。"说这话的时候，孙自筠已开始构思另一部描写唐代万寿公主的长篇历史小说。

《四川日报》1999.3.5 第 12 版

《大明宫词》原著作者 20 年笔耕"公主情"

张杰①

1995 年，60 岁的孙自筠从内江师专（现内江师范学院）退休后，他捡起自己年轻时因种种而未能实现的文学梦想，心无旁骛，专注文学创作，写出《太平公主》《万寿公主》《安乐公主》《华阳公主》《陈子昂》等多部历史题材小说。其中《太平公主》于 1998 年被著名导演李少红看中，将之改编成电视剧《大明宫词》。

2018 年 2 月，大病初愈的孙自筠，又新出版了两本由他主笔与人合著的长篇历史小说《黄巢》《文天祥》。83 岁的他，发现自己的视力因病受到很大损害，精神也大不如前。他告诉《华西都市报》封面新闻记者："我还想再写小说，但很可能心有余而力不足了。"有文学梦的人很多，但梦能实现的人，却是少数。孙自筠是少数中的一位。坎坷的命运曾把他拒之文学梦门之外，但他靠着热爱和勤勉又奋力敲开了这扇关上的门。

痴迷读书——文学成了奢侈的梦

孙自筠出生在安徽，抗日战争的火舌蔓延开来，父母带着他一同辗转去到四川万县避难。他自此植根于蜀地，在这里成长，并爱上了文学。小时候的孙自筠几乎是有书就看，捧起一本就是废寝忘食的架势，读得多了，他萌生出写小说的文学梦。1950 年，还在念高中的孙自筠跟随号召，直接参

---

① 张杰，《华西都市报》首席记者。

加工作，成了一名政府工作人员。在工作之余，他没有放弃自己的文学心。他坚持写作，给报社投稿，那份初心在胸口的跳动随着他每有所成便愈发激烈。

1955年，孙自筠奔着文学梦，考入兰州大学。他本可以选择南方的学校，但因为偏爱那一份"大漠孤烟直，长河落日圆"的豪迈与苍凉，孙自筠把自己放到西北，埋头苦读。走进大学校园里的孙自筠，如获甘霖。墨香环绕其身，快意非常。然而，动荡的时代同他开了一个玩笑，孙自筠因故没能读完大学。现实将他与文学之间划开一条长长的鸿沟。他在这边背朝青天忙忙碌碌，理想在那边风雨飘摇浮浮沉沉。"写长篇小说是我一个青春梦，因受制于我处的时代，那只能是一个奢侈的梦，故而两手空空，一无所获。"

当改革开放的春风吹来，孙自筠得以回到蜀地，在内江师专开始他为期20年的任教生涯。他给学生讲文学，讲历史，还担任过学校图书馆的馆长。繁忙的工作生活让孙自筠无暇顾及文学梦想。

太平公主——李少红拍成《大明宫词》

1995年电视连续剧《武则天》播出，非常火爆。作为观众的孙自筠，对其中的太平公主这个人物，产生了浓厚的研究兴趣。埋在心底多年的写长篇小说的想法，终于要破土出芽了。"我觉得'公主'这类人物，很有写头。公主是中国历史上最特殊的女孩，她们往往在历史长河中扮演着重要角色，她们的命运与帝国的命运紧紧相连。她们是帝国的明星，也是帝国的利器。她们能展现宫廷生活的丰富色彩，比帝王更贴近民间的真实风貌。但她们恰恰是最容易被史书忽略的。但这也正好让文学可以有充分发挥的空间。"

在查阅大量史书资料后，孙自筠动手了。写出公主的神与形，写出公主的灵魂，成了孙自筠写作的强大心理动力。多年积累的文学能量喷薄而出。他仅用了半年，便拿出了自己的第一部长篇小说《太平公主》。

1997年7月，《太平公主》由四川人民出版社出版后，引起了很多读者的关注。身在北京的李少红导演，专门联系到孙自筠，表示要把这部小说拍成电视剧。20年后，孙自筠对《华西都市报》封面新闻记者回忆这件事："李少红导演派制片人李小婉和一个律师到四川来找我，我们在四川人民出版社附近的茶馆谈这个事儿，当时他们就想买小说的改编版权。这是我第一本书，当天就定下了。"著作改编权被买下后，李少红将自己的审美和抱负融入《太平公主》中，大刀阔斧地把太平塑造成为一个几乎正面的角色，又添加进西方戏剧的台词风格和悲剧冲突，最终就是呈现给观众的令人印象深刻的《大明宫词》。

尊重历史——用公主的眼睛探究宫廷

历史与文学，关系非常密切。怎么将真实融入虚构，形成艺术作品，需要高超的技艺。不同的作家，有不同的实践和观点。孙自筠的感悟是："只要历史的主线不混乱，重大历史事件和重要历史人物不错位，所反映的时代精神不被歪曲，怎么进行虚构，都是可以的。"

历史题材小说，如果没有足够的文学素养，容易写成宫闱秘史路数的低俗作品。作为一名大学教授，孙自筠把纯文学的叙述方法融进了历史题材小说的创作，很好地规避了这个问题。在"公主系列"的小说创作中，孙自筠从历史那里充分汲取来材料，并在此基础上，展开丰富想象探究公主的命运轨迹。虽然是在写公主的一生，但其实是他用公主的眼睛，去窥视包裹在宫廷内外的神秘面纱，从公主的成长史中层层揭开帝国内外的重重帷幕，从日常生活语境的生活层面，去挖掘和还原更大层面的历史语境现状。

青年时代，遭遇坎坷。孙自筠想以自己的经历为基础写小说，但"生病已经让我没有足够精力了"。但他并不特别遗憾，"我写的历史题材小说，虽然没有一个字是在写我自己，但却句句都有我自己的影子。我相信，无论古代还是现代人心都是相通的"。

因为是退休以后才开始写，"出道晚"让孙自筠非常谦虚。与孙自筠交谈时，从他温和的神态和澄澈的眸光中就能感受到。他会担心自己写不过别人，会担心自己写出来没人看。退休20年，出版10多本历史小说和理论研究著作。孙自筠对自己的成绩，是感到满意的。"就我的体验来说，退休后写作这20年，比之前工作的40年，带给我的收获更大。一个作家，一辈子未必能写出 10 本书，我虽然写得不好，但我总是写出来了，我的劳动是有收获的。我也兑现了我幼年时的文学梦。"

刊于《华西都市报》2018.7.1 第 7 版

花影淡逸阅一生，两卷诗书传精神

——孙自筠教授访谈

胡沁　朱红燕

　　今年2月，华夏出版社出版了孙自筠教授与人合作创作的两本新书《文天祥》《黄巢》。早已是我校的名人的孙教授，曾著《太平公主》《万寿公主》《陈子昂》等历史小说，主编《红枫叶》《十七岁的琴弦》《相思的红飘带》等散文集。如今已83岁高龄的他，仍坚持写作，为我们带来一个个鲜活的历史人物的传奇故事。在"世界读书日"来临之际，我们有幸与孙教授对话，一同走进他与黄巢、文天祥的故事。

艺术与史实

　　说起孙老与黄巢的故事，还需追溯到13年前。2005年，制片人王平先生拿出一沓关于黄巢农民起义的材料，邀孙教授任电视剧编剧。因考虑到题材重大，为慎重起见，双方商议后决定先写出小说。两年后的2007年，一本专门讲述农民起义领袖黄巢的长篇历史小说《残阳如血》最终定稿并出版。

　　《黄巢》《文天祥》两部小说能同时于今年2月出版，是在一定的机缘巧合下促成的。2015年，华夏出版社在出版孙教授的"公主系列"后，希望能以两年为期，邀请孙教授创作出《黄巢》与《文天祥》两部历史小说。然而创作是一个漫长的过程，两年时间完成两本书的创作是件不容易的事。巧合的是孙教授此前的著作《残阳如血》正是讲述黄巢的故事。于是，孙教授在与华夏出版社商议后，决定在《残阳如血》原稿的基础上修订再出版。因工程量大，最终修订的工作由孙自筠教授与高卫红教授共同完成。

在完成《黄巢》的修订工作后，孙教授又投入到《文天祥》的创作中。创作离不开阅读，同样也离不开阅历。83岁高龄的孙老为了能创作出一个"与众不同"的文天祥，不仅查阅了大量资料，还不辞劳苦前往深圳文天祥纪念馆、文天祥纪念公园采风，去深圳乡下南宋末帝赵昺墓前、大海中伶仃洋上，追怀往昔，沉思默哀。越过漫长的历史，感受文天祥，祭拜文天祥。孙教授表示，想写好历史小说不能只读正史，很多有趣的细节和震撼灵魂的故事还得要在野史或民间资料中去搜寻。

历史剧取材于历史但不等同于历史，历史是科学，历史剧是文学。在孙教授的两本小说中，黄巢与文天祥的个人经历、性格特征和后世评价，都是坚持在史学定评的基础上进行艺术再创造。文中虽有虚构，但无论从艺术规则，还是从时代条件看，都具有生活依据，孙教授竭尽全力尽可能地做到了历史真实与艺术真实的契合统一。

肉体与精神

小说《黄巢》以黄巢起义的时代背景叙写了黄巢、王仙芝、朱温、李儇、田令孜等主要人物的个人经历和个性特征，并以历史评价为依据，在史学定评的基础上进行了艺术的演绎，虚构了孟雪娘、庞英等人物，以及鱼玄机与皮日休、司空图的精彩人生和爱情纠葛，描述了黄巢的政治理想和战略，义军南征北战的重要战斗等，展现了一幅波澜壮阔的历史画卷，再现了当时的历史走势的波谲云诡激昂悲壮。

《文天祥》则呈现的是位为挽救国家危亡挺身而出的民族英雄。一个被冷落的状元，不计前嫌临危受命，拼却性命力挽狂澜，深知不可为而为，天塌地陷一人担。民族危亡时，他毁家纾国、募兵勤王，却被当权投降派排斥牵制，受尽刁难。宋亡以后，他仍在战斗，一身浩然正气，即使被俘也拒绝高官厚禄引诱，受尽折磨摧残宁死不降，为挽救大宋竭尽最后的忠诚。他的从容赴死，是一道照亮历史的绚丽夺目的彩虹，是一张中华民族宁折不弯的精神名片，是一柱刻度鲜亮的人格标杆，使任何丑恶和卑劣在"文天祥"三个字面前无地自容无处逃遁，而使真正的血性男儿精神振奋热血沸腾，接过他遗留的火种点燃自己并代代薪火相传。

两部作品均向我们展示了那个国家倾覆、山河飘零的时代下两个截然不同英雄的命运。他们的肉体已殒，但关心民族危亡、心忧天下的民族精神始终影响着后世。

读书与人生

在孙老的书房里，最吸引眼球的是一墙壁的书籍。退休后的孙教授，思考不止，笔耕不辍。为鼓励我校青年学子积极进行文学创作，他还用自己的稿费5万元设立"孙自筠文学奖"，奖励我校公开发表文学作品的学生，自2011年起已有7年。

青春如此短暂，四年时光如梭，唯有阅读能更好地记录时光。孙老不断强调，年轻人要多读书，要把握好在学校里的时光，多进图书馆，去丰富自己。他认为自己最快乐的时光，便是在图书馆里畅读诗书之时。他说，自己的一生从未离开过书，年轻时的他，读书；中年时的他，教书；退休时的他，写书。在"世界读书日"来临之际，这样一位与书不离不弃的老人对同学们温情寄语："多读书、多经历、多体验，阅读是没有捷径可走的。"

刊于《内江师院报》2018.5（第2版）

《陈子昂》：一本"有味道"的书

林璐　徐梦琦

十三年前的三月，孙自筠教授的长篇历史小说《陈子昂》在北京首发。十三年后的三月，学子们重又捧起这本《陈子昂》，走近"一代文宗"的坎坷人生，聆听耄耋教授谈诗和远方……

玉少爷做出一脸无赖的笑，露出两个尖尖的虎牙说："你怕认错了人啊，我们好久摘了你的莲蓬啊。"说罢，又嘻嘻一笑，一头钻进水里，好久都没露出头来。

疤疤二叔把这两个"小杂种"无可奈何，叹口气，仍回到黄桷树的椅上坐定，只是目光死死盯着那两个光屁股。可是那只小黄狗不太识时务，没有随着他的主人撤退，仍站在塘边向两个光屁股汪汪乱叫。玉少爷一头汆入水中，摸了一把稀泥，向那黄狗甩去。只听那黄狗变了调似的尖叫着，夹着尾巴朝黄桷树下逃去，又是抖又是舔，那污泥雨点般向疤疤二叔身上洒去，气得疤疤二叔向那狗大喝一声："滚远点！"

小黄狗倒是被疤疤二叔轰走了，但荷塘里那两个光屁股孩子却无一点走的意思，他们一会儿钻进水里摸只螃蟹，逮条黄鳝，一会儿爬上岸边打打闹闹，还爬上树去摸鸟蛋。直到太阳落坡时，两个小捣蛋才穿上裤子，一路唱着回到对面弯弯的陈家大院里……

（孙自筠《陈子昂》第一章《山野顽童》节选）

初读《陈子昂》开头那几篇，或许你很难将这个光着屁股，在荷塘里偷莲蓬、挖泥巴的"玉少爷"，与那站在幽州城的高楼上含泪吟咏"前不见古人，后不见来者。念天地之悠悠，独怆然而涕下"的陈子昂联系在一起。但在作者孙自筠的笔下，幼年时的陈子昂就是这样一个调皮捣蛋的山野顽童。

《陈子昂》是孙自筠教授创作的长篇历史小说：2003 年 3 月在北京举办了首发式，时任四川省人大常委会副主任席义方出席、四川省委书记张学忠写信祝贺，央视西部频道、北京电视台、《四川日报》、四川《作家文汇》、四川《党的建设》等均有报道，有的还附有长篇评论。

小说从陈子昂的童年写起，直至四十二岁死于射洪狱中，完整地勾画了陈子昂一生的生命足迹。从童年到少年，陈子昂浑身上下充满了山里孩子的野性，爬树摘果，下塘偷莲蓬，专干恶作剧的勾当，即便到了县城正规学堂，仍伙同好友赵包下河滚澡，进赌场"射覆"。然而突如其来的一些事儿搅醒了陈子昂的混沌梦。先是治学有方的孟五车老师被莫须有的谋反案整得九死一生面目全非被迫逃亡江湖对他的打击，后是因牵涉太子谋反案而逃亡隐匿的朝臣程仁宽的悲凉命运对他的刺激。而对他影响最直接的还有射洪县县令对他家明目张胆的敲诈，国子监同学姜阳父子的不幸以及他所尊敬的魏元忠大人身不由己变幻莫测的官场生涯……

苦涩：历经孤独怆伤

人们常说作家的创作都带着自身经历的烙印，《陈子昂》这本书中陈子昂幼时的淘气，青年时期的奋发，踏入仕途的起落荣厚，也投射着孙自筠的人生。

1955 年孙自筠放弃了到北京工学院学习热门专业的机会，怀着浪漫诗人的情怀选择，他去到了大西北，在兰州大学中文系做一名普通学生。但他的生活并没有沿着大学生这个身份一帆风顺下去。当时，孙自筠在农村目睹了农民生活的艰难困苦，他决定写信向上面反映。一夜之间，他便从大学生沦为了囚犯。然而怀揣着文学梦的他又怎甘愿从此被困在那间小小的监狱里？那时的孙自筠不是没有过万念俱灰的时候，但一想到自己钟爱的文学事业就咬牙坚持下来了。1978 年，孙自筠落实政策被安置在原内江师专中文系任教，他扬起新生活风帆，开始了一段崭新的人生旅程。

在这期间不是没有更好的机会供他选择，而是对这片土地的情感让孙自筠最终选择一直留在内江。"我们那时不像现在的年轻人热衷于追求自由。一辈子可能就一份工作，一个岗位。生活的时间久了，对这里有了感情，也就舍不得走了。"孙老笑着说道。

甜蜜：情系文学梦想

受人之邀是孙自筠写作《陈子昂》这本书的原因之一。把陈子昂的伟大与豪壮形象化、具体化、人性化，让其成为一个走下学术论坛、走出历史帷幕的鲜活的陈子昂，让其成为一个可以感受触摸，可以交流沟通的可亲可敬可爱的文学形象——这些在读完孙自筠的《陈子昂》后全都变为了现实。

在孙老创作《太平公主》和《安乐公主》两部长篇小说时，查阅了不少唐史资料。"其中《资治通鉴》的武则天垂拱元年（公元 685 年）至万岁通天元年（公元 696 年）的十年间，有关陈子昂上书武则天的记载六处共两千余字。而《资治通鉴》记载的这十年史实的总数为四万余字。"司马光为什么会用这段历史的十分之一来写陈子昂？细读《资治通鉴》陈子昂上书武则天的内容后，一个疑惑上了孙自筠的心头：为何以铁腕手段治理臣民著称的武则天竟容忍了陈子昂那些尖锐激烈冒犯天颜的言辞而不予追究，甚至还主动召他入宫问政？这对惯于用杀戮手段对付臣下的武则天来说不能不是个奇迹。这便是孙自筠萌发写陈子昂的最初动因。

当然更多的还是因为他对于历史、文学的喜爱。孙自筠自幼好读书，中学时代便爱上了历史和文学书籍。那时，他怀着一颗"出名要趁早"的心，为自己的人生绘好了蓝图——做一名作家，让自己的作品传世后人。进入大学后，孙自筠常常看书至深夜，寝室熄灯后，他就坐在走廊里，借着灯光看。从那时起，他开始与外国文学结缘，《安娜·卡列尼娜》《钢铁是怎样炼成的》《牛虻》等世界经典，让孙自筠宛如走进另一番世界。"看了这些作品，我的眼界和心胸都变宽了，整个人好像因为文学而突然间崇高了。"他回忆说。

而在我校任职期间，孙自筠曾兼任图书馆馆长一职，期间有机会接触很多史料，就连有些不能外借的书他也有机会一读，故而对历代名人逸事有较多的了解和研究。"有的书要经过馆长签字才能外借。我就是图书馆馆长，给自己批了就是。所以有机会看到很多珍贵的书。"孙老笑道，与其说是"以权谋私"，倒不如说是乐在其中。这为他日后的文学创作奠定了基础。

1995年，60岁的孙自筠正式从教师岗位上退休，退休后的他便全身心地投入文学创作。"全身心投入写作的20年，我的收获远大于前半辈子的40年。"孙自筠说："创作时的灵感很重要，往往灵感只存在那一瞬间，放太久情绪就没有了，有时候灵感来了或是想起来了就马上随手找个纸片记下来。"稍纵即逝的灵感，就是这样被孙老抓住的。

孙自筠说："把文学当作一门兴趣，这会让你终生受用。文学就像是一段生活经历，精彩的部分就像是生活中的笑话。其实生活中没有那么多笑话，更多的倒是苦涩。然而你可以把它改造成笑话并写出来，不就会吸引人来看了？"

酸辣：艺术真实与文学商品化

> "可是你的脚也出血了。"米杂皮指着她的脚后跟处的一条深深的口子，鲜红的血，从那里渗出来，她偏过头看看，笑笑说："不咋地。"说着，手伸进怀里，摸出个小布包，打开，取出针线，弯下腰去，一手挤紧那条口子，一手使针，像缝衣服似的把那道口子缝住。然后又从布包里取出一块肉，向他扬一扬说："野猪油。"便把它按在缝合处一阵揉擦。
>
> （孙自筠《陈子昂》第九章《荒山野合》节选）

孙自筠说："结合自己经历所创作的部分连他生活的百分之一都不到"他笔下的历史人物，离现在的生活太远，"许多历史细节早已淹没，通过合理的艺术虚构再现当时活生生的生活图景，是文学艺术家用以还原、丰富和表现历史的手段。"而他丰富的生活经历也给他的创作提供了大量的素材，"陈子昂小时候和娃娃们偷柿子，把青硬苦涩的柿子放在荷塘里沤熟，就是我小时候的亲身经历。"孙自筠说，书中陈子昂幼年在农村的经历就是自己经历过的故事，而选段中"她"对脚上伤口的处理办法，也正是孙自筠年轻时在滇缅公路上的目睹。

"写历史小说，对历史的尊重应当放在首位。笔下的重要历史人物和重大历史事件不能离有定论的信史真实太远。翻案的文章可以做，但总要有些依据。"历史性题材的创作离不开真实性，但历史小说也并非只是正史。孙自筠说："陈子昂这一人物的创作有一半以上是有历史依据的，这是通过查阅史料才能完成的，可小说还属于文学作品，也可以存在虚构的成分，但必须是合理的虚构，虽然与历史的真实有距离但符合艺术的真实。"

在孙自筠的笔下，几位与陈子昂一生命运紧密相连的女性形象的成功塑造也充实了陈子昂的精神品格和情感世界。酿酒女小乔，外表美丽，内心热情刚烈，她只求爱情不要名分，无怨无悔地爱着陈子昂；采桑女桑容，英勇坚强，由一个克夫克公婆的寡妇变成了武则天身边的红人，默默无闻却又热烈地爱着陈子昂，时刻为他化解风险；妻子郑丽丽，贤惠体贴，宽容大度，一心为家，扮演着封建社会完美妻子的形象……这些个充满生命力的女性人物形象的成功塑造，归因于和同学们的日常交流和观察。"上课讲小说，对我的文学创作帮助很大"，他说。

1999 年在《太平公主》被拍成电视剧《大明宫词》引起热议后，《太平公主》曾一度成为当时的畅销书。影视让书更加畅销，这点孙自筠看在眼里。他不否认文学商品化，但他坚信文学不会因为商品化而消失，而电影、电视也是文学的一种形式。孙自筠说：《陈子昂》是继四本'公主系列'后又一部历史人物传记。我是赶上了历史题材的'最后一班车'。"但不管是《陈子昂》，还是四个"公主系列"，孙自筠说，"都不单单是在写故事，还有对人性的叩问。"

咸宜：写尽生活百般味

著名文艺理论家阎纲曾为《陈子昂》写下一篇"引人入胜非戏说"的评

论："写作《陈子昂》孙自筠发挥了他极富想象力的才能。他把历史的、平面的、陌生的陈子昂生活化、立体化、心灵化，你读了以后十分了解他，从而非常同情他。蚕姐姐桑容形象的创造十分高明，通过她不但写活了陈子昂，而且写活了武则天。至于武则天，智慧而狠毒，她'纳谏'，陈子昂敢于犯颜的假戏真做，以及'看重''传达'骆宾王《代李敬业传檄天下文》。同时对李敬业'早已做了部署'的一场戏，作者写来入木三分同时游刃有余，穷形尽相但是合情合理，端的是'真作假来假亦真'而绝非空穴来风。有史实，有性格，有心绪，有景物，有细节，有韵致，有风骨，有气势，有文采，就像陈子昂本人的诗作那样。我真佩服孙自筠，佩服他的想象力，竟然把史料奇缺的陈子昂演绎成好看耐读的诗人传记，一部正经八百的历史小说。小说《陈子昂》不愧是《登幽州台歌》最具权威性的注释，它使这首如《离骚》一样被千古传唱的慷慨悲歌变得如此之动人，以至于刻骨铭心。这就是成功。"

我校范长江新闻学院的高卫红教授，是孙自筠的学生。她在谈到老师的这部作品时说道："运用冷峻而又轻松舒缓的语调，长篇历史小说《陈子昂》的作者孙自筠为我们描绘了一幅武则天时代中国文人的生存画卷。画面是如此的惊心动魄跌宕起伏，然而又是如此朴实自然意境悠远。作者以一种原生态的方式将一代诗人陈子昂四十几年人生历程的起落荣辱，融入风云突变的政治背景和大唐文化的演变中，以鲜活的故事再现鲜活的生命。文中的每一段文字似乎都染上了诗人漂泊命运的汁液，让人情不自禁随着作者的笔履追觅诗人形象背后的蕴意。而文中随时可见的川南生活细节，又可见孙老采风时的细腻。"

刊于《内江师院报》2016.4.1 第 2 版

40年桃李春风，80岁笔耕不辍

——记第三届内江市敬业奉献模范孙自筠

龙朝阳 [①]

40年来为学生发表文章无数

虽已退休多年，孙自筠和老伴仍一直住在内江师范学院东区教工宿舍楼，用他的话说："离学生近点，自己就和没退休一样。"

孙自筠并不是土生土长的内江人。1935年，他出生于安徽寿县，5岁左右时为了躲避战乱，随家人举家迁到了四川万县生活，后考上兰州大学中文系。1978年，已年过40岁的孙自筠被安置在原内江师专中文系任教，自此，他就在内江扎下了根。

孙自筠主要教授现当代文学，同时也上一些写作课。虽然大学毕业已久，但他一直没有放弃学习，在困境面前，书籍成为他的精神食粮，"只要有书，我就想找来看。"也正因为这样，他上起课来一点都不含糊，知识渊博、语言风趣的他深受学生喜爱，而他自己也从中得到许多快乐。

由于喜爱写作，在校任教期间，孙自筠就在各大杂志、报纸等平台上发表了不少文章，包括论文以及散文、诗歌和小说等，收到不错的反响。他的一些作品受到出版社的青睐，纷纷向他发出邀请，请他帮忙编写书籍。

在平时的教学过程中，孙自筠十分注重培养学生的写作能力，经常给学

---

① 龙朝阳，《内江日报》记者。

生布置写作任务，并指导他们修改、润色。在他的指导下，不少学生写出了一些不错的文章。孙自筠便思考着找一个平台，把学生们的作品发表出来，让更多的人看到。而出版社就是不错的选择。

在孙自筠家的书房，硕大的书柜中藏书上千册，其中有块区域被用来专门放置他的著作和他主持参与编写的书籍。《十七岁的琴弦》《妙龄私语》《十八岁的男孩》……洋溢着浓浓青春气息的青少年读物，被整齐地陈列在一起。"这就是学生们写的文章。"孙自筠随手翻开一本书，里面大大小小的文章上百篇，散文、诗歌、小说都有，字数最多几千，最少的只有几十几百字。每一篇文章的顶部几乎都有一个不一样的名字，学生们将自己的情感通过文字抒发出来，经过孙老师的指导和修改，便成为书籍中的文章。

这样的书籍在孙自筠的书柜里有十多本，每一本几乎都由他主编，有的还写了激情昂扬语言活泼的《序》。大多学生交了作文后便以为完成了任务，当数月后，小作者们从孙老师手中接过出版的新书和稿费时，他们才知道，原来自己的文章也能够印成铅字出版挣钱，这极大地刺激了学生们的创作欲望。

虽然孙自筠现已退休 20 多年，但是为学生发表文章的传统却一直持续着没有结束，许多毕业多年的学生仍然与孙老合作出书。40 年来，孙自筠的学生遍布全国各地，有的当了老师，有的走上了仕途，有的经商成了老板，也有的和他一样成为作家。在各自的工作岗位上干出了一番成绩的他们，可能自己都忘记了自己有多少文章被装订成书出版，但在孙自筠的书柜里，每一个名字都被记录了下来。

醉心文学创作
退休后著成《太平公主》

孙自筠出生于一个书香家庭，父亲是医生，母亲是教师。"长辈们买来书，他们看完了我就拿来看。"受家庭环境的熏陶，孙自筠从小就喜欢读书，中国历代名著、传奇野史，以及国外经典，都有涉猎。

15 岁左右，孙自筠就开始醉心于文学创作，17 岁时，他的文章在《万县日报》上发表。拿到刊载自己"处女作"的报纸后，当天晚上，孙自筠打着打电筒，读了一遍又一遍。

在孙自筠的身上，文人的洒脱和自由情怀体现得淋漓尽致。他说，自己的第一志愿其实是想要做记者，每天去见识不同的人和事，并用自己的纸笔将其记录下来。1955 年，他放弃到北京工学院学习热门专业的机会，考入了兰州大学中文系。为何选择去到自然环境和生活条件都很差的大西北就读？孙自筠笑言："都是被古诗'大漠孤烟直，长河落日圆'的美丽壮阔所吸引。"

从小熟读历史文学作品，孙自筠逐渐产生了写历史小说的想法。但在内江师专任教近 20 年，敬业的他本着对学生负责的态度，将大部分精力都花在了教学上，没有多余时间来进行文学创作。退休后，他终于提笔，开始了自己历史长篇小说的写作。

写历史小说不易，先贤们已经有了太多作品，要想写好，不仅要掌握大量历史事实，还要选取角度进行创新。孙自筠先从内江着手，先后编写了《论内江十二作家》《20 世纪内江文学通论》等书籍，为内江文学的整理工作做出了贡献。又编写了《中华状元奇闻大观》《戏说文坛十二怪杰》等文史著作。

"公主是中国历史上最特殊的女性群体，她们的命运与帝国的命运紧紧相连，她们是帝国的明星，也是帝国的利器。"今年 82 岁的孙自筠虽已满头白发，但说起话来仍然中气十足，尤其是谈到文学创作，更是精神抖擞，妙语连珠。

最终，孙自筠将写作视角放在了"公主"身上，并完成了小说《太平公主》《万寿公主》《华阳公主》《安乐公主》等。尤其是所著《太平公主》一书，被改编为 37 集电视连续剧《大明宫词》在全国多家电视台播出，引起了强烈反响。

80 岁笔耕不辍
为年轻人铺设文学道路

孙自筠的书房十分简单，一张简易床，两把椅子，一张桌子，桌子上整齐地放着书籍和笔墨，旁边有一个台灯、一副眼镜和一个放大镜。除这些以外，就是各类书籍：一个巨大的书柜覆盖了一整面墙，里面的书籍可谓密密麻麻，而书柜外的架子、凳子乃至地上，也都堆满了书。

　　每天早上起来看书是孙自筠雷打不动的习惯，也不规定时间和数量，读累了就在躺椅上喝点茶，休息一会儿，或者写写毛笔字，或者下楼去看看朝气蓬勃的大学生们。同样雷打不动的还有写作。近年来，孙自筠应邀担任了34集电视剧《长河东流》的文学统筹，并担任电视剧《唐宫谣》（30集）的编剧。还与人合作担任20集电视剧《风云报恩寺》、电影《茶神》《陆翁情史》的编剧，如今又应出版社之邀与人合作创作小说《文天祥》和《黄巢》，他的自传也在同步进行中。"写作是我的梦想，现在有时间完成梦想，当然不能浪费。"孙自筠说。

　　除了自己写作，孙自筠还十分关注年轻人的文学培养。2007年，他拿出5万元稿费在内江师范学院成立了"孙自筠文学奖"，奖励学校公开发表文学作品的学生，以此鼓励学生积极开展文学创作，提高学生文学素质，目前已成功举办5届，60余名学生获得了奖励。

　　去年，内江师范学院文笔协会正式更名为沱江潮文学社，这个于1986年成立的内江师范学院唯一的文学团体，发起人便是孙自筠，他邀请了文学院、范长江新闻学院多名资深教授亲自指导，社团中涌现出了无数优秀的年轻成员。而这个社团，也成为全校十佳优秀社团之一。

　　"年纪大了，身体一年不如一年。"与记者交谈两小时后，82岁的孙自筠脸上露出了些许疲惫，但是说到文学创作和培养下一代，他依然底气十足落地有声："当然要继续下去！"

刊于《内江日报》2017.7.14第8版

人生: 80 岁也还只是个开始

——记《太平公主》作者孙自筠教授的传奇人生路

冯峰　周婷　李凤

一个智者，20年牢狱，仍笑看百味人生；一个教师两鬓斑白时，始登三尺讲台。

一个业余文学爱好者，16年40余册著述，300余万字。

孙自筠，1935年6月出生，中共党员，教授，1959年毕业于兰州大学中文系，70年代后在内江师范学院任教20年。

早在50年代涉足文坛，80年代以来发表小说、散文、评论、传记300余万字。出版有《戏说文坛十二怪杰》《20世纪内江文学通论》《叱咤影坛十二星》《画坛十二奇人传》《命运交响曲》；长篇历史小说《太平公主》《万寿公主》《华阳公主》《安乐公主》《陈子昂》；历史小品之《中华状元奇闻大观》；主编散文集《红枫叶》《十七岁的琴弦》《相思的红飘带》《留住一片云》等11部，"古文化丛书"作品园地，辅导他们发表文章一千余篇，一套20册。"中国传统文化丛书"培养学生著书立说能力。

1999年，小说《太平公主》被改编为37集电视连续剧《大明宫词》，在全国多家电视台播出。2003年3月，小说《陈子昂》在北京首发，时任四川省人大常委会副主任席义方出席、四川省委书记张学忠写信祝贺，央视西部频道、北京电视台、《四川日报》、四川《作家文汇》、四川《党的建设》等均有报道，有的还附有长篇评论。同年由花城出版社出版的《万寿公主》一上市便被影视公司看中买断改编权，并邀请他担任编剧，拟以《唐宫谣》的剧名改编为30集电视连续剧。他受聘担任电视剧《长河东流》文学统筹，该剧于2008年春节期间在央视1套播出；后与人合作讲述黄巢故事的长篇历史小说《残阳如血》并策划改编为电视连续剧；应邀与他人合作编写电视剧《风云报恩寺》、电影剧本《茶神》《陆翁情史》等，均已立项筹拍中。2010年5月，央视10套的《子午书简》栏目介绍了他的《太平公主》和《安乐公主》，两部作品深受好评。

《四川日报》《华西都市报》《教育导报》以及《四川工人报》等均对他进行了长篇专访和综合报道。《内江日报》《内江电视报》等近年来也对他做过大量报道。2009年，他荣获全省教育系统"关心下一代工作先进个人"荣誉称号。2010年，他还被中共四川省委组织部、中共四川省委老干部局评选为"四川省离退休干部先进个人"。

一个大书柜，一张单人床，书桌上放着一台电脑、一摞书报杂志、一盏台灯。右侧墙面"神笔雄浑"四个大字赫然在目。在这样一个书房里，年过古稀，但精神矍铄的孙老向我们讲述了他几十年的人生路。

他的一生，平凡却富有传奇色彩。也许每一个人的天空都可以阴郁到黑暗，但也可以明媚到闪烁。"再痛苦的事情，熬过去，就是一笔宝贵的财富！"回味自己的人生路，孙老对我们这样说。

弃政从文：寻梦大西北

一捧起书本就忘记了回家，忘记了吃饭，这是孙自筠读中学时常有的事儿。他自小好读书，中学时代便爱上了历史和文学书籍。和那时的许多文艺小青年一样，孙自筠有自己崇拜的偶像：刘绍棠、艾青、王蒙、冰心等。那时，他怀着一颗"出名要趁早"的心，为自己的人生绘好了蓝图：当个作家，让自己的作品传世后人。凭着"初生牛犊不怕虎"的劲头，孙自筠开始了他的写作生涯，一晃，大半个世纪过去了。

1953年是孙自筠最难忘的一年。这年春天，他的一篇散文作品在《万县日报》上发表了，署名为"筱笙"。当时他年仅18岁，担任万县市政府的团总支副书记。孙自筠笑呵呵地回忆道，收到样报的第一天，他控制不住内心的激动，一路小跑回到宿舍，像小时候背着父亲看书那样，躲在被窝里用手电筒照着报纸，反反复复看了十几遍。虽然文章不过是一篇不足800字的"豆腐块"，但他说："那篇豆腐块大的文章的发表，让我非常兴奋，拿到几毛钱的稿费就请兄弟伙一起大吃了一顿。"

就在当年，上面号召青年干部考大学。那时的孙自筠正为自己文学理论知识的贫乏而感到烦恼，机会难得，于是，他毅然放弃了一帆风顺的仕途，参加高考，怀着建设大西北的愿望，背着包到了兰州大学中文系，做了一名普通学生。他拥有着一个浪漫诗人的情怀，早就想去领略一下大西北"大漠孤烟直，长河落日圆"的壮丽景象，感受一番大自然的雄奇博大。进入大学后，孙自筠常常看书至深夜，寝室熄灯后，他就坐在走廊里，借着灯光看书。从那时起，他开始与外国文学结缘，《安娜·卡列尼娜》《钢铁是怎样炼成的》《牛虻》等一些世界经典让孙自筠宛如走进另一番世界，"看了这些作品，我的眼界和心胸都变宽了，整个人好像因为文学而突然间崇高了。"他回忆说。

峰回路转：难忘20载坎坷人生路

如果说大学生活为孙自筠的文学之路打开了一扇美好的窗，毕业前的天真不慎却给他的人生关上了一扇重重的门。

如今的孙自筠回忆起那段人生低谷期，他没有怨恨，而是充满感激，他说没有多少人能和他一样深入生活。特别是"流浪汉"式的生活经历，使他彻彻底底地体会到了生活的苦辣酸甜。他曾挑着刚孵出的鸭子到内江市椑木镇卖。他还做过木匠，说着，他从书房里拿出当年当木匠时做的折叠椅，自夸道："我那时的手艺肯定比现在的木匠好！"孙自筠曾说："如果一个人能再次选择一次生活的时代，我还会选择20世纪，因为在这一个时期，我领悟了生活大于艺术的道理。我感谢生活的厚爱，感谢那些年经历的特殊考验，因为写作是思想的外化，没有阅历写出的作品终究会很干瘪、平面。"

"人不可能一辈子都顺顺利利地过完自己的人生，你一定要适应这个社会给你带来的不期而至的灾难，但只要你勇敢面对，坚持下来了，那么这些经历将是你一生宝贵的财富。"孙自筠感慨地说。

春风化雨：孕育桃李满天下

1979年，组织上安排他到我校执教，担任中文系的党总支书记，同时教授中国现代文学。期间，孙老师和学生建立了很好的师生情。据孙老师的学生、内江职业技术学院院长彭方第介绍，孙老师常与学生聊天，了解学生的学习生活情况，关心他们的冷暖悲欢。每年过年，他都会请留校学生到家吃年饭，闲话家常。

98级学生留校肖慧在自己的《与孙自筠教授聊〈长河东流〉》一文中回忆孙自筠老师时这样写道："孙教授讲课幽默风趣，更因他知识面广，在课堂上对古今中外各种逸事信手拈来，让我堂堂课都听得津津有味。他特别关心学生成长，耐心指导学生的文学创作，在他主编的散文集《红枫叶》《十七岁的琴弦》等书中采用了我的文章十余篇。大四那年，在他的指导下，我独立完成了《颜氏家训》并与师姐郑玉春共同完成了《资治通鉴》这两本书的译注工作。"

同是孙老师学生、现任我校文新学院教授的高卫红，如今与恩师已合作了多部作品，参与编纂了《20世纪内江文学通论》等。他们合作的第一部作品是《点燃十七支蜡烛》，这是一部中学生作文集，以这部集子开端，共作了十本，取名为"七彩鸟丛书"。

从师生到同事再到合作者，高卫红对孙老师有种特殊的感情。"尊敬、崇拜、仰望。"高卫红说道："我本是春天里的一棵小草，是您点亮了我整个春天。"这是毕业后，高卫红送给孙老师的一首小诗中的一句。

教书育人的同时，孙自筠也不断涉猎各类书籍，为自己充电。在校期间，他在全国报刊上发表了小说、散文、论文和诗歌数十篇，主研了省重点课题，还出版有散文集、学术专著等，同时还兼任图书馆长等职务。

选择图书馆——这个他戏称的"清水衙门"，孙自筠觉得这是他最乐的一件事，因为在里面可以尽情遨游书海，汲取人生的养分。

潜心创作：与“太平公主”的那些事儿

《太平公主》是孙自筠最著名的作品，这部作品因连续剧《大明宫词》的热播而家喻户晓，当年，央视《大明宫词》的首播尚未结束，原著《太平公主》（1996年由四川人民出版社出版）已被抢购一空。为满足广大读者和影视爱好者需要，出版社又推出插图版《太平公主》。新书刚出炉，便赢来了当当网、卓越网等网络书店的大量订单。各种版本盗版书在街边书店书摊卖得风生水起，顿时在全国掀起了一股“唐旋风”。

《太平公主》也是孙自筠所有作品中较为满意的一部。早在1980年，他就研究了大量有关唐代人物、民风、民俗的史籍。他认为，唐代在中国历史上非常强盛，文化氛围极浓，名人也多，很值得深入发掘。1995年，中央电视台播放了大型电视连续剧《武则天》，孙自筠对其中的太平公主产生了浓厚的兴趣，他觉得太平公主很有个性，在历史上也有较大的争议，完全有单独写写的价值。而古人和今人写唐代的人物，大多是从政治和历史角度去反映，从文化角度反映的甚是鲜见，他决心从后者入手，好好把太平公主写一写。于是，孙自筠立即着手清理思绪，查阅资料，开始创作。为了塑造好太平公主“刁蛮、残酷、深沉、可怜”的人物形象，孙自筠把全部精力都集中在创作上，经常数日足不出户。大半年后，《太平公主》终于成功完稿。“公主是中国历史上最特殊的女性群体，一出生就被羡慕被追逐，她们的命运与帝国的命运紧紧相连，她们是帝国的明星，也是帝国的利器，然而她们的命运并非她们所愿，或为权亡，或为情殇，或为利灭，成为史书上一个个带血的字符，创作她们，写出她们的形，她们的神，她们的魂，这是找最原始的动力。”孙自筠坦言，公主小说并不是平面地铺展历史，而是用现代的眼光过滤历史，用艺术的手法再现历史，用理性的思维反思历史。

“爱情，就像峭壁上两棵纠缠在一起的常青藤，共同生长、繁茂，共同经受风雨最恶意的袭击，共同领略阳光最温存的爱抚。最终，共同枯烂、腐败，化作坠入深渊的一缕缕飞屑。”此类被无数读者摘抄的华章彩句，在孙自筠的小说中俯拾即是。作为“公主系列”小说的忠实读者，高卫红在《文学与历史相遇》一文中写道:"孙教授的小说文本实际上不是在讲故事,而是在故事的叙述中窥探人物的内心轨迹,感受重建生命的意境,并追问生命的意义。到底什么在主宰命运?生命究竟赖何为生?人性到底是什么?这是作者在公主系列小说中始终挥之不去的主题。"

对于改编的电视连续剧《大明宫词》,孙自筠有个人的看法:"虽然我的思想投合时代,但也要保持自己应有的品味。"他认为《大明宫词》的戏说成分太浓。他认为无论电视或电影怎么改,历史人物和历史主线是不能改的,主要故事应贴近史实,随意虚构会产生误导读者和观众的不良效果。

我的人生:80 岁才算开始

孙自筠一直很喜欢一句话:"80 岁才算开始。"退休后的孙自筠依然舌耕不止,笔耕不辍。

2007 年,他主动拿出赚来的 5 万元稿费,在学校捐资设立了"孙自筠文学奖",为期 10 年,每年用其中的 5000 元奖励公开发表文学作品的学生,旨在鼓励当下的年轻学子多多执笔写作。到目前为止,已评选了两届,共有 24 名大学生获得奖励。

他发起创立的沱江文学社(学校文笔协会前身)在孙自筠退休后,还经常邀请他给文学爱好者授课,他欣然前往。甚而会有很多学子登门和他探讨、交流文学创作期间遇到的问题和心得,热情好客的他,总是先将茶水瓜果准备好,才开始慢慢和学生摆谈。

现在的孙自筠退休在家,正在与高卫红合作另一部历史题材的文学作品,预计拍成电视剧。每写一部作品之前,孙自筠还会出去采风。已近 80 岁的孙自筠在家喜欢关注时事,天天看新闻,订阅了几份报纸、杂志、文摘。他觉得只有这样,才能跟上时代的潮流,才能为自己文学创作增添新的元素。

50 年代涉足文坛,80 年代发表小说、散文、评论、传记三百余万字,所著的作品数次被翻拍成电影、电视剧,如此硕果累累的他,面对外界的褒奖,只是憨厚地笑着说:"其实我称不上是作家,顶多算半个文化人。"

临走，落日的余晖透过窗子射了进来，孙老师往我们怀里各塞了些橘子，他把我们送到门口，笑着说："欢迎常来，我喜欢和年轻人交流。"

刊于《内江师院报》2011.3.31 第 2 版

观奇人奇事　获会心启示

——记孙自筠主编的"二十世纪中华奇人丛书"

潘山 ①

近年来，看过一些书，但总不能终卷，究其原因，大约有二：一是写得太浅薄，纯粹荒诞、滑稽、几无可取之处；二是板起面孔一味地说教，大概是厌透了，久不敢翻书。却不料最近得到一套书，读后如甘霖浸心，久久不舍释卷，这就是由孙自筠教授主编，邓经武、曾白康、宋惠兰等老师以及同学所著的"二十世纪中华奇人丛书"。

该丛书包括《戏说文坛十二怪杰》《现代画坛十二奇才》《叱咤影坛十二星》《体坛十二奇才》。丛书里汇集了二十世纪的一些奇才怪杰，披露了他们的人生经历、情感世界，探讨他们取得成功的独特思路和艺术奥秘，给人以启迪和思考。语言轻松，资料翔实，让读者在一颦一笑中获得阅读的满足和会心的启示。在文学进入市场的洗礼中，该丛书较好地体现了雅俗共赏，怪不得一版再版。

正如作者所言，20 世纪的文坛"怪杰"，他们写诗作文，怪异突奇，生活风度，任情放诞，人生经历，曲折反常，在文坛上特别醒目。脚踏中西文化的林语堂，在那奇妙的空气中走向"幽默"。世界级"幽默大师"的桂冠渗透着他的智慧、他的奋斗和他的辛酸血泪。"执拗的理论家"胡风，"三十万言"上书铸成大错，二十五年炼狱痴心不改。正是因为他那

---

① 潘山，四川城市职业学院教授、人文系主任，内江师范学院中文系 94 级校友。

倔强得近乎古怪的性格，才形成了他独到的理论见解。字里行间，饱含作者的同情和沉思。三毛的作品为什么会受到如此多的读者青睐，笔者强调那是因为三毛找到了自己应该走的路，她踏遍万水千山，融情入文，坦然地把自己交给读者。贾平凹，为人木讷胆小，为文却鬼怪奇巧。"商州系列"小说引起大轰动大反响，更有那解不开的《废都》情结，频遭大起大落。文坛怪杰耀眼，画坛奇人更奇。徐悲鸿以画马驰名天下，他拒绝为蒋介石画像，却主动为一个守门工人画像。画坛张大千，年轻时当过"土匪"，做过"和尚"，经历奇特，画更奇妙。《长江万里图》囊括世宇，雄奇博大，曲折往复，千姿百态。不愧是将己之大千世界，融入世之大千世界。齐白石从一个小木匠终成大画家，不迎合世俗，不避"野狐禅"之讥，不怕饿死京华，大胆变法，终成正果，其胆识才情，世间少有。"硬汉子"画家潘玉良，敢为天下先，自画裸体，巴黎美术学院为之沸腾。丰子恺的漫画信手拈来，不入俗流，富于哲理、诗味和情趣。画坛奇人如繁星闪烁，编者由衷地赞叹：奇人必有奇才，奇人多有奇遇，"奇"，乃是他们取得成功的大诀窍。掠过文坛，走过画坛，进入影坛。目光追踪的焦点落在影坛骄子身上。"千面怪"赵丹"不务学业"，走进绘画大师的门下，却偏爱演戏。成龙在武打片泛滥跌落时首创谐趣功夫片，赢得了全世界的观众。影坛"女强人"刘晓庆，论美貌，在影视圈并不是独一无二的，但她善于塑造泼辣狂野的女性，独具魅力，为人称道。大红大紫的影星背后，站着影坛真正的灵魂——导演：开一代影风的张艺谋、陈凯歌，他们的奇思怪招和"鬼点子"，一次次激起亿万观众的狂热。

　　笔者妙笔生花，体坛奇人的丰姿尽展。海灯法师的"一指禅"声震海外。家喻户晓的气功大师严新，他的故事不由你不信。"中国第一职业球迷"罗西，他辞去公职，告别家室，"孤注一掷"地投身球迷事业。乒联"魔女"邓亚萍，她把矮小这一劣势变为优势，在"快、准、狠"上做文章，在两届奥运会上，四次将五星红旗飘扬在世界上空。

　　看完这套丛书，悄然掩卷，神思悠远。这些奇才怪杰，他们不为世俗所累，或独辟幽径，或大胆突出自己的个性，或变短为长，以超常的思维取得了显著成功，成为当今立志青年之楷模。编著者广罗素材，精心构思，呕心沥血地编撰该套丛书，是想要文坛、画坛、影坛、体坛里这些耀眼的星星，永远闪耀在历史的天空中，熠熠生辉！

刊于《内江师专报》1995.9.30 第 4 版

与孙自筠教授聊《长河东流》

肖慧[1]

2008 年大年三十清早，一家人边吃汤圆边看电视，中央 1 套正在播出反映清兵入关那段历史的电视剧——《长河东流》，一下子吸引住我的眼球。一集看完，下集片头中发现一个让我记忆深刻的名字——孙自筠，心里一阵惊喜，那不就是大学时给我上课并指导我写作的恩师孙教授吗？

怎敢把孙教授称作恩师，说来话长。1998 年到 2002 年，我在内江师范学院中文系读书四年，其间，孙自筠老师已有小说《太平公主》《安乐公主》等问世，《太平公主》被改编为电视剧《大明宫词》在全国热映，影响巨大，多年来，到处一说大家都知道。孙教师是当时中文系学生崇拜的"偶像"。当时，孙自筠教授还担任了中文系现当代文学的教学工作，我也因此有幸成为孙老师的正宗弟子。孙教授讲课幽默风趣，更因他知识面广，在课堂上对古今中外各种信息总是信手拈来，让我们堂堂课都听得津津有味。

孙老师特别关心学生成长，耐心指导学生的文学创作，我也因此能在校内外报刊上发表多篇文章。大学期间在他主编的散文集《红枫叶》《十七岁的琴弦》等书中发表文章十余篇。后来，我也逐渐成熟，大四那年，在孙教授的安排指导下，独立完成了《颜氏家训》和与师姐郑玉春共同完成了《资治通鉴》两本书的译注，并得以正式出版。学生时代就能出书发文章，真切感受到孙教授的谆谆教诲。

---

[1] 肖慧，内江师范学院校友，成都市教育科学研究院教研员。

看到电视剧，我马上给孙老师拨了个电话。"喂，哪位？"听到孙老师爽朗的笑声就知道老人家精神矍铄，身体健康着呢。一聊，才知道，为《长河东流》的上映，孙老师付出了很多心血。他被聘请为文学统筹随剧组去山海关参观，去横店、昆明、曲靖等拍摄景点考察，参与了电视剧的拍摄活动，作为央视鼠年的开年大戏，拥有刘晓庆、姜文、颜丹晨等强大明星阵容，《长河东流》和孙老师可还真有不少故事可以摆呢。

《长河东流》反映的是明末清初朝代更迭时期的历史故事。明末王朝后期政治腐朽，不得民心，百姓大开城门迎闯王李自成进京，逼崇祯皇帝煤山自缢，吴三桂为报家仇，引清兵入山海关，明王朝走向崩溃。此时，李自成称大顺皇帝，张献忠称大西帝，顺治在多尔衮进京后也称帝。看苍茫大地，谁主沉浮？故事由此展开。但《长河东流》重点写的是南明永历皇帝朱由榔君臣不甘灭亡，在农民义军将领李定国、王得仁相助下苦苦挣扎，力图匡复，然终因小朝廷腐败成风，内讧不断，积重难返，气数已尽，大明王朝二百年江山终于消亡。全剧气势恢宏，场面壮阔，透露着厚重的历史感和对忠诚、名节、大义凛然、视死如归的民族精神的张扬，并通过鲜活的人物和曲折的故事情节表现了出来，使该剧不仅具有极强的观赏性，而且具有极高的审美价值。

孙老师介绍说，该剧的编剧吴因易先生在 20 世纪 80 年代就有"唐宫八部"长篇历史小说出版。其中《杨贵妃》早就被搬上荧屏。他还是《日月凌空》《宋太祖》《天下农民》等电视剧的编剧，曾任绵阳市文联主席、四川省作家协会副主席。

孙老师还向我谈到邀请刘晓庆出演孝庄太后的经过。他说，这个主意是他（吴因易）提出来的，剧组一起在北京重庆饭店宴请刘晓庆，希望得到刘晓庆老师的支持。孙老师说他也是刘晓庆的"粉丝"，看过她很多电视电影，是他非常佩服的影星。以往只能在屏幕上见到她，如今同她同桌吃饭，都用四川话亲切交谈，他感到非常幸运。

听了孙老师的故事，我自己感慨颇多！孙老师退休以后，一直笔耕不辍，多部作品被搬上荧屏，取得这样令人惊叹的成绩，真是让后生叹畏啊！

树文学之木　立文学之志
——"孙自筠文学奖"十周年纪念

毋曼　王敏　向恒　陈采奕　曾丽颖

十年树木　百年树人

不高的身材，和蔼的笑容，风趣的言语，这是孙老留给人的第一印象。已经 83 岁高龄的他依然精神焕发，犹如春风化雨。在这位老者流露出的自然与从容面前，所有人仿佛都可以自然地卸下包袱，静静地倾听他的声音。

文学灌笔当自救

孙自筠，出生于 1935 年 6 月，安徽寿县人，1959 年毕业于兰州大学中文系，70 年代后在我校任教 20 年，曾担任中文系党总支书记、副主任，兼任图书馆馆长。1995 年从教师岗位退休，潜心投入文学创作。80 年代以来，他发表小说、散文、评论、传记 300 余万字。出版有《戏说文坛十二怪杰》《20世纪内江文学通论》《叱咤影坛十二星》《画坛十二奇人传》《命运交响曲》；长篇历史小说《太平公主》《华阳公主》《安乐公主》《万寿公主》《陈子昂》《文天祥》《黄巢》（后三部均为合著）；历史小品之《中华状元奇闻大观》。此外，还主编了散文集《红枫叶》《十七岁的琴弦》《相思的红飘带》等。其中，《太平公主》被改编为 37 集电视连续剧《大明宫词》，在中央电视台及数十家省市电视台播出。

黎明的到来需经彻骨的寒冷，想要绽放必定要挨过磨难，而不惧艰险勇攀高峰者方能成就自己。1953年，不满20岁的孙自筠在万县市人民政府工作，兼任团总支副书记。此时，一个上大学的机会降临到了他的面前。怀着浪漫诗人情怀，孙自筠毅然决然放弃仕途报考大学。读书期间对中外文史知识的系统学习，奠定了他的写作基础。临近大学毕业时的一场政治运动，将他的人生轨迹彻底更改，从大学毕业生沦为囚犯。然而，20年的苦难生活并没有磨灭他的意志，相反，给他提供了难得的体验生活、观察社会的机会。孙老说，正是这段不忍回忆的辛酸经历给了他成长的丰富养料，让他领悟了生活其实大于艺术。

于是，《太平公主》诞生了，他研究了大量有关唐代人物民风民俗的史情，并将太平公主"刁蛮、残酷、深沉、可怜"的人物形象塑造得栩栩如生。

退休后的孙老仍然担任我校大学生文笔协会顾问，亲自修改学生作品，并将优秀作品推荐到报社、出版社，扶持青少年从事文学创作，继续为培育人才贡献余热。而他自己则笔耕不辍，佳作不断。为紧跟时代步伐，他订阅了多种报纸杂志，关心国家大事。他还喜欢旅游，经常外出采风，不断丰富对世界的认识，以此为自己的文学创作增添新的活力。"一代有一代之文学：楚之骚，汉之赋，六代之骈文，唐之诗，宋之词，元之曲，皆所谓一代文学，而后世莫能继焉者也。"孙老的文学创作丰富了历史小说的春天，助力历史小说重新被重视，吸引了学界目光和读者的兴趣。他与文学必将相伴终生。

挑战贫穷立初衷

"春蚕到死丝未尽，蜡炬成灰泪不干。"孙老这样形容概括自己的一生。谈及设立文学奖的初衷，他说，这是在向贫穷示威，向贫穷挑战，同时也是回报社会的一种方式。

2007年10月，孙自筠创立了我校首个文学奖项"孙自筠文学奖"，他捐出自己的稿费5万元，用于奖励学校公开发表文学作品的学生。十年来，奖项的设立鼓励了许多青年学子进行文学创作，迄今为止，文学奖已评7届，近百名学生获奖。

孙老生活的年代是贫穷的，钱是奢侈的。他穷，接触的学生穷，文学创作者更穷。孙老回忆，自己青年时期向报社投递过一篇文章，邮票需要 8 分钱，他没有，听别人说，用米汤水洗用过的邮票可以重新使用，虽然对这种做法怀有疑虑，他却抱着希望一试，最后证明这是不可能的。说到这里，他莞尔一笑，表情平静，"这不是久远年代的故事，是我的亲身经历"。

生活在贫穷年代的孙老只能买来白纸，拿笔在白纸上画出道道方格线，然后在上面写文章。"那时，有的报刊只收稿签纸的稿件。""连写文章的纸都买不起了，就捡别人用过的纸，甚至是扔掉的食物包装纸。"贫穷限制了文学的创作，限制了文学梦的升华。"人生苦短，当我有一天离世，如果放弃写作的我再次见到母亲，问起我的文学梦、文学情、我的书，我该怎么向自己交代，又该怎么对得起母亲的期待？"他要向贫穷示威，向贫穷挑战，抱着"暴发户"心态：等我有钱了，一定要去帮助贫穷的文学爱好者，让他们坚持自己的文学梦。

"每当空闲下来，我的灵魂就得不到安静。我坠入文学深渊，只有用文学来拯救自己。"孙老说，"'文学奖'的设立是对社会的回报，也是向关心自己帮助自己的朋友致敬，正是这些帮助鼓励和支持，才得以收获今天。我不能忘记。"

"安得广厦千万间，大庇天下寒士俱欢颜。"孙老对文学青年的爱护正如杜甫对寒士的深切厚望。"给爱好文学的学子一缕和煦春风，鼓舞他们展翅飞翔。"孙老是这样说的，更是这样做的。

文学之风　山高水长

"孙自筠文学奖"的意义不是临时性地表彰一些作品，而是文学精神的一种传承。它在当下信息化快速发展的现实生活中，给予有精神追求的文学爱好者鼓励和信心，让爱好文学、怀揣文学梦的学子相信，在这个世界上有许多东西是值得用一生去追求、去信仰的。

弘奖风流结硕果

时光荏苒落叶纷飞。孙自筠教授对同学们的深情厚谊，让同学们在几十年后仍念念不忘，并从中深受裨益。

　　我校建筑工程学院 2012 级校友汪祯茂凭借散文《我的母亲》获得第五届"孙自筠文学奖"二等奖，他今年回母校时特意带来了一本自己的长篇小说的初稿给孙老师，目的不仅仅是想让孙老师去阅读，更是想用这样的方式感激并告诉他老人家：您毕生热爱并倾心付出的文学事业，被我们这些后辈坚持着。"孙自筠文学奖"递出的文学接力棒我们一定会接下来传下去！

　　汪祯茂毕业后的两年里，写下的东西大概有 50 万字。他说，孙老常邀学生一起讨论文学，讲述从事文学创作需要注意的问题，在他心里，孙老是一位对文学具有崇高信仰的人，那种深切的热爱让他从心底里敬佩。"这个奖项是对获奖者的一个肯定，对文学的一种认可，是现实的、具体的存在。获得文学奖后，我深受鼓励，这种鼓励是一种动力，让我在如今浮躁功利的现实社会里坚持守护心里的一片文学净土。"在汪祯茂看来，生活和文学，都是片绚丽丰富的天地，只要认真对待、用心感受，就会有源源不断的财富冒出来。正如马尔克斯所说，对于一个写作者而言，没有任何经历是多余的。

　　文学的创作是一项触及灵魂的工程，对文学的情感决不能单薄轻浮、轻飘无力，像蜻蜓点水那样浅尝辄止；也不能华而不实、寡淡无味，像陌路寒暄那样一带而过。祝愿每一个有文学梦的人都能在文学的道路上越走越远。

木秀于林展鸿志

　　胡红杰，2018 年第七届"孙自筠文学奖"一等奖得主，来自生命科学学院 2016 级 1 班。获得奖项后，他重新定位自己，重拾未完成的文学作品，将《大宋风流》剩余的 150 万字圆满完成。"佩服"一词涵盖了他对孙自筠教授的感情。"孙自筠教授说过的'写作是一种对灵魂的救赎'，是我非常喜欢并认同的一句话，有时我们需要静下心来，一定要做自己，总会有读者喜欢自己、读懂自己。是金子总会发光的。"胡红杰如是说。

　　"最重要的是坚持。"起初，他在起点中文网发表过几篇文章，在这段经历的铺垫下，才有了这次《大宋风流》的突破性进展。从小喜欢写文章、看小说，对历史痴迷的他创作《大宋风流》时，每天坚持 8000 字左右写作，将近两个月写出了 50 万字。《大宋风流》完成到 10 万多字时，由于要去缙云山见习写作速度受到了阻隔。胡红杰毅然决定将电脑背上山，找到时间空隙就抓紧写作。胡红杰表示，小说中的部分灵感就来自于在缙云山养鱼的经历，那时才真实体会到了文学来源于生活，却又高于生活。"文学创作，尤其是长篇小说，开了头一定要坚持下去。"胡红杰说，自己现在小说的质量还未达到理想的要求，未来还有很大的发展空间，他会继续坚持写作。

创作星火点亮校园

10月22日，我校隆重举行校内"孙自筠文学奖"颁发10周年纪念活动，两位国家一级作家返校，10名曾在大学期间受惠于"孙自筠文学奖"的同学重游母校、重温文学梦想，来自省市文艺界、出版界、媒体界的专家学者齐聚一堂，与校内师生共襄盛举，其乐融融。

文星闪烁映沱水

文学奖走过10年，至今已评七届，近百名学生获奖。其中，文学院共有近80名学子获得该项奖励，约占获奖总人数的90%。今年，"孙自筠文学奖"共有10件作品获奖，包括一等奖1项，二等奖4项，三等奖5项。生命科学学院2016级1班的胡红杰凭借一部50多万字的网络小说——《大宋风流》获得评委一致认可，获得一等奖。

10年间，内师学子在我校挥舞出自己的妙笔，文学创作精品不断涌现。王小方是汉语言文学专业2014级的学生，2015年获得第五届"孙自筠文学奖"二等奖，2017年获得第六届"孙自筠文学奖"一等奖，她出版有长篇小说《野草》《夏至未满》和小说集《幻影》，现任泸州市古蔺县古蔺中学教师。诗歌作者习修鹏在校期间就出版了诗集《清风弄影》、散文集《21青春》，作品散见于数十家期刊，共获大小文学奖项30余项。徐小平是工程学院2011级学生，在校期间出版有传统诗文集《烟柳画桥》，新诗集《人间情话》，现为中华诗词学会、四川省作家协会、四川省诗词协会、广元市作家协会会员，诗词刊物《广元诗词》编辑部成员。

在内师文学创作的沃土上，他们种下自己的文学梦想，并不断汲取孙自筠老人精神养料的滋养，使之生根发芽，因此改变了自己的命运。10年来，人才济济，新人辈出，内师的青年文学爱好者队伍呈迅速壮大之势。

人才辈出促发展

10 月 22 日,《成长在甜城湖畔——内江师院"孙自筠文学奖"作品选》首发,作品选集中反映了年轻作者们的开阔视野、敏捷才思,展现了当代大学生的审美追求以及对未来的憧憬。作品在第一届至第五届文学奖获奖作品中遴选,设"散文上苑""人物通讯""论文集锦""诗歌典籍""小说世界"五个版块,共 45 件,件件都是精品。

当天,由文学院成立的"文学与创意写作研究中心"揭牌仪式也顺利举行,研究中心将以小说研究、小说写作为重点,同时针对其创作的其他方面进行研究和开展活动。这一平台的建立,预示着我校文学创作和研究将更上一层楼。

在"孙自筠文学奖"的影响和带动下,越来越多的老师和社会各界朋友加入到关心帮助青年文学爱好者成长的队伍中来,文学的强大感染力在校园越来越显现,而以"文学与创意写作研究中心"成立为标志,内师校园正在掀起文学创作的热潮。

温情座谈话回忆

"孙自筠文学奖"颁发 10 周年纪念活动之后,"孙自筠小说座谈会"接连举行。座谈会上,孙自筠老教授幽默风趣地分享了自己的创作经历,讲述了和学生的交往故事。

中国作协会员、国家一级作家黄济人表达了对孙老的感激之情。他同时也是我校中文系 77 级校友,孙自筠老教授的学生。在校期间完成了长篇报告文学《将军决战岂止在战场》,曾获首届解放军文艺奖、全国优秀畅销书奖等。他说:"孙老在教学方法和思维上树立了榜样作用,我对孙自筠老师始终怀有最崇高的敬意和最真挚的祝福,是孙自筠老师在我的文学创作道路上给予指导、帮助,感谢孙自筠老师的大力栽培和信任,让我能在文学路上体会到温暖与感动。"

原成都市作协主席、四川省作协副主席、中国作家协会会员、国家一级作家傅恒称孙老为"公主文学之父",他是我校中文系 78 级校友,孙自筠老教授的学生。代表作小说《幺姑镇》《活人》《劫数》等，曾获第一、第二、第三届'四川文学奖'等奖项。他说道，"所有优秀背后，都是苦行僧般的自律，当代文学青年应牢记使命，老一辈也应该'薪火相传'做出表率，把'孙自筠文学奖'做大，做强，做好"。

刊于《内江师院报》2018.11.30 第 2 版

这个公主不一样
——评《万寿公主》的文本线索与叙事策略

鲁迅先生在《关于小说题材的通信》中有言，"选材要严，开掘要深，不可将一点琐屑的没有意思的事故，便填成一篇，以创作丰富自乐"。退休之后终得余暇，重拾墨笔的孙自筠先生，将丰富人生经历锻造的现世感悟，图书馆工作间隙占有的历史纵深，转化为剥开历史芜杂的锋利史笔，渐次演绎，最终得以成就这厚重又轻松、冷硬又温情、开阔又收束的"公主系列"小说——《太平公主》《万寿公主》《安乐公主》《华阳公主》。

相比稗官野史的江湖之远，功臣名将的血亲之疏，"公主系列"以宗室之近处于权力角逐场的"得月楼台"，以平视视角避免了仰视视角所带来的视觉变形。同时，相比权力旋涡正中央的"帝王系列"，幽居深宫、拼命红颜的"后宫系列"，"公主系列"跳动于宫内与宫外之间，兼得不近不远的见证者、既在也不再的参与者，在与权力若即若离之间获得某种自由度。这为文学进入历史提供巨大的虚构空间，移步的视界、闪动的叙述、变调的章节，构成公主系列多视角、多线索、多声部的叙事锁扣。

宫闱内外的空间叙事

在《万寿公主》一书中，孙自筠先生将时间坐标定位在中晚唐，选择直

---

① 唐呱呱，内江师范学院文学院文学博士。

笔剖入权力争夺场的正中央，在宦祸、党争、边患的纷乱之中轻松游刃。小说虽然以万寿公主这一历史人物直接命名，但是，并没有把人物从历史的错综之中刻意抽离，刻意突显万寿公主或者任何其他角色的戏份；也没有单纯以事件为线索，将叙事的展开简单地还原为历史事件的流变。相反，小说以权力争夺最激烈的现场，作为人物发生关系的场域，生动又克制地叙述各色人等粉墨登场又草草谢幕，既把人物揉进历史之中，又把历史分割到每一个人物身上，大刀阔斧地用文学重新进入历史。

人物之间迅捷的行动，形成关系的亲疏与断续，演绎出空间中的政治。这其中，万寿公主活蹦乱跳的"脚"联络着宫内宫外，是作者叙事线索转换的重要"跳子"。作者没有采用一般的传记套路，为主人公安排从摇篮到墓志铭的漫长时间叙事，而是将人物的轨迹突显为宫外—宫内—宫外的空间叙事。三段重要的空间迁回，正好切割出万寿公主人生中三个重要的时间断片，进而，勾勒出历史洪流巨大的裹挟力，以及人物深陷其中"曾不能以一瞬"的仓促命运。

万寿公主本名李洖，原只是光王爷的女儿。按唐制，只能叫作"县主"而非"公主"。在小说中，她却被作者巧妙地塑造为一颗"福星"，她的任性、天真、执拗和逞强，恰恰有意无意构成小说中多条线索穿插的重要环锁。万寿公主的"宫外"降生，或许可以理解为一个由政治回归家庭的招手，构成了权力场之中的另一种存在——爱之回环。此后，李忱偏安于长安城西北角的光王府那方小天地，离皇宫的权力杀伐远远的，看书写字并带儿女习文练武，甚至迷恋上算命、解梦、颓然的回忆与多多生儿抱孙。旁观者清，对权力旋涡有意地疏离和反思，恰恰构成了镜鉴皇宫的历史正义，更能见出权力背后的暗影和社会隐在的征候，作者的历史理性也借此倾出笔端。反讽的是，这种清醒的姿态，在权力旋涡正中央的王贵妃，也即光王昔日情人王夫人眼里，却是一种必须将之立即拯救的病态存在。

十三岁的时候，这颗福星再次"放光"，居然成全一墙之隔的颖王在闹剧中登上皇位。可以看出，在角色设定过程中，作者并不想李洖仅仅是一颗被权力左右的棋子，同时，也特意保护着她的天真与善良，因而，李洖在历史事件中分享的角色，常常借助巧合，借助意外，借助偶然，进而达到一种对权力的反讽与人物的戏谑。"甘露之变"后，神策军一路喊着"迎接大的皇帝"，来到长安城西门诸王府。当所有的王府因畏惧宦官权势，纷纷大门紧闭的时候，好奇的李涵却骑在墙头与骑兵对话，并把"迎接大的皇帝"这一消息，具有政治敏感地顺嘴告诉颖王之妻王夫人。王夫人当即打开院门，以颖王"身高马大"置换安王的"年龄最长"。李涵也因为小小脑瓜传话的功劳，被萧太后（颖王之母）收为义女，进而获得"公主"这张名片。借此为跳板，李涵在光王府的天真蹦跶，扩展到皇宫的楼宇之间。不过，这种宫内外的沟通，不同于皇帝、宦官与大臣们的信息上互通有无、权谋上互相争夺，而是在爱的叙述中展开，即王贵妃（之前的王夫人）与光王李忱的私情。同时，也是权力的实体——皇宫——在幼童天真的心灵中显现。

十六岁的万寿公主，为了见见更大的世面，跟着父亲平叛女扮男装，去太原相遇"李公子"，两人的误打误撞，成为解除太原之围乃至平定潞州节度使叛乱的锁钥。然而，当福星深深坠入爱情的罗网，却依然像天下痴情男女一样慌张与挫败。两人在太原大街上东买西买，不可谓不"两小无猜"。被叛军抓捕共处牢房的漫漫长夜，不可谓不惊心动魄。然而，李涵却悲剧地发现，郑颢苦恋着一个画中人卢秀儿，这段爱情因此一直以女扮男装的兄弟义气隐而未发。直到武宗因纵欲过度、仙丹中毒而亡，光王李忱继位是为宣宗，昔日的"假公主"摇身一变而为真公主。在此，作者特意借助权力之手，将婚姻与爱情移花接木，进而完成对人物命运的变调。万寿公主借助皇权，如愿棒打鸳鸯，嫁给新科状元郑颢，最终却因行为失范被丈夫痛打，一气之下削发为尼。

巧的是，她竟然与情敌卢秀儿在一个道观出家。一个借力权势，一个被权力玩弄，却在华山脚下完成悲剧性的汇合。更值得玩味的是，赠画、换画与还画以二维空间不断插入，实际上牵扯的是三维空间人物命运的悲欢。贫家子弟与贵家千金的爱情只能停留在两小无猜，千里情愫只能通过一幅画传情。一片痴情，也必须等待考取功名，方能完成阶层的跨越。不想，中间却杀出一个万寿公主，略施调包计将画换走，最后送还的画，当然不可能是当初的画，因为现实之中三人的关系，已经发生翻天覆地的变化。二维与三维空间的来回切换，实际上是人物关系的跨界与错配。在此，作者颠覆了权力对爱情的侵夺，却特意血淋淋地展现爱情脆弱的伤口。爱情的悲剧因为权力的横刀夺爱，更因为人物之间忠贞而无辜得倔强。

多线套索中的叙事间奏

小说行进过程中，作者不断借用蒙太奇、拼贴等叙事技巧，在人物与人物之间、事件与事件之间来回跳转剪辑，试图理清历史现象层繁复的表象，直至抵达历史深层次的脉络与真相。与此同时，以事件的断续与时间的延宕，不断制造叙事的悬疑和节奏的张力，进而完成历史真实与小说笔法的对接。

正是在这多视角、多线索、多声部的回环往复之中，最最值得细细品读的，是作者对权力的理性思考与精妙洞见。历史小说不仅仅需要想象力的无缝添补，更需要缜密的逻辑思维；不仅仅需要占有史料之丰，更需要具备卓越的史识。对权力深刻的反思，构成了《万寿公主》理性思考的最强音，而这种思考寓于人物活动之中，在一正一反的不断斗争中淋漓展开。

小说在王权与宦权的生死争夺中展开。在中晚唐的乱世之中，文宗被大宦官仇士良废掉之后，武宗在权力游戏的"乌龙"中登基。之初，当他问及仇爱卿如何当皇帝的时候，仇士良却问他想听真话还是假话。假话就是，"那就是陛下天天听到的，在那些什么书上写着的。比如勤于政事呀，体恤民情呀，励精图治呀，厉行节俭呀，等等"。真话就是，"只有两个字，第一个字是：玩！另一个字是杀，血淋淋的杀"。作者借助反讽的笔力，字字带血刻画权力的乖张与荒谬。作者的智慧更在于到此并没有停笔，而是继续将之推至极致。"您是皇上，杀人何劳您动手，只不过动动嘴就行了。""那杀谁呢？""那些反对你的人呀。"武宗继位后疯狂的杀戮再次开始，京城人烟也因此又稀疏不少。

不过，权力的吊诡之处恰恰在于，权力有巨大的反噬能力，举起屠刀的人往往最终都会被屠刀所杀，暴力往往只能引来延迟的暴力的回声。金光闪闪的皇宫，既是很多人叱咤风云的光辉舞台，更是让无数才子佳人魂飞魄散的可怖刑台。任意斩杀皇帝的大宦官王守澄是这样，幻想激流隐退的仇士良也是如此。

作者对权力的反思，更在于正反之间权力的辩证。作者真正着力深思的或许是，是否真有绝对的正义与邪恶，还是只有掌权与下野的区分。权力是否仅仅反噬举起屠刀的恶徒，还是权力能侵蚀所有的个体，不管善恶。因此，作者安排善于权变的宰相李德裕，道出了"人在世间，该当好人的时候当好人，该当恶人的时候便当恶人"，满朝文武更是风中芦苇随之摇摆。作为底层老百姓如郑颢的父亲，也只能是"多织几尺布，看谁打胜了就在上面写欢迎谁，然后往门上一挂，准保无事。这叫风大随风，雨大随雨""浑浑水养昏昏鱼"，即使遭遇强取豪夺也只知赔笑。作者更借被贬的牛儒僧、崔发，道出"那只看不见的手胡乱地拨弄着世事，不分青红皂白，没有善恶是非"。更见艺术功底的是，作者让正直如唐宣宗李忱，纯真如万寿公主，忠厚老实如郑颢等，在权力之中发生性格裂变，就此让人物形象变得立体，让权力变得更为凶险。

作者的辩证，更在于叙事中的阴阳相合、刚柔相济，将帝国的铁与爱情的柔互渗。历史从来不缺少骇人听闻的腥风血雨、尔虞我诈与剑拔弩张，作者却苦心孤诣将一个阴柔的女性视角不断介入，这为更多地插播家庭叙事和爱情叙事预留开口。"于是在众多或粗壮或沉宏或尖细或沙哑的万岁呼声中，又多了一种稚嫩。"越是血淋淋，越是柔情。越是刀光剑影，越是儿女常情。小说中，几多紧张冷硬的权谋拼杀之中，作者忽然暂停主线的叙事，在权谋的冷硬之中不断插播阴柔的片段。紧接着"甘露之变"血洗皇宫的，是光王隐居在家看书写字，女童拿着竹竿追打弟弟，用小姑娘自保的天真小心思，有意无意引出光王与王夫人后门传情。紧接着武宗刚刚向仇士良请教了皇帝如何当的，是贫家子弟郑颢与富贵千金卢秀儿的两小无猜。紧接着宰相李德裕设下圈套搬掉大宦官仇士良的，是心灰意懒的光王与新入宫的王贵人通过万寿公主传情达意。紧接着太原之围城头决战的，是万寿公主女扮男装与郑颢街头闲逛……这样的叙事间奏贯穿全篇，作者甚至单单开出第四卷《超级情种》等，大篇幅地插入万寿公主恋爱的种种曲折。

权力疯狂有如绞肉机，腾挪之间往往步步惊心。这些舒缓的篇章和段落，为作者的人道主义关照提供运墨的间隙，也在一张一弛、一紧一松中，如音乐变调不断撞击着读者的脑回路，不断牵引着读者的阅读兴味。同时，这些篇章和段落自带铆钉，巧妙地与不断流变的故事主线连缀在一起，构成了整部小说既开阔又收束的嵌套结构。

平行叙事中的权力与爱情

中华历史上下五千年，有多少皇帝过眼云烟，又有多少皇帝的女儿？为何有千千万万的公主可选，孙自筠先生的笔墨独独钟爱太平公主、万寿公主、安乐公主、华阳公主？或者为何偏偏是这些公主，而非其他的才子佳人？细读这一本《万寿公主》，似乎可以得到答案。

首先必须提及的是，小说借助幼童的视角，赋予历史以天真与怪诞的新装。儿童因较少沾染社会见怪不怪的迟钝，以及因袭成见而自我审查竟至闭目塞听，因此，他们的感官系统或多或少地仍处于全开放的灵敏状态，能不带偏见地观察涌入他们头脑中的人、物、事。小说充分利用万寿公主幼稚的感官，见人所未见，发人所未发。万寿公主带着她的困惑与不解，像一只关不住的小鸟一样，活动于宫内宫外。万寿公主的耳朵，是爱情故事的耳朵。小说中安排武宗之母萧太后和上阳宫里的百岁宫女，将时间推远，给她讲述后宫深处前朝沉睡的往事。实际上是通过这些人的讲述，将历史的镜头拉远，在时间的远与近中增大历史的张力。听了萧太后的宫斗故事，万寿公主的眼睛，能隐隐看见清思殿"那冷清清阴森森的大殿深处的无数鬼影在晃动"，因而，让其他人趋之若鹜的皇宫，在她的眼里瞬间幻化出恐怖的面相。就连万寿公主的鼻子，也闻见后宫香风阵阵之中"有酸味，有霉味，有腥味，似乎还有胭脂味和香粉味……各种各样气味的大杂烩"，宁愿呼吸外面的新鲜空气，宁愿回到皇宫外面无忧无虑的天地。万寿公主最最单纯的感官，恰恰如一面哈哈镜，在头脑中综合出一张权力怪诞的影像。

为了达成这一幅皇宫家苑的全息影像，有灵敏的感官尚且不够，也需要视角的转换和视域的扩展，因而作者安排这只小鸟一次次冲出樊笼。正如，你必须首先呼吸到宫外新鲜的自由空气，才能灵敏地感知到宫内的霉臭和腥膻。倘若你一直在臭烘烘的屋子里，你的鼻子会迅速适应那里。不幸的是，后者却几乎是绝大部分公主的命运，她们从小在皇宫中长大，天然地认为这里所有的一切理所应当，直到玉女长成嫁出皇宫。为此，作者特意选择了或者也可以说是安排了公主们宫外的出生作为叙事起点。

这在安乐公主身上，是通过中宗皇帝和韦皇后被放逐，让女儿在山野之中被迫出生而实现的。在万寿公主，则是通过真假公主身份的转换而实现。"公主是中国历史上最特殊的女孩，一出生就被羡慕被追逐……她们是帝国的明星"，因而，生而为县主的李溯，才会用十三岁的童稚声音，冲口而出心中的天真。"我想当公主。"与此同时，公主们"也是帝国的利器"，她们的命运常常因与帝国紧紧捆绑而不得自由。果然，当万寿公主真正住进皇宫，没住几天就腻烦宫中的封闭与仪轨，经常借助男装偷换身份外出找郑颢。万寿公主一直向往着自由的恋爱，因而一直抗拒着父权和皇权，最后，却不得不借助皇权才能得到心中的情郎。然而，爱情自有它抗拒权力的叙事逻辑，小说结尾万寿公主看似因为情伤出家为尼，实际上如同卢秀儿一样被权力的刺所伤，因而，最终选择对公主这一身份的彻底放下，也是对权力彻底的放逐。

作者一直试图通过女性视角柔化历史冷硬的面相，这种尝试不仅反映在叙事的剪辑和节奏的变调，更突出且集中地表现在女扮男装这一章节。万寿公主并不迷信书本中的道理，从小就探问生命的起源，与性别差异的由来。因而，才会反复追问父亲，"那为什么男人就那么金贵，女人就那么下贱呢？"女扮男装这一章节，不仅仅是为了增加入戏的桥段，更是万寿公主完成了性格的一次总的突围与对话，一次对男性领地的介入。

在小说中，因为潞州节度使叛乱，光王临危受命。不想，这个蹦跶不停的万寿公主，也想去看看天地有多大，并搬出唐高祖之女平阳公主组织娘子军的典故。宫廷内外为了权力不停打转的封闭视域，忽然大大地破开一个口子，远远延伸到大唐帝国的边地，政治的权谋更多置换成直接的军事冲突。不过，作者却巧妙地借助一个"最喜欢穿男装"的公主，把军士艰辛的长途跋涉记叙得生趣盎然。同时，借助万寿公主通过女扮男装与郑颢之间的情感萌发，既将前沿阵地血腥的拼杀蒙上温情的面纱，又用后方视野展现了战场背后汹涌的权谋。这里实际上涉及一个重要的关系——权力与爱情，对二者关系的探讨与展现贯穿整部小说始终。如果说小说里权力有千面，那么小说字里行间的爱情也就有千般。

作者通过多线索、多声部和多视角的构制，使得权力和爱情互渗，呈现万万千千的形态。卢秀儿、万寿公主与郑颢，宰相李德裕与原配夫人裴夫人、道姑妮妮，兰兰道姑与沈好好，颖王、光王与王夫人，刘从谏与裴氏，崔发与妻子……他们都以各自小小的动能追求着各自心愿中的完满，然而正如作者所言，越是以追求完满的初心，越是难以避免最终的残缺。在孙自筠先生的笔下，他特意在最最纯真的爱情之中写入权力。权力能侵夺所有的领域吗？权力的手腕在所有领域都能奏效吗？作者的回答是肯定的又是否定的。卢秀儿与万寿公主命运的翻转与会合，反映出在作者的内心深处，虽然洞见权力翻云覆雨的黑暗，依然选择为光明的人道主义留有位置。

历史的艺术性探寻

——孙自筠的文学人生与写作世界

高卫红 [1]

　　作家丛维熙曾说，生活和命运把谁蹂躏了一番之后，才会把文学给你。这点在孙自筠身上体现得很是充分：从一个单纯钟爱文学的少年，到重点大学的天之骄子，再到被定为"右派"反革命分子，直到20世纪70年代末平反成为一名高校教师，之后成为一名作家——被媒体誉为"公主文学之父"。如此的人生跌宕，如此的阶段飞跃，如此的精神跨度，非常人可比，足以让人唏嘘……经历了长达二十年的人生苦难，一般人只求安稳生活，然而对孙自筠而言，坎坷曲折的人生命运没有磨灭他身上的锋芒和灵性，反而激活了他沉寂多年的人生追求。他说："在那段痛苦漂泊的岁月里，是之前热爱文学的微光照亮浸润了自己的内心，让我有更多的勇气与毅力面对一切。文学与其说是一种艺术，不如说是一种心灵抚慰的方式；我也要借用文学来聆听自己的内心，体验生命的存在。"他一边教书育人，一边坚持自己的文学梦，不断充实提升自己，一有机会，便迫不及待写作。特别是在退休之后的二十年时间创作出版了七部历史题材小说，五十余篇文学评论，主编了十多本散文集，和一套二十册中国传统文化丛书。另外，还"触电"影视，编写了几个电影、电视剧本，正如他在自述中所说："转眼，我退休已二十几年，算算这二十几年发表的文学作品，已足足可以补偿那二十年的空白，于是便自觉那

---

① 高卫红，内江师范学院范长江新闻学院教授、副院长。

二十年也没算白过。为了纪念那难忘的二十年，我早有打算把那二十多年做个总结，向世界证明我的存在。"如今在我校文学与创意写作研究中心主任黄全彦教授努力下，《孙自筠文集》将要正式出版了。作品的出版，不仅仅是孙自筠对自己文学人生的总结，更是以自己的独特人生阅历拓展了写作空间，他对历史人物的定位，他对时代命题的揭示，他对人类情感价值的坚守，让读者在一场接一场的阅读中感受作品深刻隽永的魅力。这让写作与阅读有了更丰富的内涵，这是一种关于阅读的阅读，也是关于写作的写作。

他的写作独特、睿智、神奇，到处伏着玄机，又处处给人惊喜，让人悲喜交加，情不自禁。阅读他的作品，就像被一个个历史人物引诱到一个遥远的山谷，有些期待又有些神秘，阅读开始便没有退路，只好在神秘好奇中摸索，从历史建构中追逐人物，在文学悲喜中唤醒结局。他的作品不像那些处在潮流浪尖上的文字，初看之下也许并不令人震惊，但那股神秘和期待会一直相伴，让人欲罢不能。这真是与众不同的阅读，就像他的写作一样，在自己的坚守中，在读者的唏嘘与感怀之中得到了最为长远的呼应。

孙自筠身上既有古代文人的执着与隐忍，也有现代知识分子的理性与独立。虽命运坎坷，但从不随波逐流，一生淡泊名利，洁身自尊、知命达理，并将日常隐藏在自己工作和文学创作的"小天地"之中，尤其不喜欢抛头露面，遇到评优评奖之类的都是在拒绝社会层面的"显"而主张"隐"。即使他用稿费为爱好写作的学生创设了文学奖，当初也是要以"周克芹文学奖"来冠名，但领导未采纳，并再三坚持要用出资人的名字。作为学校名人，身处闹市，却偏偏选择了"隐"。他自知"隐"之难，只有文学创作让他投入和陶醉。写作的过程，正是他完成梦想与体验文学世界的过程。无论是创作《太平公主》《华阳公主》，还是《安乐公主》《万寿公主》，都试图以自身的哲学思维来表达公主们所处时代的"显"与"隐"，解读出历史与现实的对接与错位。身为公主，她们的身份是"显"的，出生高贵，美丽动人，是巍峨宫殿里最漂亮的风景，是帝国中最为耀眼的荣光；然而当她们在享受帝国给她们的荣耀与庇护的同时也承受着不可预知的风险与危机，她们目睹了荣华富贵后的血雨腥风，见证了强盛帝国背后的时代沧桑，最后不得不接受难以承受的生命之重，"隐"才是这些公主们不得不面对的现实，才是她们荣光撕裂之后的真实。一个个关于欲望、关于爱情、关于成长的故事由此而展开，可触可感。比如太平公主，她是女皇武则天的女儿，从小耳闻目睹了母亲的霸气与铁腕，继承了母亲的野心和权术，长大后权欲膨胀，野心勃勃地觊觎着那高高在上的皇位，梦想着像她母亲一样登上御座，君临天下，然而当她在接近权力巅峰时却重重地跌倒，成为帝国政治斗争的殉葬品……再如华阳公主，她是秦始皇的女儿，美艳绝伦、心地纯洁，是王宫里耀眼的公主，但因坠马而导致下肢瘫痪，万念俱灰之时遇到乐师高渐离，在他的帮助下神奇地康复并深情相恋，然而在经历了与高渐离至情至真的爱情之后，华阳公主终究难逃作为帝国工具的命运——被作为政治筹码嫁给老将王翦，最后自刎婚房……这些显性的故事可以在宿命论的意义上提示存在的某种深度性，甚至触动读者掩卷而思的哲理性。但是对于孙自筠的书写来说，这些显性的故事消除了隐性的晦涩，神秘的不是世界是怎样，而是世界就是这样。孙自筠的文字如同光明与黑暗磨砺出的火花，带着特有温度，简洁而有力，直抵人心，带给读者一种意外之感，这是一种独特的写作，浓缩他的人生智慧和艺术才华，这也是最虔诚的写作。

　　每个作家，都有一个无比独特的精神世界。一部有影响的作品往往是作者思想力的透视，何况是创作了"公主系列"作品和"文人系列"作品的孙自筠。孙自筠以一种独具智慧的深刻和从容大气的境界来抒写历史，讲述故事，他的写作以不易察觉的特殊方式照亮着、安慰着、鼓励着前行的人们。没有人怀疑他对历史小说的理解，也为他精致入微的文学语言所构建的情节、历史人物所打动，他的每部作品都渗透着一种独特，一种深刻，一种大气和宽广，进而呈现一种境界：平和而不失睿智，含蓄而有张力。如此看来，孙自筠的写作既有共性的追求，又有鲜明的个性。他虽没有大红大紫，但他的作品几十年来不断再版，彰显出强大生命力。2000 年由他的小说《太平公主》改编的电视剧《大明宫词》在央视播出便引发了一拨接一拨对历史小说和历史剧的热议。2010 年 5 月 28—30 日，中央电视台《子午书简》栏目连续三天对孙自筠的《太平公主》《安乐公主》进行介绍评论，这样的现象在中国文坛上是独特的，引起了人们极大的关注，这对作家个人而言更是少见的，而他仍然不温不火，不疾不徐走着自己的路，仍以平和、睿智、含蓄而有张力的创作手法唤醒了对历史人物的鲜活表达。在成功推出系列历史小说之时，又创作了诗歌、散文、影视剧本，同时在文学评论、文史研究上收获颇丰，体现出一个真正作家，一位大学教授宽广的视野和文化的胸怀。几十年来，他创作了三百多万字的作品，从 1988 年在《朔方》发表小说《葬礼》算起，到 2018 年出版长篇历史小说《文天祥》《黄巢》为止，在长达三十年的创作历程中，孙自筠创作了小说、剧本、散文等多种文体的作品，还有作品研究论著、杂文，其涉及文类之广、类型之众，在当代作家中并不多见。他的主要作品有长篇历史小说《太平公主》《华阳公主》《安乐公主》《万寿公主》《陈子昂》《文天祥》《黄巢》（后三部为合著），影视剧本《唐宫谣》《陆翁情史》《风云报恩寺》（后两部为合著），历史小品《中华状元奇闻大观》等。作为学者，孙自筠的专著《内江十二作家》《20 世纪内江文学通论》《戏说文坛十二怪杰》等以及文学散论《笑声引起的回忆与思考——谈现代文学中的现代派戏剧》《鲁迅小说与外来文艺思潮》《论〈故事新编〉的美学追求》等，也是学术精品，均收入《孙自筠文集》。

作为一个具有鲜明创作主张和自觉美学追求的作家，孙自筠是一位在历史小说创作中具有文化意义的作家。诚如当代作家黄济人在谈到孙自筠创作时所说的："无论是长篇历史小说、散文创作还是影视剧本，孙老师都有令人印象深刻的成就和贡献。他的小说注重历史性与文学性的融合，所透露的人生体验，看似无意其实用心的谋篇布局、遣词造句，委实需要用心琢磨才能体味。"由于他在文学理论上的深厚功底，使他自踏上文坛，总能对一些历史小说创作的热点问题提出高屋建瓴的主张。20 世纪 90 年代，他提出的"历史小说要处理好文学与历史关系，创作中要大实小虚"，他说"只要历史的主线索不混乱，重大历史事件和重要历史人物不错位，所反映的那段历史的时代精神不被歪曲，怎么虚构都无可厚非"，"历史小说就是要传达美学追求和文化价值"。这些见解对世纪之交历史文学创作是有积极意义的。他是他创作理念的实践者，因此《太平公主》《陈子昂》等七部长篇历史小说的出现不是偶然的，这源于他对历史小说创作态势清醒而理性的把握，是他在敏锐地洞察历史小说的创作特色后，迅速在创作和理念两方向做出的回应与努力。

成功的历史小说家，在尊重历史真实前提下，巧妙地把历史内容作为艺术骨架，将历史的真实转化为文学的真实。因为历史小说的基础是美学的，是用艺术的手法还原、再现历史，与历史学者探寻历史真相所不同的是，小说作者探寻是历史的精神，通过历史人物及其事件传递思想，探寻现实生活中需要的文化精神，寻找到历史与现实隐秘关联，在历史与当下、传统与现代、他人与自我之间达至和谐统一，找寻到适合时代发展需要的历史新记忆。正如阿尔贝·加缪在《写作的光荣》中说："写作之所以光荣，是因为它有所承担，它承担的不仅仅是写作。它迫使我以自己的方式、凭自己的力量，和这个时代所有的人一起，承担我们共有的不幸和希望。"孙自筠的历史小说成功地做到了这一点，小说的叙事时空、人物塑造及所产生的意义都为那个时代的生活做了极好的记录和注释，同时，又对生命、人性的理解具有超越性和普遍性，它们是跌宕起伏的小说，更是源远流长的历史。

　　当今社会高速发展，时代朝前飞奔，万物互联改变着人们的生活方式，新冠肺炎疫情影响着世界格局，只有不断参照过去，才能更好地关注当下，关注历史与现实，关注人与人、他者与自我，关注人与社会、人与自然的关系，思索人类的可持续发展，这其实也是孙自筠的文学创作所涉及的核心主题。历史与文学交融，艺术性探寻人性本真，构建出诗意的意境，启迪着读者去寻找生命中的真谛，这些都是孙自筠写作世界所要达成之目的。希望《孙自筠文集》能够帮助读者深入他的文学人生和写作世界，拓展他创作研究的新视野，从一个侧面领悟文学在历史进程的意义，在时代变迁的意义，在写作世界的意义。

2021.7.30

过客碎影，

与妈妈合影

母亲，在那一堆灰烬里

1984 年与大姑妈一家

拜谒屈原纪念馆

与 86 级干部班一起下乡社调

靠近艾芜，为了多沾点灵气

念天地之悠悠

在马来西亚郑和像前

鬼城聚会

走出迷宫

盘根错节　老树作证

我家三兄弟

四姊妹

在出生地安徽寿县状元街 24 号留影

采风白马藏族山寨

班妈妈的感慨：学生成熟了，我却老了

四川省委书记张学忠发来贺信

与省市领导合影

与北京评论界著名评论家阎纲、谢永旺、胡德培等合影

与老同学、中国社科院教授李希、廖世伦夫妇拜望全国老舍研究会会长
吴小美恩师

爷爷，抱我坐火箭

轮回

小外孙一岁啦！

孙自筠小说座谈会

参加有魏明伦、何西来、何镇邦、吴因易等全国著名文学家出席的陈子昂
学术研讨会，共商把《陈子昂》搬上屏幕

2009 年二姑妈九十华诞、全家福

老同学同游银川镇北堡影视城

孙自筠自述

1935 年 6 月，我出生于安徽省寿县。稍长，遇日寇入侵，举家逃难到四川万县，一家人靠父亲当医生过日子。现在回想起来，对那时的记忆最深刻的有两件事：一件是跑警报。日本飞机常轰炸万县，只要见白山观旗杆上挂了红球，全城百姓就四散逃往乡下躲避。我随父母逃到乡间，找个山沟岩洞隐蔽起来。但听得飞机呼啸着飞过头顶，就知道日本飞机要丢炸弹了，便一头扎进妈妈怀里，直到震天动地的炸弹爆炸声过去很久，才敢从妈妈怀里钻出来。妈妈则半跪在地上，双手合十，嘴里不停地念着"阿弥陀佛"。感谢上天菩萨护佑我全家躲过一难。

第二件事发生在我上中学以后，课堂上地理老师指着挂图讲黄河、长江，讲松辽平原、华北平原，讲着讲着就顺嘴跑火车的"长江以北眼看不保，国军正作战略转移……"。

1949 年万县和平解放，第二年，我在早就参加地下党的姑妈鼓励下参加了革命队伍，成为万县市人民政府里的一名国家干部。那时我还不满 18 岁。

朝气蓬勃的年华遇上朝气蓬勃的时代，干劲十足，心无旁骛，顺风顺水，蒸蒸日上。眼前，自己的前程与祖国的未来一片辉煌。

恰在此时，国家号召向科学进军，鼓励年轻干部报考大学。我心动了，决定响应号召去报考。经过一番努力复习，1955 年我顺利考入兰州大学中文系。

天有不测风云。谁知道，正当我陶醉在知识视野开阔的大学课堂和馆藏丰富的大学图书馆里时，结果于 1958 年被下放农村劳动改造。直至 1978 年被分配在四川内江师院当教师。算算时间，我的大学整整读了二十年。我老早就有个作家梦，而作家最少不了的是生活，二十年，就算我体验生活了。想想，不但不算赔本，还是笔意外收获。

有次一位媒体记者采访我时问道：既然您有那么可贵的二十年生活为啥放着不写，却去选择写历史小说？尤其是冷门的公主小说？

我回答说：小时，离我家不远处有棵黄桷树。那棵树很大，我们五六个孩子手拉手都围不住。黄桷树不像白杨树向上长，它向四面八方横着长。远远看去像个大蘑菇，走近了，就是把大伞。晴天，可以躲荫。雨天，可以避雨。大人孩子都喜欢去那儿。有人发现了商机，在树下搭几间茅屋，摆了桌椅板凳，开起茶馆来。为了招徕茶客，老板还请了位先生说书。开讲那天，黄桷树下热闹非凡。此时，只见一个五十开外的老头，身穿长袍马褂，头戴瓜皮小帽，鼻子上架副金丝眼镜，迈着方步走向讲坛。站定后，从随身包里双手捧出一块红底黑字的牌子，供奉在讲坛上，牌子上端端写着"圣谕"两个大字。满场闹哄哄的人见了，顿时静了下来。这时，他清清嗓子，猛拍两下惊堂木讲起来。说是讲"圣谕"，其实讲的是《包公案》《施公案》《聊斋》之类的故事，都是人们喜欢听的。我一放学就挤进去听，饭都顾不上吃。只是听了《聊斋》晚上常被鬼吓醒，但第二天照样去听。我最爱听的是《说唐全传》，从唐高祖李渊打江山一直讲下去，什么"玄武门之变""安史之乱""武周篡唐"，到"黄巢造反""朱温灭唐"，要讲一两个月，有如现在的电视连续剧，中间还不插播广告。听得我如痴如醉。李世民、武则天、太平公主、唐明皇、薛仁贵、狄仁杰等名字，记得滚瓜烂熟……就在那个黄桷树下，我第一次感受到文学的魅力，种下文学的种子。

记者又问了：照说，您二十年经历更鲜活，更有写头，您为啥舍近求远？

我回道：自从重新工作后，确有写点什么的想法，但因忙着教书育人养家糊口，不时冒出来的创作冲动都被生活的重负压了下去。好容易挨到退休可以放开手写了，放眼文坛，自己熟悉的伤痕文学、反思文学潮头早已过去，王蒙、张贤亮、余华等大家的作品摆在那儿，英雄看了也气短，何况我这个无名小卒。赶快掉过船头，转向历史。然环顾左右，历代帝王、名臣显将、文宗巨贾，乃至后妃太监，早有人涉笔。无奈之下只好选定在较少有人涉及的公主身上。有次我看电视剧《武则天》，见里面的太平公主着笔不多，留下的空间很大，我对自己说，她是历史上大名鼎鼎女皇武则天的女儿，就从她开始。写完后，趁余勇，接着写了另一个鼎鼎大名秦始皇的女儿华阳公主。之后，我背着两部手写书稿，跑了几个省，不下十个出版社，几乎都以市场不看好的理由被退稿。然而我并不气馁，最后四川人民出版社接下，于1997年9月出版。10月，四川一导演看中《华阳公主》，找我签订了电视剧改编合同，后因资金不到位而未果。同月，北京一影视公司来成都与我签下购买《太平公主》改编权的合同。两年后易名《大明宫词》全国热播。接着，我又被武则天的两个女后代的故事所打动，写了《安乐公主》和《万寿公主》，凑成一个"公主系列"。

那位记者顺势又问：听说您的"公主系列"又再版了，请问4本公主小说中，您对哪一部作品最满意？

我回答：俗话说，孩子是自己的乖。四本小说百万字，都是我一笔一画写出来的。原始操作，心血凝就，我看着哪本都满意，哪怕她有个疤，我看都像朵花。但是如果一定要我排个名次，那当是《太平公主》，因为那是我写的第一部长篇历史小说，构思时间最长，花的心思最多，我把我大半生的文化积累、生活积累，以及思想积累中的最精华部分都用上了。从她开始，我与文学的因缘再也难舍难分了。

记者又问：古人和今人写唐代的人物大都是从政治和历史角度去反映，您是从什么角度写历史人物的？

我回答说：在我的四部公主题材小说中，除了《华阳公主》的历史背景是秦朝外，其余三部都取自唐代，因为那时社会特别繁荣开放宽容开明，人们的文化生活丰富多彩姿态万千，给后世留下取之不尽的创作财富。就文学而言，唐诗就不用说了，唐传奇可以说是现代小说的鼻祖，那里面的故事有人间的，有鬼魅的，还有妖狐神怪的，时隔十几个世纪后现代文坛出现的荒诞魔幻之类，尽可以去它那里寻根问祖。我的小说里就引用和改写了其中的一些，如"画中人""鹅笼变幻"等。对文化遗存的追寻发掘是我写作的兴奋点，不惜篇幅去写，故我有时称她们为历史文化小说。既是历史文化小说，历史，当然应该放在首位，与几个公主生活年代相关的唐代重大历史事件，小说里都做了描述，如"神龙革命""甘露之变""武宗废佛"等。至于政治更是少不了的，公主是皇帝的女儿，政治是与生俱来的。长大了谈婚论嫁，更是一笔政治交易。结婚了，要有当朝官位最高地位最显赫的三公（大司马、大司空、大司徒）主婚，于是便有了政治化的"公主"称谓。所以，写公主就是从公主的角度写政治，写政治给她们带来的大喜大悲生死荣辱，供人们唏嘘叹息探究品味。写公主避免不了要写皇上，于是武则天、唐中宗、唐宣宗，还有唐睿宗、唐文宗、唐武宗等，都是作品中重点人物。唐朝近三百年间经历了包括武则天在内的二十二个皇帝。他们中好的造福天下泽被四方，"贞观之治""开元之治"，留下永远的历史美谈；坏的祸国殃民害人害己，如唐武宗，生前没完没了折腾别人折腾自己，死后还要妃子陪葬。世间一切美好都属于自己，死了也不能留给他人。历史上有不少皇帝都这德行。书里还写有王公大臣、嫔妃太监、侠客异士、小民百姓等各色人物，都各有各的个性，各有各的故事，尽够后世读者去欣赏品味。

末了记者又问：您是作家，又是文学教授，有什么建议要给年轻一代的作者吗？

我回道：我是一个教文学课的老师，和一茬又一茬文学青年打交道几十年，目睹他们中的不少人因执着于文学而走出一条成功之路。有些在校时痴迷写作，毕业后勤奋耕耘，佳作不断，频频拿奖，成为专业作家，或文学编辑，成就了一番事业，其中有好多个还被选为省市县级作协主席、副主席；有些因对文学的爱好能写一手好文章，处处被人高看一头，无论求职、求财、求偶，都有意想不到的优势。你也许会说我的说法太现实，然而，哪个文学青年又不想通过文学提升自己改变自己呢？当然也有单纯的文学欣赏者，那只是球场外的观众，是不下场子的。凡下场子，没有不想秀几把进球夺冠军的。努力把自己的苦心化为纸上网上的文学作品后，或莫言，或余华，或唐家三少的成功诱惑是很难抵御的。"见贤思齐"嘛。有这个想法，是好事。但愿心想事成。只不过这条道上人太挤，不要性急，更不能死心眼。我有一个年轻朋友，一心扑在网络文学上。他关掉公司，关了手机，不惑之年仍打单身，作破釜沉舟最后拼搏。苍天不负苦心人，他终于写出了一片锦绣前程。

我的另一位年轻朋友，也这样。辞去工作，隐匿乡野，拒谈婚嫁，孤注一掷埋头写作。好几个年头过去了，虽有所收获，但远不足以弥补所失。以成败论英雄固不可取，但日子是要过的。我年轻时也有过这样的念头，却没有信心和勇气去冒险。所以熬到退休后，有了退休金，才去圆梦。比起我的两位年轻朋友，我很惭愧。尽管惭愧，但我还是要引用胡适先生"大胆设想，小心求证"的话，建议年轻作者对自己在"破釜沉舟，孤注一掷"前，作一番审视和评估。以上是对文学青年中极少数朋友而言，对大多数，我以为还是当个"文学票友"最好，进退自如。不顾一切不计后果地付出，不一定能收到对等的回报。上帝常有不公平的时候，还有爱犯官僚主义的毛病。这虽是笑话，你可千万别当笑话看。

虽然我痴迷于文学梦，但我与文学的交情只限于"文学票友"层面，由浅而深，量力而行。早在 20 世纪 80 年代，我就试着给报纸杂志投稿，开始发表文学评论和短篇小说，至 1997 年 9 月我的《太平公主》《华阳公主》初版面世时，我已正式出版了《论内江十二作家》（1991.12），《中华状元奇闻大观》（1995.9），主编出版了《二十世纪中华奇人丛书》（4 册，1996.3），《小学多功能图解速查字典》（5 册，1996.12），对文坛有了初步的了解。及至新世纪初根据我的小说《太平公主》改编的电视剧《大明宫词》热播，我的约稿不断，有约写书的，有约编书的，更有约写电影、电视剧本的，我趁热打铁，接连完成了四本"公主系列"小说的出版，接着又与人合作完成了《陈子昂》《黄巢》《文天祥》三部长篇的创作。同时，又应约独自或与人合作写下《唐宫谣》《风云报恩寺》《国难》《茶神》《陆翁情史》等好几部电影、电视剧剧本。诚然，辛苦"触电"数年所得了了，但却收获了生活，活鲜鲜的生活。可以说，每部电影电视剧的写作，都是在为下一部作品搜集素材体验生活，而且其内容更精彩更有趣更震撼。

写作对我来说是个快乐的事业，当一家出版公司约我编选几本青少年读物时，我感到舒心愉快。组织指导青少年写稿是我的专业，约了几个已经当了老师的学生，以及学生的学生做帮手，我又是学生中文学社团的指导老师，做起组稿、改稿、校稿、审稿来，驾轻就熟。短短一年多时间，就完成了《留住一片云》《红枫叶》《十六岁的密码》《点燃十七支蜡烛》等十余本受青少年喜爱的青春读物，让近千名小作者初次尝试到发表文学作品的欢乐。

20 世纪末"文化热"我也没闲着，应约为一家文化出版公司编选"中国传统文化丛书"，这可是个非同一般的巨无霸工程，但我自信于对中国古代文学的熟悉，便大胆应承了二十本。为了有别于老套的选题，我除了选择大众熟知的如《古文观止》《聊斋志异》《资治通鉴》等外，别出新意地选入《话本与拟话本》《〈笑府〉与〈广笑府〉》《唐传奇》等，把过去较为冷门的古文化典籍介绍给年轻一代读者。然后主要从我的同学和学生中古文根底较扎实的文学爱好者中选聘编者，并组织终审终校班子，最后把关，以保证质量。这样不仅圆满完成了任务、提高了自身对中国古代文化的认识深度，还就便为正在申报学术职称的青年教师助了一臂之力。

然而，并不是每次稿约都有满意的收获。一次有人邀我写本关于美国总统的书稿，我在好奇心的支配下贸然答应，为赶时间，还邀约了合作者，并且为书稿取了颇有噱头的《美国总统 Y 传》书名。忙了大半年，书成，连我们自己看了都觉得幼稚可笑。从此吸取教训，把厚厚的那摞书稿放置于书房显眼位置，以提醒自己。

转眼，我退休已二十几年，算算这二十几年发表的文学作品，已足足可以补偿那二十年的空白，于是便自觉那二十年也算没白过。为了纪念那难忘的二十年，我早有打算做一总结。正在此时，一扇机会的大门向我敞开。

实在有幸，蒙内江师范学院、内江师范学院文学与创意写作研究中心主任黄全彦教授、内江师院文学院院长刘云生教授、教育学院廖红教授、数信学院张德教授、范长江新闻学院高卫红教授、文学院梁玉明博士、图书馆馆员孙建、外国语学院郭平讲师等诸位老师对我的文学创作及理论研究的发现与看重，特于 2020 年 9 月，向学校申报精品工程项目:《孙自筠文集》整理与出版，并得到学校内师科字〔2020〕6 号文件批准立项，并拨款作为立项经费。为此，本人对学校历届领导，对此项目负责人及全组成员表示由衷的感谢! 而更应该真诚感谢的，是我欣逢的这个伟大的新时代!

孙自筠

2021 年 4 月 1 日于四川内江师范学院

后

记

历史守夜人与文学引领人

——孙自筠先生印象

赵明[1]

　　人生乐在同路人，宜亲宜诚宜相知。算起来，我和孙先生已经相识有四十个年头了，在这里，我想说说孙先生的四个"二十年"。

　　1935 年，孙先生出生于安徽寿县，这是个名门望族诗礼之家，他的祖辈孙家鼐是清朝咸丰九年（1859）的状元，后来以自己方正人格和爱民情怀，做到了工部侍郎、刑部尚书，文渊阁大学士、体仁阁大学士、武英殿大学士，并任京师大学堂（今北京大学）首任官学大臣（相当于今天北大校长）。当他做到大学士的时候，真可谓一人之下，万人之上，盛极一时。

　　不过，孙家鼐看重的并不是官场的赫赫声威，而是诗礼传家的绵延久长，这样的家风一直传承下来，到了孙自筠先生这一代也未曾中断。

　　只是孙先生生于一个多灾多难的年代，在他出生时，就遭遇了日寇侵华、华北沦陷，他们全家十余口，逃难流亡，由安徽寿县到四川万县。当时他的父亲行医为业，母亲为小学教师，辛苦维持家计，十分不易。那时的万县经常遭遇日本飞机的袭击，全家战战兢兢。在这时候，他也看到了国民党政府的腐败无能和民生维艰，对共产党产生了一份亲近之情。在地下党姑妈的影响之下，万县解放不久，中学尚未毕业的他，在国家急需干部的时候，投身到革命工作之中，成为万县市政府一名国家干部，当时的他，也就不到二十

岁，是最年轻的干部之一，他自己也是踌躇满志，觉得前程光明。

这一个二十年，可谓由苦难看见了亮光。

这个时候，国家蓬勃向上，发出了向科学进军的口号，鼓励年轻干部报考大学。孙先生积极响应，1955 年，为了圆自己的大学梦，他报考了兰州大学中文系，并被顺利录取。

进入大学的孙先生，沉浸于学海当中，构筑自己的人生梦想。只是没想到，一夜之间，由人所羡慕的天之骄子，一下堕入为阶下之囚，其中的苦难艰辛，非常人所能道。

这一个二十年，可谓苦水浸泡的二十年。

1978 年，随着党的十一届三中全会的召开，许多知识分子得到平反，孙先生也得以恢复党籍和公职。当时他本来有多种选择，但他却选择了内江师范学院（当时的内江师范专科学校），当了一名教师。

从苦难当中走出来的孙先生，十分看重这来之不易的教书生涯，他在三尺讲台，尽情挥洒，恨不得将所有学识都传授给学生。当时的孙先生家里，总是高朋满座，聚集着不少青年学子，我也是在那个时候得到孙先生教导和指点的。孙先生既是良师，也是益友，他鼓励青年们耕耘他们的文学梦，他情怀炽热，鼓励他们为自己的理想而奋斗。在他的教导之下，内江师院也走出了一批又一批的名作家，如重庆市作家协会主席、中国作家协会主席团成员黄济人，四川省作协副主席傅恒，深圳著名作家杨继仁。一个普通的师范院校，走出这样多的名作家，在全国的大学也不多见。孙先生十分欣慰。

这二十年，是孙先生倾心育人的二十年，是光亮炽热的二十年。

二十年弹指一挥间，孙先生转眼就进入退休之列，在许多人看来，一个人工作退休，算是一个圆满。含饴弄孙、颐养天年几乎是每个老年人的自然选择。但孙先生这时却做了一件惊天动地的大事，那就是创作小说。在许多人看来，这时的孙先生是不是疯了？当时的他本来被一家学校看中，聘他担任副校长职务，待遇丰厚。他却辞了职，专职写作。文学创作，"两句三年得，一吟双泪流"，是一个极大的苦差事，何苦来！孙老师投身其中，简直是飞蛾扑火。

孙先生却义无反顾投身进去，也许许多人在等着看他的笑话。没想到的是，孙先生却是大放异彩，惊呆了所有人。他潜心创作的"公主小说"一炮而红，尤其是他的《太平公主》被改编成电视连续剧《大明宫词》，更是掀起了收视热潮，几乎是家喻户晓。

但孙先生没有因为出了名，被冲昏头脑，他依然不改书生本色，用他那支笔，挥洒出一片开阔明亮的文学天地，继"公主系列"小说之后，他创作了《陈子昂》《黄巢》《文天祥》等历史小说，而他所编纂的青春文学，传统文化丛书，他的《装嫩篇》《卖老篇》，也赢得了老老少少不少人的追捧喜爱。

这二十年，三百余万字，是孙先生辉煌的二十年。

如今我们看待孙先生，都会看重他这辉煌的二十年，不过在我看来，人生是个整体，不是片段，没有孙先生以前的人生历程，也就没有他现在的辉煌人生，古人云"诗穷而后工"是有道理的。而且在阅读孙先生小说中，他对那些高高在上的帝王将相常有无情的鞭挞，对劳动人民有着深切的关怀同情，他有一双"人民的眼睛"，寻求一种"历史的正义"，没有自己的切身苦难，他是不会有这样深刻洞见的。

赠人玫瑰，手有余香。孙先生一方面勤奋耕耘，一方面无私地奖掖后进，他在内江师范学院，捐资设立了"孙自筠文学奖"，十余年来，扶持激励了一批又一批学子走上文学道路。我多年负责学生工作，看到许多学子在得到孙先生教诲和鼓励，开拓出自己的一片天地，我由衷为学生高兴，为孙先生自豪。

正因如此，我们组织编纂了这套《孙自筠文集》，这不是"全集"，没能将孙自筠所有作品尽收其中，但也算是将孙先生的代表作都集聚其内了。这套文集凝聚着孙先生一生的心血。

希望对那些有志于创作的人，执着于人生理想的人，能够起到一种引领作用，为自己的人生努力奋斗。